최창원

개와 고양이를 사랑한다. 바다를 그리워하고 여행을 동경한다. SF 영화와 멜로드라마를 즐겨본다. 발칙한 꿈을 자주 꾸고, '각고'와 '발악'이란 단어를 좋아한다. 박제된 과거와 현재, 근 미래 가상공간을 한 뼘 머리로 과하게 넘나든다. 그러다 보면 온갖 인생들의 말도 안 되는 현실과 마주치게 되고, 그것을 오톨도톨하게 풀어내고 싶어 안달한다. 후세에 이름을 남긴 자든, 지금 혹은 장차 이웃 어딘가에 사는 자든, 선인이든 악인이든, '사람'이라는 이름의 그들을 되살려내, 이 순간에도 아름다우나 섬뜩하고, 색다르나 그럴듯한 이야기로 만들어내고 있다. 죽은 이를 다시 살려서 만날 수 없을까? 이 소설은 그런 열망과 호기심에서 출발했고, 차가운 디지털적 사건과 공간의 울타리 안에 따스한 아날로그적 감성을 망아지처럼 풀어놓았다. <우륵의 봄날>과 <단박에 카피라이터>를 썼다.

레테의 집 House of Lethe

- 기억이 머물다 떠나는 곳

최창원 장편소설

gasse·가쎄

차례

1. 회생   /11

2. 출발   /47

3. 재회   /67

4. 상처   /105

5. 증강   /129

6. 조작   /155

7. 소원   /185

8. 영원   /229

9. 소리   /263

10. 눈물   /295

11. 가족   /323

12. 리셋   /345

회생

처음.

_____

　물소리가 고즈넉하다. 그것은 지척의 강을 달리는 소리 같기도 하고, 어쩌면 엄마의 자궁 속 양수 소리가 이런 거 아닐까 싶기도 하다. 그 소리가 편안하고 좋아서, 문오는 잠시 그대로 있다. 세상은 아직 깜깜한데, 그 소리는 잠시도 쉴 없이 부지런히 흘러가고 있다.

　여긴 어디? 나는 누구?

　눈을 뜨고 싶은데 떠지지 않는다. 사람을 부르고 싶지만 입도 움직일 수 없다. 손도 발도 움직여지지 않는다. 게다가 전에 없던 이물감이 온몸으로 느껴진다. 그러나 그게 어떤 건지, 왜 그런지는 알 수 없다.

꿍얼꿍얼.

귀에 익은 소리가 부근에서 나기 시작했다. 미미가 와 있는 건가? 미미야…… 미미야…… 아침마다 미미가 그를 깨울 때 내는 소리임이 확실했다. 갑자기 조바심이 번져오는 순간, 눈이 번쩍 떠졌다.

그러나 문오는 곧 눈을 도로 감아버렸다. 천장의 스카이블루 (Sky blue) 컬러가 눈을 찌르듯 덤벼오는 느낌이, 눈을 감고 있어도 선연하다. 그는 잠시 눈을 감은 채 그대로 있었다. 그리고 언젠가 영화에서 본 것처럼, 이번엔 극도의 슬로모션으로 아주 조금씩 다시 눈을 떴다. 아까보다는 훨씬 낫다. 눈은 서서히 초점이 맞춰졌다. 스멀스멀, 손가락 발가락 마디마다 미세한 움직임도 느껴졌다.

너무 오래 누워 있었지?

느닷없는 질문이 그의 머리를 스치고 지나갔다. 문오는 천천히 몸을 일으켜 세워 침대에 걸터앉았다. 세상이 빙그르르 회전했다가 다시 제자리를 잡았다. 주위를 살필 겨를도 없이 눈에 먼저 들어온 것은, 그의 발치에 있는 강아지 인형이었다. 한눈에도 미미를 닮은 데다, 간헐적으로 미미의 소리를 똑같이 내고 있었다.

누가 놓고 간 건가?

그는 허리를 굽혀 강아지 인형을 들어 올린다. 그리고 미미를 앉히듯이 자신의 무릎 위에 인형을 올리고 조심스럽게 쓰다듬어본다. 손의 움직임이 아직은 섬세하지 못하다고 느껴졌다.

우리 미미는 잘 있을까?

꿍얼꿍얼.

미처 말로 되어 나오지 않은 그의 생각에 대답하는 것처럼, 미미 인형이 또 한 번 소리를 냈다.

문오는 인형의 배 쪽에 있는 전원을 찾아 끄고, 침대 머리맡에 얌전히 놓았다. 그 상태로, 그는 자신의 몸을 여기저기 살펴본다. 손도 발도 그대로였고, 입고 있는 드로즈까지 전과 다르지 않았다.

얼굴은 어떨까?

거울이 보이지 않았다. 대신, 문이 반쯤 열린 욕실에 거울이 보였다. 한 걸음 한 걸음, 그는 느릿느릿 그쪽으로 걸어갔다. 다리도 발도 아직은 마음처럼 즉각적으로 움직여지진 않았다. 욕실엔, 세면대와 샤워 부스와 변기가 있다. 그는 세면대 위 거울 앞에 선 채, 두 손으로 만져가며 자신의 얼굴을 꼼꼼하게 들여다봤다. 무엇하나 달라진 건 없다. 피부는 오히려 이전보다 더 좋아 보였다.

욕실을 나와, 방안을 천천히 둘러본다. 방은 벽이며 천장이며 심지어 바닥까지 온통 스카이블루였다. 마치 그가 하늘에 둥둥 떠 있는 기분이 들 정도였다. 그가 늘 지내던 방은 확실히 아니었고, 책상이며 소파며 다른 가구들도 낯선 것들이었다.

문오는 책상 앞으로 걸어갔다. 처음에 느껴졌던 온몸의 이물감은 전혀 느껴지지 않는다. 몸의 움직임도 점점 좋아지고 있었다. 다행이다, 생각하면서 그는 가만히 책상 의자에 앉았다. 책상 위엔, 한 장씩 떼어내 쓸 수 있는 리포트지와 볼펜 한 자루가 덩그러니 놓여있었다. 고개를 숙여가며, 책상 우측의 서랍들을 하나씩 차례로 열어봤지만, 거기엔 아무것도 없었다.

문오는 다시 일어나, 책상 옆의 옷장으로 걸어갔다. 문을 열자, 그가 즐겨 입던 브랜드의 새 캐주얼웨어들이 가지런히 걸려있다. 아래쪽 서랍에는 속옷과 양말, 손수건까지 칸칸이 얌전하게 놓여있다. 평소에 그가 정리하는 방식과 다르지 않았다. 그는 양말을 먼저 신고 하의와 상의 순서로 옷을 입었다.

다른 쪽 벽에, 얇은 커튼이 쳐진 큰 창문이 보였다. 그는 그 창문 쪽으로 걸어갔다. 그새 몸은 더 가뿐해져 있다. 그가 가까이 다가가자, 커튼이 스르르 열리면서 하늘이 완벽하게 보였다. 창문은 굳게 닫혀 있었다. 얼굴을 최대한 창문 가까이 붙이며 아래쪽을 보자, 큰 정원이 있었고, 저 멀리 호수 같은 혹은 바다

같은 강이 보였다.

처음 귀에 들어왔던 물소리가 다시 살아서 귓속을 흘렀다. 그는 잠시 그대로 그 강을 바라봤다. 그 순간 쓰윽, 하고 그녀의 얼굴이 떠올랐다.

미후…… 미후는?

그가 기억하는 마지막 순간엔 미후가 옆에 있었다.

나를 보며 무슨 말을 했었지?

이러고 있을 때가 아니다 싶었다. 멋진 2인용 소파에 잠시 앉아볼까 하는 유혹이 일었지만, 그는 창문가에서 곧장 문 앞으로 걸어갔다. 새 운동화와 구두가 나란히 놓여있었다. 그는 운동화를 신고 정성 들여 끈을 묶었다. 창문을 열려고 할 때보다 손의 움직임이 더 섬세하다고 느꼈다.

고유번호.

_____

    그의 방은 긴 복도의 끝에 있었다. 복도는 방안과 꼭 같이 스카이블루로 도배되어 있었지만, 방보다는 어두웠다. 복도 양쪽으로 닫힌 방문들이 여럿 보였고, 복도의 중간쯤에 밝은 빛이 퍼져 나오는 방이 있었다.

    201호. 그의 방 번호를 확인하고, 빛이 흘러나오는 방 쪽을 향해 문오가 발을 내딛는 순간, 바로 옆방 202호의 문이 열렸다.

    그녀였다.

    "미후야."

    미후도 그를 보며 놀라고 반가워했다. 그들은 누가 먼저랄 것도 없이 서로를 껴안았다. 그러나 둘의 포옹은 마음만큼 그리 강하지는 않았다.

지옥에서 살아 돌아온 거니까 이럴 만하지.

문오는 그렇게 생각하면서 미후를 안고 있던 팔을 풀었다. 그리고 몸을 조금 떼어내 그녀를 보는 순간, 미후가 먼저 물었다.

"괜찮아?"

그는 희미하게 웃어 보이며, 고개를 끄덕였다.

"미후는? 괜찮아?"

"대체로."

언제나 씩씩하고 잘 웃는 그녀였는데, 그런 기색이 느껴지진 않았다.

"힘이 없어 보이네?"

그의 말에, 미후는 그제야 희미하게 웃어 보이며 대답했다.

"힘이 막 넘치는 것도 좀 이상하지 않아? 우린, 방금 지옥에서 살아 돌아온 거니까 말이야."

미후도 나랑 같은 생각을 했네? 그렇게 느끼면서 따라 웃다가, 그는 그녀의 손을 잡고 다시 자기 방문 앞에 섰다. 순간, 얼굴 인식과 함께 문이 열렸다.

문오는 방 안으로 들어서자마자, 침대 머리맡에 있는 인형을 집어 들고 전원을 켠 다음, 그녀에게 내보였다.

"미미랑 꼭 닮았네? 이런 인형이 있었어?"

미후는 말하면서 전원 버튼을 하나 더 옆으로 보냈다.

꿍얼꿍얼…… 왕왕…… 왕왕……

인형은 꿍얼대는 소리와 함께 왕왕거리며 짖기까지 했다. 인형을 품에 꼬옥 끌어안으며 미후가 물었다.

"여기 있었던 거야? 첨부터?"

문오는 고개를 끄덕였다. 인형을 내려다보며 미후가 혼잣말하듯 얘기했다.

"우리 미미는 잘 있을까? 누구랑 지내고 있을까?"

"우리 엄마? 아니면 자기 아버님?"

"미미는 산책을 좋아하는데, 우리 아빠는 그게 안 돼서……"

그러네, 하면서 문오는 미후의 손에서 인형을 빼내 전원을 끈 다음, 다시 침대 머리맡에 놓았다. 그리고 다시 미후를 끌어안았다. 그녀도 그를 안았다. 연이어 입맞춤, 키스, 프렌치 키스. 그것은 영원히 계속해도 모자랄 정도의 뜨거움이었다. 그들이 주고받았던 그 많은 키스 중에 가장 뜨거웠다.

그러나 그리 오래가지는 못했다. 전과 달리, 둘 다 호흡이 격하게 가빠왔고 금방이라도 쓰러질 것 같았다. 포옹을 풀고 침대에 나란히 걸터앉아 숨을 가다듬었다. 그렇게 몸과 마음이 차분히 가라앉을 때까지 두 사람은 말없이 그대로 있었다.

그나마 다행이다.

문득 그런 생각이 들었다. 그녀의 얼굴을 다시 볼 수 있고 그녀를 이렇게 안아볼 수 있어 다행이었다. 그것만으로도 고마운 일이다 싶은 생각이 스치고 지나갔다.

포옹을 풀고 침대에 나란히 걸터앉으면서, 둘은 서로의 얼굴을 찬찬히 들여다봤다. 만감이 교차하는 표정이었다.

"우리 자기, 나 만나서 역시 고생이 많아."

미후가 씨익 웃으며 말했다. 아까보다는 웃음이 자연스러웠다. 고생이 많긴 자기도 마찬가지지 뭐, 하고 문오는 그녀의 말을 받으며 따라 웃었다. 문오는 웃음이 참 해맑아, 우리 미후도 어릴 땐 그렇게 웃었는데, 하던 미후 아버지의 말이 생각났다.

"근데, 우리 사고가 난 건 확실하지?"

미후가 웃음기 없는 얼굴로 물었다. 사고가 난 것 같긴 한데, 사고 순간에 대한 기억은 나지 않았다. 글쎄, 하면서 문오는 어깨를 으쓱해 보였다. 그날 그들은 문오의 차를 타고 야유회를 떠났다. 그날의 들떠있던 기분이 어제인 것처럼 선연하게 떠올랐다. 차에는 그와 미후가 앞자리에 앉아있었고, 라온과 유리가 뒷자리에 타고 있었다.

그들 넷은, 같은 대학 광고영상학과 출신이자 동아리 멤버였다. 항상 똘똘 뭉쳐 다녔고, 졸업과 함께 자신들의 전공을 살려바이럴 영상 전문회사를 차려 동고동락했다.

그날은 여러 가지로 들떠있는 날이었다. 무엇보다, 회사의 창립기념일이었다. 시작은 미약하나 끝은 창대하리라, 라는 그들의 모토처럼, 회사는 아직 미약하고 영세했다. 그러나 그 일주일 전, 연간 계약으로 일할 수 있는 큰 프로젝트를 경쟁으로 따냈고, 회사는 축제 분위기였다.

파티가 필요해.

이구동성으로 단합대회를 겸한 야유회가 필요하다고 했다. 그들이 다닌 대학 부근의 강가로 가자는 얘기도 있었다. 그러나 대학 워크숍 때 간 적 있는 바닷가 펜션으로 의견이 모아졌고, 날짜는 창립기념일로 정해졌다.

이동은 당연히 문오의 차 몫이었다. 그의 차는 자율주행차여서 장거리 코스에는 더욱 제격이었다. 차에 오르며, 이 좋은 차를 하사하신 문오 아버님께 감사! 라고 외치던 라온의 얼굴이 떠올랐다.

"라온도 깨어났겠지?"

"유리도······."

문오가 말하자, 미후가 받았다.

"우리, 나가보자. 라온하고 유리가 우릴 찾고 있을지도 몰라."

그녀의 말에 고개를 끄덕이며, 문오가 먼저 침대에서 일어나려 했다. 순간, 미후가 그의 한 손을 잡아 다시 주저앉히고 얼굴을 보며 말했다.

"인제부턴, 무슨 일이 있어도 내 옆에 꼭 붙어있어야 해. 알았지?"

미후의 얼굴에 슬프고도 따스한 웃음이 번지고 있었다. 문오는 아까보다 더 크게 고개를 끄덕이며 말했다.

"미미도 찾아서 같이."

"그래 우리 미미도 꼭."

미미를 말할 때, 그들의 얼굴이 더 밝아졌다. 둘은 동시에 미미 인형을 바라보고 나서 일어나 밖으로 나갔다. 201호…… 202호…… 둘은 방 번호를 다시 한 번 확인한 다음, 빛이 퍼져 나오는 곳을 향해 걸어갔다. 그 번호가 자신들의 고유번호인 줄은 모른 채.

소환.

열린 문 옆엔 '광장'이라고 적힌 작은 푯말이 붙어있었고, 방 안은 그 이름만큼이나 넓었다. 들어서자마자, 출입문 맞은편의 대형 창문으로 한낮의 빛이 들이치고 있었고, 라온과 유리가 그 앞에 서있다 둘을 발견하고 손을 들어 보였다.

"미후야."

유리가 먼저 그녀를 불렀다. 미후는 최대한 빠른 걸음으로 그들에게 다가갔다. 문오도 그녀를 뒤따라갔다. 역시 스카이블루인 실내는, 그들이 걸어가고 있는 가운데 통로를 사이로, 전면을 향해 여러 사람이 앉을 수 있도록 타원형의 경사진 구조를 취하고 있었다.

"괜찮아?"

유리와 라온이, 미후와 문오의 손을 잡은 채 동시에 물었다. 그러고 보니, '괜찮아?' 그 질문은 그들 네 친구가 며칠간의 밤샘 작업을 같이한 후에 서로 주고받는 일상적인 말이었다. 문오와 미후는 동시에 고개를 끄덕이며, 라온과 유리가 이끄는 대로 그들 옆에 나란히 섰다.

유리도 라온도 괜찮아 보였다.

그나마 다행이다.

문오는 또 한 번 그렇게 생각하면서, 미후와 함께 창문 아래를 내려다봤다. 정원과 큰 강이 방안에서보다 더 원근감 있게 보였다.

"나, 깨어날 때 물 흐르는 소리를 들었거든. 저 강물 소리였나 봐."

유리가 말했다. 나도, 나도, 모두가 같은 소리를 들었다고 했다.

"야, 생각 안 나? 학교 부근에 있던 그 강……."

라온의 강 얘기에, 강물 위로 부서지는 햇살 같은 밝음이 모두의 얼굴에 넘실거렸다. 그들의 대학 시절에서 그 강을 빼놓을 순 없었다. 팀 과제가 끝나도, 공모전이 끝나도, 시험이 끝나도, 그들은 늘 그 강가로 놀러 갔다. 밤하늘의 별을 보며, 유리의 기타 반주에 맞춰 노래를 부르기도 했고, 그 한 곳에서 술 파티를 벌이기도 했다.

"네가 별짓을 다 했지. 속옷 바람으로 강물에 뛰어들질 않나, 물장난을 쳐서 다들 집엘 못 가고 다른 친구들한테 SOS를 치게 하질 않나……."

문오가 라온을 보고 빙긋 웃으며 말했다.

"이거 왜 이래? 문오 너도 만만치 않았거든."

라온이 문오의 어깨를 툭 치면서 말하는 순간, 입구에서 인기척이 났다.

처음 보는 중년의 남녀가 방안으로 들어왔다. 뒤이어 정장을 단정하게 입은 중년 남자가 들어와, 그 둘을 앞자리에 앉혔다. 이쪽으로들 오시지요, 하고 그 남자가 이번에는 문오 쪽을 향해 말했다. 그는 입고 있는 옷만큼이나 단정한 미소를 짓고 있었다. 넷은 걸어가 그가 가리키는 앞자리에 앉았다. 가운데 통로를 사이로 한쪽엔 그들 넷이, 다른 쪽엔 중년 남녀가 일렬로 나란히 앉아있는 모양새였다.

"여러분, 반갑습니다. 저는, 앞으로 여러분과 함께 지내면서 여러분이 이곳에서 잘 지내도록 도와드릴 집사, 미스터 스마일입니다. 부르실 땐 그냥 스마일, 하고 부르셔도 됩니다."

그들 앞에 선 정장 남자가 머리를 숙여 인사했다. 그는 말투

또한 단정했다.

"내가 지금 왜 여기에 있는 겁니까? 여긴 어디고?"

중년의 남녀 중 남자가 물었다. 단도직입적으로 질문하는 그를 한번 본 다음에, 미스터 스마일은 다시 모두를 향하며 얘기하기 시작했다.

"2년 전 여러분에겐 큰 사고가 있었습니다, 이쪽의 젊은 네 친구들이 타고 있던 자율주행차와, 이쪽의 두 분이 타고 있던 대형 탱크 트럭이 충돌했습니다. 그 사고로 여러분의 육신은 망가지고 기억도 완전히 잃어버렸습니다."

미스터 스마일이 양쪽을 가리키며 얘기하는 순간, 모두의 표정이 굳었다.

"이곳은, 그런 여러분의 기억을 하나하나 소환해내고, 그 기억을 기술적으로 완벽하게 육신에 담아내 각자의 영혼을 각성시키는 곳입니다."

소환하고 각성시키는 곳이라.

그 단어들이 문오의 가슴을 서늘하게 했다. 침묵이 실내를 무겁게 짓누르면서, 모두가 미스터 스마일의 다음 말을 기다리고 있었다. 그는 문오 일행의 몸과 기억이 그 순간에도 빠르게 안정화 되고 있는 중이라고 했다. 안정화라고 하는 건, 몸의 기력과 기억이 원래의 그것에 더 가깝게 회복되는 걸 의미한다고 덧붙였다.

"이제 그 안정화도 끝나게 되고, 여러분은 곧 가족과 만날 수 있게 됩니다."

가족, 이라는 단어에서부터 분위기가 순식간에 달라졌다. 가족이 여기로 오는 거냐고, 라온과 중년의 남자가 거의 동시에 물었다. 미스터 스마일은 다시 단정한 웃음을 띤 채 고개까지 끄덕이며 그렇습니다, 하고 분명하게 답했다.

엄마. 아버지.

두 사람이 문오의 머리를 스치고 지나갔다. 미후에겐 아버님이 올 것이고, 라온과 유리에겐 엄마들이 올 것이 분명했다. 그런데 자신에겐 올만한 가족이 없다고, 나란히 앉은 중년 여자와 남자가 차례로 말했다. 그때, 보안요원이 들어와 미스터 스마일에게 귓속말을 했다. 미스터 스마일은 그들에게 잠시만 쉬고 있으면 금방 돌아오겠다고 말한 다음, 요원과 함께 출입문 쪽으로 향했다.

그들은 아무도 일어나지 않았다. 미스터 스마일이 방을 나갔지만, 모두 그대로 앉아 자신을 찾아올 가족에 대해 생각하고 있는 모습이었다.

문오 역시 엄마와 아버지를 생각했고, 그들을 다시 만나는 순간의 자신을 떠올렸다. 엄마는 반갑겠지만, 아버지는 그렇지가 않았다. 미후와 그녀의 아버지까지 함께 만나야 한다는 걸 생각하면, 나타나 주지 않는 게 고마울 사람이었다.

그가 대학을 광고영상학과로 가겠다고 했을 때, 아버지는 극렬히 반대했다. 하나뿐인 자식인데, 이혼하고도 둘이서 같이 살았는데, 이게 무슨 배신이냐고 했다. 엄마와 이혼하면서 아들하고 살겠다고 고집부린 건 아버지잖아요, 내가 아니라구요. 목구멍까지 올라오는 그 말을, 문오는 침을 넘기듯 꿀꺽 삼켰다. 아버지가 고집하는 경영학과를 피하는 데에 일말의 도움도 되지 않는 말이었다. 대신, 그는 자신이 원하는 걸 하고 싶다고 거듭 읍소했다. 경영학은 정말 취향이 아니라고, 자신은 광고를 찍고 만들어보고 싶다고.

그러나 아버지는 끝내 반대했다. 할 수 없이, 그는 자신이 원하는 대로 진학했다. 아들의 여자 친구인 미후가 같은 대학 같은 과에 합격했다는 걸 안 아버지는 아들의 이중 배신으로 노발대발했다. '이중 배신'이란 표현을 말끝마다 반복했다. 그즈음부터 그와 아버지의 전쟁은 크고 작은 간헐적 전투로 이어져 왔다.

이젠 아무 의미도 없어진 그 전쟁을 계속해보자고 나를 소환한 건 아닐 텐데.

그 생각이 꼬리를 물 때, 미스터 스마일이 돌아왔다. 그는 그들 앞에 서서, 중년 남녀를 보며 얘기를 시작했다. 그의 손엔 쪽지 하나가 들려 있었다.

"아까 두 분이, 이곳으로 올 만한 가족이 없다고 말씀하셨지요? 방금, 가족들의 최종 명단을 받았습니다."

그가 중간에 얘기를 끊고 다녀온 게 그 명단 때문이라는 얘기였다.

"아, 그전에 이쪽 네 분과 이쪽 두 분은 같이 지내게 됐으니, 소개를 드렸으면 하는데, 괜찮겠습니까?"

미스터 스마일은 문호 일행과 중년 남녀를 차례로 바라보며 말했다. 어느 쪽도 그의 말에 별 반응을 보이진 않았지만, 그는 문호와 친구들 쪽으로 두세 걸음 걸어가서 그들을 차례로 소개했다.

"오문오 씨, 유미후 씨, 권유리 씨, 김라온 씨."

미리 외운 것처럼 넷의 이름을 또박또박 말한 다음, 미스터 스마일은 대학 친구들이자 영상제작회사 동료들이라고 덧붙였다. 문오 일행은 중년 남녀 쪽을 향해 목례했다. 미스터 스마일은 다시 중년 남녀 쪽으로 걸어가 둘을 가리키며 소개했다.

"박격보 씨, 이기라 씨."

남자는 트럭을 운전했고, 여자는 동승자였다. 그들도 문오 일행을 향해 목례했다. 다시 중앙에 선 미스터 스마일은 들고 있던 쪽지를 보면서, 끊어졌던 가족 얘기로 돌아갔다.

"이기라 씨는 남편이 오신답니다."

"남편이요? 그럴 리가 없는데……"

기라가 되물었다. 그러나 미스터 스마일은 받은 명단에 분명히 그렇게 되어 있다고 말했다.

"박격보 씨는 부인이 오신다고 합니다."

"아내가? 진짜요?"

격보 역시 믿기지 않는다는 듯이 말했고, 미스터 스마일은 기라 때와 마찬가지로 얘기했다.

이어서 그는 그들의 가운데에 서며, 문오 일행을 찾아올 가족들에 대해서도 알려줬다. 문오에겐 부모님이, 미후에겐 아버님이, 유리에겐 어머님과 동생이 온다는 얘기였다. 그리고 라온에겐 어머님과 함께 한 사람이 더 온다고 했다.

"그 한 사람도 가족입니까?"

바로 라온이 질문했다.

"명단을 봐서는 잘 모르겠습니다. 어머니 외 1인이라고만 되어 있거든요."

누구지? 라고 혼잣말하며, 라온은 어깨를 으쓱했다. 쪽지를 접어 상의 안주머니에 넣으면서, 미스터 스마일은 다른 질문이 있는지 물었다. 잠깐의 침묵 후에 격보가 질문을 던졌다.

"그…… 아까…… 큰 교통사고가 났다고 했잖습니까?"

그리곤, 아…… 이거 좀 떨리네, 하고 그는 혼잣말을 덧붙였다.

"예, 그 사고에 대해 더 알고 싶으신 거군요. 그런데 왜 떨리시죠?"

미스터 스마일이 웃음을 머금은 채 격보의 질문을 받았다.

"두 차가 충돌했으면, 아무래도 내가 저쪽 차를 들이박은 거 같아서 말입니다."

격보가 조금 기어들어 가는 소리로 얘기했다. 문오도 사실은 궁금한 부분이었다. 듣고 나면 모두가 힘들어질 것 같아서 선뜻 얘기를 꺼내지 못하고 있을 뿐이었다. 말씀드리지요, 하고 미스터 스마일은 웃음기 없는 얼굴로 말을 이었다.

"사고가 난 지점은 산길로, 차 두 대가 겨우 지나다닐 수 있는 외길이었습니다. 두 대의 차는 서로 마주 보고 달리던 중이었구요. 그런데, 두 대의 차가 동시에 길 한가운데로 들어오면서 충돌했습니다. 차들이 왜 그렇게 동시에 가운데로 몰렸는지에 대한 원인은 아직 밝혀지지 않았습니다."

안도하는 것인지 괴로워하는 것인지 모를 격보의 한숨 소리가 크게 들렸다. 사이, 문오가 미스터 스마일을 향해 질문했다.

"그런 원인은, 주행기록이나 블랙박스 같은 걸 보면 다 알 수 있는 거 아닌가요?"

모두의 시선이 문오에게서 다시 미스터 스마일에게로 쏠렸다.

"자율주행차는, 서버로 실시간 공유되는 주행데이터를 통해서, 사고가 발생했을 때 그 원인이 된 값을 우선 확인할 수 있지요. 헌데 사고가 난 지점은 군사시설보호구역이라 통신이 두절된 산길이었습니다. 그래서 사고 순간의 데이터가 전혀 전송되고 있지 않았습니다. 그리고 두 차의 블랙박스는……"

그는 긴장한 모두의 얼굴을 보며 한 호흡 쉬고 나서 말을 이었다.

"두 차 모두, 충돌 순간에 화염과 함께 폭발했습니다. 그래서 두 차의 블랙박스는 물론이고, 자율주행차에 탑재돼있던 인공지능 시스템 역시 아무것도 회수할 수 없었습니다."

여러분의 소환된 기억 속에, 사고 순간의 기억이 없는 건 그 때문입니다, 하고 미스터 스마일은 대답을 마쳤다. 문오는 고개를 꺾으며 두 손으로 머리를 잡았다.

소환…… 그 소환이 틀림없어.

걱정.

_____

    가족들이 도착할 때까지 휴식을 취하라며, 미스터 스마일은 먼저 광장방을 나갔었다. 그들도 모두 그 방을 나왔고, 문오는 미후와 둘이 있고 싶었다. 그러나 유리가 먼저 그녀와 얘기하고 싶어 했다. 라온은 쉬겠다며 자신의 방 205호로 들어갔다. 204호는 존재하지 않았고, 라온의 방과 미후의 방 사이에 203호, 유리의 방이 있었다. 미후와 유리가 그 방으로 들어가는 것을 보면서, 문오는 혼자 자신의 방으로 향했다.

    방으로 들어오자마자, 문오는 침대에 누웠다. 머리맡의 강아지 인형이 그를 보고 있었다. 그는 인형을 쓰다듬으며 말했다.

"미미야. 오빠, 어쩌면 좋지?"

난감하다, 라는 말이 생각났다. 그 말이 지금의 상황을 가장 잘 말해주는 것 같았다. 답답하고 힘들었다. 그러나 이상하리만치 슬프거나 화가 치밀진 않았다.

미후는 알고 있을까? 라온과 유리는…….

나중에 말하는 것보단 지금 얘기하는 게 더 나을 것 같았다. 그래야 그에 적절한 행동을 할 수 있을 테니까 싶었다.

다시 반듯이 누우니 온통 스카이블루인 천장이 눈에 가득 들어왔다. 그날 아침 하늘도 저런 색이었는데…… 그런 생각이 들면서, 그 파란 하늘에서 쏟아져 내리는 햇빛을 받고 달리던 차창 밖 풍경도 떠올랐다.

그 차는 문오의 아버지 회사인 <엠노마드(Mnomad)> 사의 자율주행차였다. 그는 운전석에, 미후는 조수석에 앉아있었지만, 차가 인공지능으로 움직였기 때문에 그는 운전할 필요가 없었다. 그를 보며 밝게 웃던, 그날 차 안의 미후 얼굴이 쓰윽 다가왔다.

그나저나 차는 왜 길 가운데로 꺾었을까.

정말 알 수 없는 일이었다. 아버지 회사의 모든 자율주행차는, 시험 운전 단계는 물론 상용화 이후에도 사고율 제로를 자랑했다.

아버지는 사고 원인을 알면서 비밀로 하고 있는 건가, 하고 생각하는 순간, 밖에서 벨 소리가 들렸다. 문오는 침대에서 일어나 문을 열었다. 미후였다. 그녀는 방으로 들어오자마자, 미미 인형을 찾았다. 문오는 인형의 전원을 켠 다음 그녀에게 건넸다.

꿍얼꿍얼.

강아지 인형이 다시 미미처럼 소리를 냈다. 그녀가 인형을 안은 채 침대에 걸터앉자, 그도 그녀의 옆에 나란히 앉으며 말했다.

"유리는 왜?"

"엄마하고 만날 일이 걱정인가 봐. 둘이 워낙 많이 싸우니까, 만나면 엄마가 또 뭐라고 할지 몰라서……."

우리 엄마는 만나면 딱 5분간만 좋아, 그다음부턴 싸우기 바쁘니까. 언젠가 유리가 했던 말이 생각났다.

설마 여기까지 와서도 그럴까.

그 말이 언뜻 떠올랐지만, 문오는 그 말 대신 다른 얘기를 했다.

"그래도 아버지라는 적과의 동침을 기다리고 있는 나보단 낫지 않나?"

"동침은 또 뭐야?"

"말이 그렇다는 거지."

하긴, 하면서 미후가 쓸쓸하게 웃었다. 그도 그녀를 따라 웃다가 웃음을 거두고 나서 얘기했다.

"아버님은 어떻게 오시는지 모르겠네. 힘드실 텐데."

미후 아버지는 다리를 심하게 절었고, 몇 년 전 교통사고를 당하고부턴 아직도 목발에 의지해 다녔다.

"그래도 휠체어는 안 타고 다니시잖아, 우리 아빠."

그녀가 씩씩하게 얘기하자, 문오는 고개를 끄덕이며 말했다.

"내가 갈 수만 있으면 모시고 올 텐데 말이야."

"자기 아버진 어떡하고?"

"우리 아버지가 왜?"

"우리 아빠를 싫어하실 게 당연한데, 자기가 우리 아빠 모시러 가면?"

문오는 대답 대신 한숨을 작게 내뱉었다. 그는 미후에게서 인형을 건네받아 전원을 끈 다음, 침대 머리맡에 놓으며 그 '소환'에 관한 얘기를 꺼내려 했다. 그러나 미후가 먼저 그의 한 손을 잡으며 말했다.

"괜찮겠어? 내일, 자기 아버지 만나면."

"뭐 아버지도 전 같이야 하겠어? 우리가 이렇게 됐는데."

일단은 그녀를 안심시킬 요량으로, 문오는 그렇게 말했다.

"우리가 어때서?"

미후는 그의 말을 받으며 일어나, 모델처럼 포즈를 취했다. 빙글 돌기도 하고, 방안을 누비며 런웨이 워킹을 해 보이기도 했다. 그녀의 걸음걸이며 동작이 아까보다 더 좋아 보였다. 문오의 얼굴에 웃음이 번졌다.

"까르페 디엠!"

다시 그의 옆자리에 앉아 문오를 보며 미후가 말했다. '까르페 디엠(carpe diem)'은 문오가 좋아하는 말이었고, 그녀에게도 늘 해주는 말이었다. 지금을 즐겨라, 오늘에 충실하고 현재를 소중히 하라, 그런 의미였다. 그렇게 할 거지? 하고 미후가 한마디를 더하자, 문오도 그녀에게 까르페 디엠, 하면서 새끼손가락을 내밀었다. 둘은 서로의 새끼손가락을 걸고 엄지로 도장을 찍었다.

그들이 손을 내리는 순간, 벨이 울렸다. 문오가 문을 열어주자 라온이 들어왔다.

"둘이서 뭘 하고 있었던 거야?"

라온의 말에, 문오가 주먹을 쥐어 보이며 말했다.

"죽을래?"

죽을래 라니. 순간, 모두가 머쓱해진 표정으로 서로를 보았다. 먼저 두 사람의 시선을 외면하면서, 라온이 강아지 인형을 발견하고는, 미미랑 꼭 닮았다고 감탄했다. 고개를 끄덕이며, 쉬지 않고 왜 왔냐고 문오가 물었다. 누워있었더니, 엄마 얼굴이 자꾸 떠오르고 머릿속만 복잡해져서 나왔다면서 라온은 한 손으로 자신의 머리를 만졌다.

"오우, 진정한 마마보이!"

"오우, 진정한 파파걸!"

미후의 말을 맞받아치고는, 라온이 창가로 걸어가며 얘기했다.

"우리, 정원에 안 나가볼래? 대문이나 울타리 밖으로 나가지만 않으면 괜찮대. 방금 미스터 스마일한테 물어보고 오는 길이야."

라온은 시선을 창밖에 둔 채, 정원이 진짜 이쁘지 않냐? 라는 말을 덧붙였다. 셋은 유리를 불러내 같이 정원으로 나가보기로 했다.

방을 나가기 전, 미후는 강아지 인형을 돌아보며 말했다.

"미미, 언니 갔다 올게."

그리고 그 인사가 그날 미미와 헤어지면서 자신이 마지막으로 한 말이기도 했다는 생각이 문득 들었다.

각성.

────────────────

    그들은 공원처럼 넓고 아름다운 그곳을 이곳저곳 거닐었다. 나무들과 함께 온갖 화초들이 저마다의 색깔로 흐드러졌고, 작은 연못과 쉼터도 보였다. 특이한 건, 그 쉼터 한쪽에 카페 같아 보이는 작은 건물이 있다는 사실이었다.

    답답했는데 정원에 나오니까 확 트이는 거 같다는 유리의 말처럼, 확실히 기분이 좋아지는 건 있었다. 넷이 그렇게 걸으니, 어딘가 잘 조경된 정원으로 촬영을 나온 것 같기도 했다.

    카메라만 있다면.

    문오가 그런 생각을 할 때, 라온은 양손 엄지와 집게손가락으로 사각 프레임을 만들어 자신의 눈 앞쪽에 대며 한마디 했다.

"여긴 진짜, 어디를 잡아도 그림이야, 그림."

"어허, 촬감은 접니다만."

이번엔 문오가 웃으면서 한마디 했다. '촬영감독'을 줄여서 '촬감'이라고 그들은 불렀다. 아 예, 라온도 웃으면서 바로 손 내리는 시늉을 과장되게 해 보였다.

회사 내에서 문오는 촬영감독으로, 미후는 피디 겸 작가로 일했다. 라온은 영상 편집을 맡았고, 유리는 디자이너로, 세트 디자인이며 촬영에 필요한 소품은 물론, 모델의 분장과 의상까지 도맡았다. 그러나 영상의 전반적인 아이디어를 찾아내고 기획서를 다듬을 땐 직책의 구분 없이 모두가 머리를 모았다. 촬영 준비나 실제 촬영에서도 서로가 서로의 일을 보조하며 일을 해나갔다. 가령, 라온이 촬영보조로 문오를 돕고, 미후가 유리와 같이 소품과 의상을 챙겼다.

라온이 먼저 잰걸음으로 카페 같아 보이는 건물에 도착했다. '카페 같아 보이는'이 아니라 진짜 카페였다. 오아시스를 만난 기분인데? 라는 미후의 말같이, 카페는 그곳에 있다는 것만으로도 모두의 마음을 편안하게 해주었다. 그러나 카페는 문이 잠겨있었고, 안엔 아무도 없었다. 실망이다, 하면서 그들은 쉼터로 갔다. 벤치들도 아치형 지붕도 정원과 잘 어울렸다.

미후 옆으로 문오가, 문오 옆으로 라온과 유리가 자리를 잡고 벤치에 나란히 앉았다. 저만치 보이는 전체 건물은 크면서도 세련된 모습이었다. 울타리 너머로는 멀리 강이 보였고, 귀 기울이면 강물 소리가 들려왔다.

문오는 미후의 손을 가만히 잡았다. 보고 있는 싱글들 서럽게 꼭 커플 티를 내요, 하고 라온이 그들 둘을 보면서 말했다.

"지금이라도 안 늦어. 너도 연애해."

미후가 라온을 보고 말하며 혀를 쏙 내밀었다. 라온도 질세라 미후에게 혀를 쏙 내밀어 보였다. 유리는 표정 없이 먼 강 쪽을 바라보고 있었다. 라온이 그녀를 힐긋 보고 나서, 미스터 스마일이 말한 자신의 '어머니 외 1인'에 관한 얘기를 꺼냈다. 도무지 알 수가 없다는 거였다.

"그렇게 감이 안 잡혀? 이모나 외삼촌 같은⋯⋯"

문오가 라온을 보며 물었다.

"본 적도 없는데?"

"그럼 혹시 숨겨둔 애인?"

먼 곳을 보고 있던 유리가 라온의 말에 끼어들었다.

"내가 숨겨둔 애인은 유리 너지."

라온이 웃으며 얘기하자, 유리가 입을 삐죽해 보였다. 한때, 라온과 유리가 사귀었던 적이 있었다. 그렇게 한 학기가 지나갔다.

그러나 그 학기의 방학이 끝나가던 즈음의 어느 날, 둘은 다시 친구로 지내기로 했다고 선언했다. 원인은, 유리 엄마가 라온의 검은 피부색을 유별나게 싫어해서였다. 라온은 혼혈아였다.

둘은 한동안 어색해하고 힘들어했지만, 그래도 팀이 깨지는 일은 없었다. 오히려 문오와 미후가 애쓴 덕분에 팀워크는 전보다 더 단단해졌고, 그 일로 농담을 해도 별 탈 없이 지내왔다.

"보지는 못했어도, 엄마 가족이 누군가는 있을 거 아냐?"

문오가 물었고, 라온은 고개를 갸웃하며 대답했다.

"모르겠어. 내 기억으로는 엄마가 나 때문에 식구들하고도 연을 끊고 살았는데……. 소환된 내 기억에 문제가 있는 건가?"

"근데 기억을 소환한다는 게 무슨 뜻이야?"

광장방에서 미스터 스마일이 말할 때 뜻을 정확히 몰랐다며, 유리가 물었다. 뭐긴 뭐겠어? 기억을 불러온다는 뜻이지, 하고 라온이 대답하자, 문오가 유리를 보면서 얘기를 이었다.

"너, 안드로이드 하스피럴(Android Hospital) 기억해?"

그 병원은, 그들이 전에 광고 영상을 만들어준 곳이었다. 소환된 기억에 심각한 문제가 있는 안드로이드에게, 라는 말을 두 번 되풀이해서 언급하며, 문오는 바로 그 말이 그 영상에 나온다는 사실을 환기시켰다.

"아, 맞다. 소환이라는 단어가 안드로이드에 대해 말할 때

쓰는 전문용어……"

그렇게 말하다 말고, 유리의 얼굴이 갑자기 흙빛이 됐다. 그럼 우리 기억이 소환됐다는 건, 우리가? 하고 물으면서 그녀는 문오에게 시선을 고정했다. 문오는 또박또박 확실하게 대답했다.

"안드로이드로 각성된 거야, 우리는."

아까 미스터 스마일이 각성이라는 단어도 사용하긴 했다고, 라온이 생각난 듯 말하자, 다시 문오가 얘기를 이었다. 영혼이 각성된다, 라는 말도 소환이란 말처럼 안드로이드를 얘기할 때 사용되는 거라고. 그는, 지금 말해야 한다고 생각했다. 나중에 말하는 것보다 바로 지금, 가능한 한 정확히.

하지만 라온은 문오의 말에 고개를 저으며, 자신이 그때 자료를 보면서 알게 된 팩트가 있다고 했다. 안드로이드는 기본적으로 특수한 목적으로만 만들어지고, 어떤 경우에도 특정한 사람의 기억과 외모를 오십 퍼센트만 소환할 수 있다는 거였다.

"몰라. 우리가 왜 백 퍼센트로 소환됐는지는 모르지만, 하여튼 난 소환되고 각성된 오문오이고, 그런 라온이고, 그런 유리이고…… 그런 미후인 거야."

분명하게 말하면서 문오는 미후와 눈을 마주쳤다. 미후는 고개를 끄덕이고 있었다. 평소에, 무언가를 수긍할 때 보이는 반응이었다. 알고 있었던 거냐고, 문오는 눈으로 미후에게 물었다.

"그 광고 내레이션, 백 퍼센트 내가 쓴 거거든. 미스터 스마일이 소환, 각성, 그런 단어를 쓸 때, 아니다…… 깨어나서부터 직감적으로……"

미후는 담담하게 말했다. 그러나 그녀의 대답이 채 끝나기도 전에, 다시 라온이 끼어들었다. 소환이라든지 각성이라든지 그런 말은 사람들한테도 쓰는 거 아니냐고 반문했다. 이번엔 문오가 라온의 말에 끼어들었다.

"너, 여기서 깨어난 후부터 지금까지 먹은 거 있어? 아니, 먹는 거 좋아하는 김라온이 무언가를 먹고 싶다는 생각을 해봤어?"

없어, 하고 라온이 잠깐 생각하다가 힘없이 대답했다.

"김라온, 권유리, 당신의 기억은 소환됐습니다. 당신의 영혼은 각성됐습니다. 우린, 안드로이드입니다. 인간의 모습을 한 로봇."

"오 마이 갓."

문오가 말하자, 라온이 한숨을 내쉬며 중얼거렸다.

유리는 울음을 터뜨렸다.

그러나 눈물은 한 방울도 나오지 않았다.

출발

0생.

_____

    그들은 아직 나타나지 않고 있다. 불쑥불쑥 삐져나오려는 성질을 큰 날숨으로 잠재우며, 그는 자신의 집무실을 둘러본다. 가구라고는 달랑 책상 하나와 소파 세트가 전부인 방. 당연히 있음 직한 자동차나 로봇 모형 하나 없이, 책상 위엔 모니터 하나가 달랑 놓여있을 뿐이다.

    책상 의자에 앉아 그들을 기다린 지 벌써 한 시간. 아무래도 연로한 미스터 이터널(Mr. Eternal) 때문인 것 같다. 그런데 미즈 로즈(Ms. Rose)와 마담 빈(Madam Bean)은 왜 꼭 그와 같이 등장해야 하며, 그래서 같이 늦는지 이해할 수 없다. 큰손

들만 아니라면, 매번 이렇게 개념 없이 지각하는 무례를 참지 않아도 될 텐데, 하고 생각하는 사이, 엘리베이터에서 내리는 사람들의 소리가 밖에서 들렸다. 그는 자리에서 일어나, 열어둔 출입문 쪽으로 걸어갔다.

"오태양 대표, 오랜만이야."

미스터 이터널이 먼저 방으로 들어오며 그에게 악수를 청했다. 목을 긁는 것 같은 그의 소리는 언제 들어도 거북하지만, 오 대표는 얼굴에 미소를 띠면서 두 손으로 미스터 이터널의 한 손을 잡고 가볍게 흔들었다. 그의 뒤를 따라, 젊고 화사한 미즈 로즈와 중년의 마담 빈이 들어왔다.

"반가워요, 대표님."

미즈 로즈의 발랄한 인사와 악수, 그리고 마담 빈의 말 없는 목례가 이어졌다. 그는 집무실과 연결된 회의실로 그들을 안내했다.

오 대표는 대형 테이블을 사이에 두고 그들과 마주 앉았다. 늘 그렇듯, 미스터 이터널을 가운데로 두 사람이 그의 양쪽에 자리를 잡았다. 그들 셋은 오 대표의 회사 <엠노마드>의 대주주였다. 특히 '재회 프로젝트' 사업에 거액을 투자한 큰손들임은 물론, 그 사업의 허가를 받아내는데도 결정적인 영향력을 발휘했었다.

"바로 본론으로 들어가자구. 우리가 좀 늦었으니까."

테이블 위에 세팅된 음료를 집어 들고 한 모금 천천히 마신 다음, 미스터 이터널이 얘기했다.

좀이라니? 늦은 것에 대한 사과 한 마디 없이.

오 대표는 생각하면서 그의 다음 말을 기다렸다. 미스터 이터널은 다시 음료를 꼴깍꼴깍 소리 내며 마시는 중이었다. 그가 좋아하는, '영생'이라는 브랜드의 음료였고, 영생을 꿈꾸는 미스터 이터널다운 취향이었다. 그 음료는, 브랜드를 허가받기 위해 '영생'의 '영'을 '제로'로 신청했다던가. 생명이 제로인 영생이라니…….

"오늘 우리가 오태양 대표를 보자고 한 건, 기한 내에 완벽한 결과가 있어야 한다는 걸 분명히 하기 위해서야. 사고 원인 말이지. 첫 게스트들을 지금의 게스트로 바꾸겠다고 오태양 대표가 말했을 때도, 우리가 반대하지 않은 이유는 딱 그거 하나라는 거, 잘 알고 있으리라 믿어."

마담 빈과 미즈 로즈가 그의 말에 호응하듯 동시에 고개를 끄덕였다.

이 노인은 항상 이름까지 꼭 넣어서 나를 부른단 말이야. 나를 애 취급하려고 일부러 그러는 건가? 아니면 노쇠하지 않은 자신의 기억력을 과시하는 건가?

오 대표는 자신의 생각을 잘라내며, 여부가 있겠습니까, 하고 부드럽게 대답했다. 원래 '재회 프로젝트'는 가상현실만큼이나 특별한 재회의 공간을 만들어놓고, 죽은 사람의 기억을 소환하고 안드로이드로 각성시켜서 가족과 만나게 해주는 사업이었다. 프로젝트가 한창 진행되는 중에 그 사고가 났고, 오 대표는 사고 원인을 알아내야 한다는 이유를 들어 안드로이드들을 문오 등의 사망자들로 변경하길 원했다. 처음에 그들은 강력히 반대했다. 그러나 매스컴이 사고의 원인을 자율주행차의 인공지능 이상으로 몰아가면서 '재회 프로젝트'에까지 영향이 오자, 그들은 그것을 허락했다.

"그들은 모두 각성됐나요?"

그때까지 한 마디도 하지 않고 있던 마담 빈이 질문했다. 중년의 그녀는 얼굴도 몸도 손가락도 모든 게 자그마했다. 말도 조곤조곤, 귀 기울여 듣지 않으면 들리지 않을 정도로 작았다.

"물론입니다. 모두 이상 없이 각성됐고 안정돼가고 있다는 보고를 미스터 스마일로부터 받았습니다."

"미스터 스마일은 잘하고 있죠?"

그가 대답하기 무섭게, 미즈 로즈기 물으면서 마담 빈을 바라봤다. 마담 빈의 얼굴엔 아무런 표정도 없었다. 아주 잘 하고 있습니다, 하고 말하면서, 오 대표는 다시 미스터 이터널의 얼굴을 바라봤다. 다 마신 음료병을 테이블 위에 내려놓으며, 그가 얘기를 시작하고 있었다.

"문정인 박사는 같이 가는 거지? 파이널 작업이 진행 중인데 자리를 비워서 말이야. 왠지 조금⋯⋯"

그녀들이 다시 고개를 끄덕였다.

"수석연구원 케이가 잘 하고 있으니까 걱정하지 않으셔도 됩니다."

오 대표는 대답하면서, 자신의 휴대폰을 흘낏 봤다. 아내 문정인 박사의 문자 메시지가 쌓이고 있었다. 그녀는 본인이 미미와 동행해야 한다고 고집했다. 미미용품도 그녀가 챙겨야 된다고 했다. 그 역시도 미미를 사랑하고 있고, 그도 충분히 할 수 있는 일이니 걱정하지 말라며 얘기를 끝내려 하자, 문 박사는 그를 똑바로 보며 말했다. 문오가 눈 뜨는 순간을 곁에서 차마 지켜볼 수가 없어, 라고.

문정인 박사가 빨리 오라고 하나 보군, 가봐야지? 하면서 미스터 이터널이 의자 손잡이를 잡고 일어났다.

귀신이 따로 없군.

오 대표가 생각하는 사이, 미즈 로즈와 마담 빈도 그를 따라 자리에서 일어섰다. 미즈 로즈의 가슴에 피어있는 장미 브로치를 그제야 발견하고, 오 대표는 스카이블루 장미네? 하고 생각했다.

"빨리, 완벽한 결과를 기다리겠네."

엘리베이터에 오르기 전에 악수를 나누며, 미스터 이터널이 얘기했다. 화상전화 한 통화로도 충분한 그 얘기를 하려고 이렇게 바쁜 사람의 시간을 빼앗다니. 어이없는 마음을 다스리며, 오 대표는 그의 손을 잡고 웃어 보였다. 미즈 로즈의 악수에 이어, 이번엔 마담 빈이 악수를 청하며 속삭이듯 말했다.

"아드님한테 안부 전해주세요."

고맙습니다, 하고 오 대표는 또 한 번 웃어 보였다. 안부는 무슨? 하는 생각이 일었지만, 그는 문이 닫히는 엘리베이터를 향해 정중하게 인사했다. 빨리 털어버리고, 아내가 기다리는 곳으로 가야지, 하면서 오 대표는 문이 열린 채인 집무실로 발길을 돌렸다.

그가 집무실에 들어서자마자, 회의실 테이블 위에 놓인 그의 휴대폰이 진동하기 시작했다. 아내의 인내심이 한계에 도달했다는 얘기였다. 오 대표는 달려가 전화를 받으면서, 그의 방을 나섰다.

행복.

엘리베이터는 곧바로 그를 태우고 지하주차장으로 달렸다. 오 대표는 엘리베이터를 내려 그의 차를 향해 걸어갔다. 그의 회사가 만들어낸 최신의 자율주행차였다.

"엠노마드 호텔."

안전벨트를 하며, 그는 행선지를 말한다. 그곳은, 직원들과 그 가족이 언제나 묵을 수 있도록 회사가 사들인 호텔이었다. 규모는 그리 크지 않았다. 하지만 특급호텔 못지않은 시설과 서비스에다 회사에서도 가까워서, 밤에 일하길 좋아하는 직원들에게 인기가 있었다. 지금 그곳에 아내는 물론, 태어난 안드로이드들을 만나러 가는 가족들이 도착해있다.

차가 건물을 빠져나오자, 사이드미러에 그의 회사 건물이 담겼다. 회사 이름 'Mnomad'도 크게 보였다. 하늘엔 하얀 구름이 뭉게뭉게 피어나고 있었다.

따르릉…… 따르릉……

전화벨 소리가 울렸다. 복고풍의 그 소리가 그나마 그의 마음을 편안하게 해준다.

"여보, 출발했어?"

아내의 목소리가 흘러나왔다. 그의 방을 나오면서 출발한다고 얘기한 지 5분이 채 안 된 듯했다.

"지금 출발했고, 10분 이내 도착."

또 무슨 일이 생긴 건가 싶은 걱정을 누르면서 그는 대답했다. 그녀는 오늘 회사에 출근하지 않았고, 호텔로 바로 가서 가족들과 합류하겠다고 했었다.

"여보. 유리 엄마하고 지금 통화가 됐대. 휴대폰 배터리가 나가 있는 걸 모르셨나 봐. 한 30분 정도 걸린다니까, 당신 천천히 오라고."

미스터 이터널과의 미팅 중에 그녀가 문자 메시지를 여러 통 보낸 건, 유리 어머니 박소란과 통화가 안 되고 추적도 안 된다는 내용이었다. 알았어, 하고 전화를 끊으려는데, 그녀의 말이 이어졌다.

"미안한데, 당신 오는 길에 미미 밥 좀 사 오면 안 될까?"

"왜, 밥이 없어?"

"당장 먹일 밥이 없어. 집에서 챙겨온 줄 알았는데…… 호텔 바로 뒤쪽에 가게가 하나 있거든. 미미랑 방에 있으니까 이리로 와요."

거기 도착하면 미미 밥이 많이 배달돼있을 텐데, 라고 말하고 싶었지만 오케이, 하고 그는 전화를 끊었다. 자동차는 행선지를 호텔 뒤쪽의 가게로 변경할 것인지 질문해왔다. 그는 그렇게 하라고 했다.

어느새 차는 샛강 도로를 달리고 있다. 그의 회사 이름을 붙인 자동차들이 간혹 눈에 띄고, 강물 위로는 한낮의 햇살이 은빛 비늘들로 흐르고 있었다. 문득, 예전에 그 시각 그곳을 달리고 있던 차 안에서, 문오가 강을 보며 했던 말이 떠올랐다. 엄마 아빠, 은색 애기물고기들이 막 뛰어놀아.

아이가 막 유치원에 입학할 무렵이었다. 우리 문오, 나중에 시인이나 화가가 될 건가 봐, 하면서, 아내는 어린 문오의 표현력에 감탄했다.

그때 우리는 행복했던가. 나는 문오와 아내를 사랑했던가.

문오가 태어났을 때, 그는 아내의 성(姓) '문'과 자신의 성 '오'를 합쳐 '문오'라는 이름을 지어줄 정도로 아내와 아들을 사랑했다. 그러나 그것도 잠시. 일은 그에게서 비늘만 한 마음의 여유도 허락하지 않았다.

특히 당시는, 인공지능 엔지니어였던 그가 막 자율주행차 사업을 스타트업할 때였다. 아내 문 박사도 다니던 연구소를 그만두고 그의 회사에 합류했다. 문 박사는 뇌 인지 과학자이면서 인공지능 분야의 천재적 권위자이기도 했다. 그녀의 존재만으로도 투자자가 줄을 서면서 그의 사업은 순풍에 돛을 단 듯 나아갔다.

주차를 위한 질문이라며, 자동차는 가게에서 얼마나 머물지를 질문했다. 2분, 이라고 그는 대답했다.

문오가 고등학생 때, 그는 아내와 이혼했다. 아내는 아들과 살고 싶어 했다. 그러나 그 역시 아들을 포기할 수 없었다. 그녀는 다시 원래 다니던 연구소로 돌아갈 예정이었고 친정 쪽 가족이 있었지만, 그에게는 문오 뿐이었다.

다행히, 문오는 아버지와 사는 걸 반대하지 않았다. 문오가 그와 지내겠다고 하자, 아내도 더 이상 고집부리지 않았다. 아들이 그와 살겠다고 한 이유가, 같은 반 여자친구와 헤어지기 싫어서였다는 걸 나중에 알고 어이없어했지만.

그랬던 아내 문 박사가 다시 집과 회사로 돌아온 것은, 사고로

간 문오를 도로 살려내기 위해서였다. 게다가, 문오가 사랑했던 미미까지 그의 집에 있는 상황이다 보니, 문 박사는 아들을 보듯 미미를 보며 마음을 추슬렀다. 아들을 반드시 원래대로 되돌려놓고야 말겠다는 하나의 목표 의식이 부부를 단단하게 묶었고 둘의 관계도 좋아졌다. 그리고 드디어 오늘, 아들을 만나러 간다.

그래서 지금은 행복한 건가?

물론 그건 아니었다. 하지만…… 더 생각할 겨를도 없이, 저만치 앞쪽에 호텔이 보였다. 그의 차는 호텔 건물을 끼고 뒤로 돌아갔다. 가게 앞에, 차가 정확히 주차하자, 그는 차에서 내리며 말했다.

"잠깐만 기다려."

선물.

　문이 열리자, 미미가 그의 다리를 껴안듯 감싸며 꼬리를 흔들었다. 오 대표가 캔 사료를 건네자, 문 박사는 그것을 작은 그릇에 옮겨주었다. 밥 먹는 미미를 지켜보며 그녀가 말했다.

　"미미가 문오를 알아보겠지?"

　그럼, 하고 그는 짧게 대답했다.

　"그래도 못 알아보면 어떡하지? 문오가 많이 섭섭해 할 텐데……."

　"미미, 똑똑한 애야. 못 알아볼 리가 없어."

　"문오한테서 냄새가 안 나니까……."

"개가 냄새만으로 주인을 알아보는 건 아니라고, 당신이 얘기해놓고선."

미미는 어느새 바닥에 엎드린 채 발톱 물어뜯기 신공에 빠지기 시작했다. 오 대표는 침대에 걸터앉아 그 모습을 보며, 문오가 미미를 처음 데려오던 때를 생각했다.

문오는 유기견 한 마리를 무작정 데리고 왔다. 오 대표는 내키지 않았지만, 문오는 당장 '미미'라는 이름까지 지어주면서 집에서 키우겠다고 했다. 어릴 때부터 애완견을 키웠던 아내 역시 단번에 문오 편을 들어주었다.

그때는 벌써 이혼 얘기가 나오고 있을 때여서, 날 선 아내의 감정이 누그러뜨려질 수도 있겠다 싶었다. 더군다나, 혹여 이혼을 하게 되면 문오에겐 더없이 필요한 존재일 것 같기도 해서, 그는 미미를 받아들이기로 했다.

"여보. 우리, 문오 선물 사러 안 갈래? 선물을 안 샀더라구."

아내가 그의 곁에 앉으며 물었다. 선물은 무슨, 싶었지만, 그는 시선을 미미에게 둔 채 말했다.

"그럴 시간 없어. 지금 오고 있는 가족이 도착하면 바로 출발해야지."

"그럼, 나 혼자 잠시 나갔다 올게."

더 말릴 새도 없이, 문 박사는 일어나 문으로 걸어갔다. 아내를 혼자 내보낼 순 없었다. 이건 아닌데, 하면서도 그는 아내를 따라 밖으로 나갔다. 미미가 따라 나오려다 도로 들어갔다. 혼자 지내는 덴 이골이 나있는 모습이었다.

호텔을 나서면서, 아내가 그의 팔짱을 꼈다. 오 대표는 그 상태로 호텔 뒤쪽 상가를 따라 걸어갔다. 문득, 아내와 이렇게 단둘이 걸어보는 게 얼마 만인가 싶었다.

그들은 연애 기간이 짧았다. 대학교 은사의 소개로 만나 3개월 만에 결혼했다. 그래도 뇌인지와 인공지능에 대한 공통된 관심사가 있다 보니, 연애를 할 때도 결혼한 후에도 둘 사이는 더할 수 없이 좋았다.

둘의 사이가 틀어지기 시작한 건, 그가 안드로이드 개발을 회사의 제2 창업으로 선언하면서부터였다. 아내 문정인 박사는, 인간을 편리하게 만들어주는 인공지능 개발엔 찬성이었지만, 그 기술로 인간과 같은 안드로이드를 만드는 데는 극력 반대했다.

그건, 신이 인간을 만들어낸 것처럼 한다는 거야, 라던 그녀의 말. 안드로이드란 존재는 인간과 비슷할 뿐이지 인간 그 자체는 아니란 걸 알면서, 왜 그래? 하던 그의 말. 당신의 그 생각이 잘못된 거라구, 안드로이드란 인간의 모습은 물론이고 의식과 행동 패턴을 가져와서 그대로 리빌딩하는 거야, 그건 무슨 의미냐 하면, 신이 자신의 모습과 생각대로 인간을 만든 것과 같다는 거지, 라던 그녀의 말……. 자신은 절대 안드로이드 개발을 지지할 수 없다며 쏟아내던 아내의 말과 그에 맞서던 자신의 말이 어제인 듯 또렷하게 되살아났다. 그럼에도 그는 마치 신들린 듯 안드로이드 개발을 밀어붙였다. 그때는, 알 수 없는 누군가가 그의 몸속에서 끝없는 욕망과 도전을 불러일으키는 것 같았다.

"여보. 우리, 문오한테 저거 선물하자."

아내가 액세서리 가게 앞에 멈춰 서며 유리창 너머에 진열된 물건을 가리켰다. 클래식한 디자인의 손목시계였다. 이미 봐둔 거구나 싶은 생각, 그때 사면 될 걸 왜 구태여? 싶은 생각이 들었다. 아들의 중학교 졸업 때 그가 손목시계를 선물한 이후로, 문오는 손목시계 선물을 좋아했다. 그는 아내를 따라 가게 안으로 들어갔다.

그녀가 그 손목시계를 주문하고 계산하는 사이, 그는 다른 시계들을 구경했다. 아내에게도 하나 선물하고 싶다는 생각이 들어서였지만, 마땅히 눈에 들어오는 디자인은 없었다. 문 박사는 아까보다 훨씬 밝아진 얼굴로 가게 문을 나서며 말했다.

"내가 왜 문오한테 시계를 선물하려는지 알아?"

"문오가 좋아하는 거니까?"

"그것도 있지만, 나는 시간을 선물하고 싶어서 그래. 문오가 머무는 시간이 너무 짧잖아?"

그러네? 하면서 그는 아내를 봤다. 그녀가 다시 그의 팔짱을 낄 때 그의 휴대폰이 울렸다. 미스터 스마일이었다.

"출발이 늦어진다고 들었습니다. 오시는 데 다른 이상은 없습니까?"

무슨 이상이 있길 바라고 하는 말은 분명 아닌데도, 그는 슬쩍 기분이 안 좋아졌다. 매몰차거나 화나는 얘깃거리마저 단정한 어투와 표정으로 하는 그의 모습이 떠올라 더 기분이 꼬였다.

"이상 없습니다. 그쪽은요?"

"여긴 아무 이상 없습니다. 아드님과 친구들이, 안드로이드란 사실을 스스로 안 것 외에는요."

"도청합니까? 안 하기로 했잖아요?"

"물론 하지 않습니다. 권유리 양이 아까 확인하러 와서 알았습니다."

"그래서 확인해줬습니까?"

"그렇습니다. 뭐 문제라도……?"

아닙니다, 그럼 이따 봅시다, 하면서 오 대표는 전화를 끊었다. 미스터 스마일? 하고 아내가 물었다. 그는 고개를 끄덕여 보였다.

"재수 없어."

그녀가 한 마디 하고 걸어 나가려 할 때, 다시 그의 휴대폰이 울렸다. 박소란 씨네가 도착했으니, 호텔 1층 로비로 오라는 담당자의 전화였다. 그는 호텔을 향해 발길을 서둘렀다.

미미를 안은 문 박사와 오 대표가 로비로 들어섰다. 모두가 두 사람을 보며 인사했다. 최근에 리바이벌된 영화 <레옹과 마틸다> 속 남자 주인공의 복장을 그대로 한 레옹이 가장 먼저 눈에 띄었다. 그는 이기라의 남편이었다. 라온의 어머니 마리아와 최근에 합류한 소녀, 지각한 유리 어머니 박소란과 어린 소녀, 박격보의 아내 안지혜, 그리고 소파에 앉아있는 미후 아버지 유기범이 보였다. 기범의 옆에는 목발 두 개가 비스듬히 서 있었다.

오 대표와 문 박사는 그들과 이미 구면이었다. 문오의 친구들, 트럭팀의 격보와 기라를 회생시키기 위해선 그 가족들의 허락과 협조가 절대적으로 필요했고, 그래서 그들과 자주 접촉했었다.

두 사람이 그들 앞에 서자, 모두의 눈길이 두 사람에게 모였다. 무언가 한 마디 해야 할 것 같았다. 오 대표는 그들을 둘러보며 말했다.

"여러분이 허락해주고 잘 협조해준 덕분에, 드디어 그곳으로 가게 됐습니다. 우리 친구들은 전원 아무 탈 없이 잘 깨어났다는 연락을 받았고, 모두 가족을 기다리고 있습니다. 사실, 가슴이 벅찹니다. 여러분도 그러리라 생각하구요. 도착해서 사랑하는 그들을 만날 때까지, 무탈한 여행길이 되길 바라겠습니다."

자, 가실까요? 하고 그가 현관문 쪽을 가리키자, 모두가 박수를 쳤다. 밖에는 대형 밴이 대기하고 있었다. 물론, <엠노마드>의 자율주행차였다. 그들은 현관문을 빠져나가 차례로 차에 올랐다.

잠시 후, 차는 소리 없이 출발했다.

재회

선.

─────────────────────

　모두가 1층 로비에 모였다. 완전히 열어놓은 출입구로 바람이 설렁설렁 드나들었다. 넓은 홀의 한 가운데엔 긴 테이블과 여러 개의 의자가 가지런히 놓여있었고, 미스터 스마일이 그들의 자리를 일일이 정해주었다.

　그들은 군말 없이 테이블 뒤 정해진 자리에 길게 앉았다. 문오를 중심으로, 한쪽으로는 미후와 라온, 유리가 자리 잡고 있었고, 다른 쪽으론 중년의 박격보와 이기라가 있었다. 6명이 차지하고 있기엔 테이블이 턱없이 길어 보였다.

　꼭 이승과 저승을 나누는 선 같군.

문오의 머릿속으로 그런 생각이 쓰윽 지나갔다. 미스터 스마일은 명단을 든 채 테이블 너머에 서서, 곧 도착할 가족들을 다시 한 번 그들에게 확인시켜줬다. 달라진 건 없었다. 라온에게 오는 엄마 외의 한 사람이 누구인지도 여전히 알 수 없었다.

그의 확인이 마무리될 즈음, 밴 한 대가 소리 없이 현관 앞쪽으로 스르르 굴러들어왔다. 대기하고 있던 요원들이 달려가 차문을 열었다.

가장 먼저, 유기범이 요원의 부축을 받으며 밴에서 내렸다. 그는 목발에 의지한 채 걸음을 뗐다. 박소란이 어린 소녀의 손을 잡고 내렸고, 마리아와 중학생 느낌의 소녀가 함께 내렸다. 안지혜와 레옹에 이어, 문 박사가 미미를 안고 나타났다. 마지막에, 오 대표가 밴에서 내렸다.

긴장하고 있는 건지, 아니면 너무 가슴이 벅차서인지, 앉아있는 그들 중 어느 누구도 움직임이 없었다. 반가움이든 난감함이든, 온갖 감회가 스멀스멀 번지고 있을 텐데, 손을 흔들거나 이름을 부르지도 않았다. 얼어붙었다는 표현이 꼭 맞을 듯했다.

그건, 그들을 향해 다가오고 있는 가족들 역시 마찬가지였다. 걸음이 느린 기범과 보조를 맞춰가면서, 돌출된 행동 하나 없이 그저 천천히 문오 일행 쪽으로 걸어오고 있을 뿐이었다.

지척에서 문 박사가 미미를 바닥에 내려놓았다. 문오를 알아

본 걸까. 미미는 꼬리를 춤추듯 흔들어대더니, 낑낑거리며 문오를 향해 달려왔다.

"미미야."

곧바로, 문오가 미미를 부르며 일어서서 테이블을 돌아 뛰어 갔다. 미미는 문오 앞에서 맴을 돌기도 하고 껑충껑충 뛰기도 하며 어쩔 줄 몰라 하더니, 급기야는 문오에게 뛰어오르듯 안겼다. 문 박사는 쥐고 있던 미미의 목줄을 문오에게 건네주며, 아들과 미미를 함께 부둥켜안았다. 그녀가 어떤 마음일지, 어떤 표정일지, 문오는 보지 않아도 알 수 있을 것 같았다. 그도 미미를, 엄마를, 꼬옥 안았다.

일어선 채 문오 가족의 모습을 바라보다가, 테이블 이쪽의 그들은 다시 자신의 가족에게로 시선을 돌렸다. 그 사이, 테이블 너머로 돌아온 미후가 미미를 쓰다듬자, 미미는 문오에게 안긴 채 미후의 뺨을 핥아댔다. 곧바로 미후는 자기 앞에 선 아버지를 두 팔 가득 안았다. 미후야…… 미후야…… 딸의 이름을 부르며, 기범은 두 눈에 눈물이 그렁그렁한 채로 그녀의 얼굴을 쓰다듬었다. 문 박사가 미후의 한 손을 잡자, 미후가 눈으로 그녀에게 인사를 건넸다.

"반가워 미후야."

문 박사가 작게 속삭였다.

엄마…… 엄마…… 라온은 테이블 이쪽에 선 채 '엄마'를 계속 부르며 마리아를 부둥켜안고 있었다. 그녀 뒤에 말없이 서 있던 소녀가 조금 앞으로 나서자, 라온은 그제야 그녀를 알아보고 놀라는 표정이 되었다.

"말도 안 돼! 엄마랑 같이 온다는 사람이 너였어?"

"반가워요 오빠. 저 진봄나래예요."

소녀가 두 눈에 눈물이 그렁그렁한 채 인사를 건넸다. 그녀는 한눈에도 많이 허약해 보였다.

"동생이 온다고 해서 미리가 오는 줄 알았는데, 앤 누구야?"

유리는 테이블을 사이에 둔 채, 자신을 보고 있는 어린 소녀에 대해 엄마 소란에게 묻고 있었다. 이따 얘기해줄게, 하면서 소란이 말했지만, 유리는 소녀를 똑바로 내려다보며 너 누구니? 하고 물었다.

"제 이름은 솜이라고 해요."

솜이는 배꼽 위에 두 손을 가지런히 올린 채 인사하며 또박또박 말했다. 솜이가 누군데? 라며 계속 질문을 멈추지 않는 유리를, 소란은 눈을 부라리며 제지했다. 이따가 다 얘기해줄 거니까 좀만 기다리라면서.

박격보와 이기라는 테이블 너머에 서 있는 아내와 남편을 계속 바라보고 있기만 했다. 잘 지냈어? 괜찮아요? 하는, 일상적인 인사말이 전부였다. 할 말이 많을 텐데도, 어색해하는 거 같기도 하고 말을 아끼는 거 같기도 했다. 지혜는 남편 격보와 동년배로 보였고, 기라의 남편 레옹은 그녀보다 턱없이 젊었다.

오 대표가 문오 앞에 섰다. 문오는 미미를 안은 채 아버지에게 꾸벅 인사했다.

"그래, 반갑다."

아버지의 말을 받아 무언가 얘길 해야 할 것 같긴 한데, 언뜻 마땅한 말이 떠오르지 않았다.

"아들 손 한 번 잡아 봐요."

어색한 둘 사이로 문 박사가 끼어들었다. 그녀가 문오의 손을 잡아 쥐고 남편 쪽으로 내밀자, 오 대표는 아들의 손을 잡고 희미하게 웃어 보였다. 아버지의 얼굴을 대하는 게 많이 힘들 거라 생각했는데, 그렇게까지 어려운 일은 아니었다. 문오는 아버지처럼 웃어 보인 다음, 안고 있던 미미를 추슬러 올렸다. 미미는 아직도 흥분이 가시지 않은 채, 문오의 얼굴을 핥아댔다.

짝 짝, 미스터 스마일이 손뼉을 두 번 크게 치자, 모두의 시선이 그에게 모였다.

"지금 바로 2층 광장으로 이동하겠습니다. 거기서 잠시 여러분 모두에게 드릴 말씀이 있습니다."

그가 짧게 얘기하고 앞장서는 사이, 누구야? 하고 문오가 봄나래를 의식하며 라온에게 물었다.

"내가 우리 대학 부속병원으로 봉사활동 다닐 때 있었잖아? 그때 돌보던 친구야. 식물 소녀."

라온은 어깨를 으쓱해 보이며 속삭이듯 말했다.

라온 모자와 봄나래, 미후 부녀가 엘리베이터를 탔고, 다른 가족들은 엘리베이터 옆의 계단을 이용해 2층으로 향했다.

"미미는 그동안 엄마하고 있었어요?"

미미를 안은 채 계단을 올라가는 문오의 나지막한 물음에, 문 박사는 고개를 끄덕이며 대답했다.

"다 같이 지냈어. 엄마가 옛날 우리 집에서 네 아버지랑 같이 살았거든. 회사에서 일도 같이 해왔고."

문오는 믿을 수 없다는 표정으로 엄마에게서 시선을 떼지 못했다. 앞서가던 문오 아버지가 돌아보며 멋쩍게 웃어 보였다.

엄마가 아버지랑 같이 살고 일도 같이 해왔다니. 그렇게 쉽게 아버지와 재결합할 엄마도 아니고, 아버지 일을 같이할 엄마도 아닌데…… 문오는 엄마가 잘 이해되지 않았다.

문 박사는 더 이상 말이 없었다. 계단을 다 올라 광장방으로 들어가면서야, 그녀는 문오 옆에 바짝 붙어서며 말했다.

"이상할 거 없어. 널 이렇게 되살려내기 위해서였으니까."

몸.

─────────────────────

광장방은 여전히 햇살이 풍성했다.

"세상에 천국이 있다면 이런 풍경일 거야."

문 박사가 햇살 가득한 뒤쪽을 가리키면서 얘기했다. 천국이란 가상현실처럼 사람들이 상상해낸 허구야, 하고 언젠가 그녀가 하던 말이 생각나서, 문오는 새삼스럽게 엄마를 바라봤다.

가운데 통로를 사이에 두고 한쪽엔 문오와 친구들, 그 가족이 끼리끼리 모여 앉았다. 그리고 그 건너편엔 격보와 기라, 그 가족이 각각 앉았다. 격보가 슬그머니 아내의 손을 잡았지만, 지혜는 남편의 손에서 자기 손을 빼냈다. 기라 부부는 사이를 띄워 앉은 채 앞만 보고 있었다.

미스터 스마일이 그들의 앞쪽 가운데에 서며 말했다.

"여러분을 소환하고 각성시켜서 가족과 함께 하는 이 자리를 만들기까지, 어려움이 많았습니다. 그걸 다 이겨내고 오늘 이렇게 여러분이 다시 만나는데, 결정적인 역할을 해주신 두 분이 있습니다. 오태양 대표님과 문정인 박사님을 박수로 모시겠습니다."

'엄마가 옛날 우리 집에서 네 아버지랑 같이 살았거든. 회사에서 일도 같이 해왔고.'

조금 전 엄마가 한 말이 명확한 사실이구나, 하고 문오는 생각했다. 오 대표는 출발 전에 했는데 또 새삼스럽게 무슨 인사냐고 했지만, 미스터 스마일은 인사라기보다 필요한 얘기들을 해주셔야 한다며 둘을 그들 앞으로 나오게 했다. 오 대표가 모두를 둘러본 다음 얘기를 시작했다.

"이렇게 우리 아들 얼굴을 보니 정말 좋군요. 여러분들도 같을 거라 생각합니다."

'우리 아들'이라고 말하면서, 오 박사가 문오를 바라봤다. 그의 눈길을 따라, 모두의 시선이 문오에게 쏠렸다. 그러나 문오는 사람들의 시선을 외면하고 미미를 내려다봤다. 미미는 그의 무릎에 몸을 웅크리고 엎드린 채, 어느새 취침 모드를 취하고 있었다. 피곤했나보다고 생각하면서, 그는 미미를 한번 쓰다듬고 나서 다시 아버지를 봤다.

"이제 여러분은, 오늘부터 2주 동안 함께 지냅니다. 그 기간 동안 서로 못다 한 얘기 다 하면서, 맺힌 게 있으면 풀어서 화해하고, 미처 마무리 짓지 못한 게 있으면 깨끗하게 정리하기 바랍니다. 물론 각자도 자신의 삶을 돌아보고 마음의 평안을 얻는 2주가 되었으면 합니다."

오 대표의 말이 끝나자, 라온이 다른 이들의 눈치를 보며 손을 들고 질문했다.

"저희가 안드로이드인 거, 맞죠?"

라온을 보고 있던 시선을 모두에게로 돌리며 오 대표가 대답했다.

"여러분은 분명히 안드로이드로 각성됐습니다."

순간, 끙, 하는 격보의 신음소리가 크게 들렸고, 곧바로 그의 질문이 이어졌다.

"2주 후에는요? 그때는 어떻게 되는데요?"

"2주 후엔 가족도 여러분도 원래 있었던 곳으로 돌아갑니다."

오 대표의 대답에도, 격보의 말은 계속됐다.

"천국이나 지옥이나 구천을 헤매거나, 또 뭐가 없나? 하여튼 그렇게 되겠네요? 나 참 어이가 없어서……"

그의 말을 자르듯, 오 대표 옆에 서 있던 문 박사가 나서며 얘기를 이어갔다.

"사실 몸이란 건 영혼을 담는 그릇입니다. 그게 망가지고 깨져도 영혼은 남아있어요. 영혼은 기억의 총합체이고, 그래서 이곳에서 중요한 건, 육신이 아닌 영혼, 즉 여러분 각자의 기억입니다. 허나 우리 인간이란 존재는, 보이지 않는 영혼보다 보이는 육신에 더 친숙하기 때문에, 지금 여러분들은 안드로이드라는 몸을 빌려 다시 태어난……."

문 박사의 얘기가 채 끝나기도 전에, 격보가 일어서며 다시 따지듯 말했다.

"그렇게 어렵게 말하지 말고, 그냥 쉽게 얘기해요. 겨우 그거 살라고 우릴 안드로이드로 살려냈다는 거 아닙니까!"

그것은, 문오도 하고 싶은 말이었고, 친구들도 그럴 거란 생각이 들었다. 하지만, 2주가 문제입니까? 하는, 화가 묻어나는 오 대표의 말에, 문오는 다시 미미 쪽으로 시선을 떨구었다. 언젠가 엄마가 들려줬음 직한 얘기가 문득 떠올랐다.

문오는 어때? 엄마 아빠로부터 물려받은 게 많다고 느껴지지? 얼굴이든 성격이든 체형이든 말이야. 그게 다 유전자 때문인데, 이 유전자란 건 결국 기억의 덩어리거든. 먼 조상으로부터 지금 우리한테, 또 후대로 쭈욱 이어지는 기억체라는 거지.

때로는 왜곡되고 변형되지만 근본적인 건 없어지지 않는 거고. 그 기억체를 효율적이고 아름답게 담기 위해선 몸이라는 그릇이 필요하지만, 중요한 건 기억이라는 사실을 잊지 말아야 하는 거야.

왜 갑자기 그 얘기가 생각나지? 하면서도, 문오는 엄마의 그 말을 되새김질했다.

"나는 싫다구요. 그렇게 살려고 안드로이든지 뭔지 하는 이 얼굴, 이 몸뚱이로 태어난 게……."

그 사이에도, 격보는 계속 항의하듯 소리쳤고, 지켜보던 오 대표는 그의 쪽으로 한 걸음 다가서며 말했다.

"박격보 씨가 몬 트럭엔 위험물이 적재돼있었습니다. 그 차가 엄청난 LPG 탱크로리였다는 건 기억하고 있지요? 게다가, 트럭이 출발한 곳에서 사고지점까지를 계산해보면 과속이 분명한 속도로…… 그 결과, 트럭도 자율주행차도 타고 있던 사람들도 충돌과 함께 완전히 폭발하고 흔적도 없이 타버렸습니다. 그럼 육신을 어떻게 살려낼 수 있었을까요? 다시 태어날 수 있는 다른 방법이 있었을까요?"

"허락을 받았어야죠!"

격보가 소리치자, 오 대표가 그의 말을 받아쳤다.

"허락? 우리가 언제 누구 허락받고 태어났습니까? 인간이 본인의 의지로 태어나고 말고 하는 건 아니지 않습니까? 물론 동의는 구했습니다. 여러분의 가족들한테요. 확인이 필요합니까? 동의서를 보여줄까요?"

순간, 기라가 두 손으로 자신의 귀를 막으며 그만하라고 소리쳤다. 옆에 있던 레옹이 그녀의 머리를 감싸 안았다. 그러나 격보는 더욱 격렬하게 오 대표에게 달려들며 소란을 부렸다.

"왜 날 이 몰골로 살려냈어? 내가 허락하지도 않았는데, 왜! 왜! 왜 살려냈냐고! 이렇게 살려내 놓으면 고맙다고 인사라도 할 줄 알았냐고!"

어느새, 요원 두 명이 나타나 격보의 양팔을 하나씩 붙잡고 꼼짝하지 못하게 제어했다. 지혜는, 문 박사가 남편의 폭력성을 줄일 것이니까 만나도 문제없다고 했던 말을 상기시켰다. 감소시켰는데도 저러니 더 줄일 도리밖에 없겠다며, 문 박사는 가라앉은 어조로 대답했다.

오 대표는 격보를 중앙연구실로 데려가라고 요원들에게 말했다. 격보의 저항이 거셌지만, 요원들은 신속하게 그를 데리고 방을 나갔다. 오 대표는 모두에게 눈인사를 하고 나서 그들을 따라갔다.

격보가 사라지고 어수선하던 분위기가 가라앉자, 문 박사가 얘기를 마무리했다.

"인간이 품을 수 있는 일곱 가지 기본 감정이 있어요. 여러분도 다 아시는 희로애락애오욕 말입니다. 기쁨, 분노, 슬픔, 즐거움, 사랑, 증오, 욕심…… 사고를 당한 여러분 각자의 기억을 소환해내서 재구성할 때, 이 일곱 가지 감정 중에서 분노와 슬픔, 증오의 감정을 조금 다운시켰어요."

그래서 내가 안드로이드임을 알았어도, 2주라는 기간에도 화가 치밀지 않는 거구나, 하고 문오는 생각했다. 어쩌면, 아버지를 이전처럼 그렇게 증오하지 않는 것도 그 때문일지 모를 일이었다.

이건, 여러분들이 좀 더 편안하게 가족을 만날 수 있도록 하기 위한 거니까 이해해주기 바랍니다, 하며 문 박사가 얘기를 끝내고 문오 옆으로 가서 도로 앉았다. 곧바로 미스터 스마일이 그들 앞에 나서며 그곳 생활에 필요한 몇 가지를 얘기했다.

문오 일행과 격보, 기라는 2층에, 그 가족들은 1층에서 지내게 된다면서, 그들 각자와 가족의 방 번호는 끝자리가 같아서 찾기 쉬울 거라고 했다. 단, 오 대표와 문 박사는 지하의 별도 공간에서 지내고 있다는 점도 말했다. 그리고 혹시라도 가족 중에 아픈 사람이 생기면 자신에게 바로 얘기해줄 것과, 연구원들 중에 의사 출신들이 있고 진료실도 갖춰져 있어서 진료가 가능하다는 사실을 알렸다.

"정원에 카페가 있던데, 우리도 이용할 수 있는 거예요?"

미후가 물었다. 카페는 다음날부터 문을 열 예정이라며, 미스터 스마일은 커피와 음료수 외에 맥주 같은 가벼운 술도 준비된다고 했다. 그들이 음식을 먹을 수는 없지만, 물을 포함해서 모든 음료수는 마실 수 있으며, 체내에 흡수되진 않고 그대로 배설된다면서.

"취침 시간은 밤 10시, 기상 시간은 아침 7시입니다."

그 시간을 지켜달라는 말과 함께, 그곳 전용의 얇고 작은 휴대폰을 그들과 가족 모두에게 나눠주면서, 미스터 스마일이 얘기를 이었다.

"통화는 되지 않습니다. 오직 문자 메시지 송수신 전용입니다. 다른 어떤 기능도 추가할 수 없구요. 이곳의 보안을 위한 조처이니, 이해해주시기 바랍니다."

이게 무슨 휴대폰이야? 하고 라온이 속삭였지만, 문오는 아무 말도 하지 않았다. 까르페 디엠! 느닷없이 그 말이 생각나, 그는 혼자 웃었다. 가족이 가져온 휴대폰은 출발 직후 차 안에서 이미 압수됐다고, 문 박사가 문오를 보며 얘기했다.

"지금부턴 자유시간입니다. 1층이든 2층이든 정원이든 원하는 곳에서 마음대로 지내시면 됩니다."

미스터 스마일은 그렇게 말하고 나서 뒤로 물러났다. 문오가 일어나려 하자, 잠들었던 미미가 바닥으로 내려서며 몸을 털었다. 문 박사는 오 대표와 함께 격보 문제를 해결한 다음에 문오한테 가겠다며 먼저 방을 나섰다. 미후가 따라 나오면서 문 박사에게 자신의 손목을 내보이고 고마워했다. 그녀의 손목엔, 이전에 있던 상처의 흔적이 깨끗하게 없어져 있었다. 문 박사는 웃으며 그녀에게 눈을 찡긋해보였다.

그 사이, 미후 아버지가 문오의 한 손을 잡았다. 초로의 얼굴에 따스하고도 쓸쓸한 미소가 번져있었다. 문오는 미미의 목줄을 잡은 채, 일어서려는 기범을 도왔다. 미후가 돌아오자, 그는 미미를 그녀에게 넘기고, 기범을 업은 채 출입구 쪽으로 걸어갔다. 그가 괜찮다며 내려달라고 했지만, 문오의 고집을 이길 수는 없었다.

천국의 햇살이 그들을 따라오고 있었다.

이름.

그는 미미를 데리고 정원으로 나왔다. 꼬리를 살랑살랑 흔들고 걸어가면서, 미미는 여기저기에 계속해서 자신의 흔적을 남겼다. 어떤 다른 애완견들의 배설 흔적도 묻어있지 않은 순결한 신세계를 만났으니, 미미로선 당연한 행동이었다.

102호, 기범의 방까지 문오는 그를 업고가 소파에 조심스럽게 내려드렸다. 미미가 얼른 나가자고 보채기도 했지만, 미후 부녀 둘만의 오붓한 시간이 필요해 보여서, 그는 둘을 남겨놓은 채 밖으로 나왔다.

정원을 한 바퀴 돈 다음에, 그는 쉼터로 향했다. 카페는 여전히 문이 닫혀 있었다. 문오가 벤치에 앉자, 미미도 꼬리를 흔들었다. 벤치로 올라가고 싶다는 얘기였다. 그는 미미를 안아 자신의 옆에 앉히고 나서, 앞쪽 저만치에 있는 강을 바라봤다. 아치형 지붕 아래, 그렇게 미미와 둘이 나란히 앉아있자니, 꼭 낯선 곳으로 여행 온 기분이 들었다.

"미미, 그동안 어떻게 지냈어?"

문오는 미미를 쓰다듬으며 물었다. 미미는 대답 대신, 그의 무릎에 턱을 괸 채 문오를 올려다봤다. 처음 데려왔을 때에 비하면 지금의 미미는 아주 예뻐졌다. 중학교 3학년 초여름의 하굣길이었다. 누군가, 중형견 한 마리를 전봇대에 쇠줄로 묶어두었고, 개는 빗줄기를 속수무책으로 맞으며 오들오들 떨고 있었다. 문오는 도저히 그냥 지나칠 수가 없었다. 병원에선 두 살로 추정했고, 피부병 외에는 별 이상이 없다고 했다.

처음에 미미는 가족을 많이 경계했다. 목욕도 못 시키게 하고, 자신의 몸에 손대는 것 자체를 거부했다. 사람을 가리지 않고 할퀴고 깨무는 건 다반사였다. 그래도 그와 엄마가 정성을 다해 돌봤고, 피부병도 없어지면서 3개월쯤부턴 관계가 조금씩 나아지기 시작했다. 나중엔 앉아, 일어서, 손, 하는 훈련도 받아들이고, 장난도 치면서 애교까지 부렸다. 할퀴고 깨물던 버릇도 완전히 사라졌었다.

이혼과 함께 엄마가 집을 완전히 나가고 난 후부터, 아버지 얼굴 보기는 더욱 힘들어졌다. 집에 들어오지 않는 날도 많았고 부자간의 대화도 없었다. 문오를 기다려주고 반겨주고 같이 잠을 자는 유일한 가족은 미미였다. 물론 미후와 사귀고 있긴 했지만, 그 시절의 문오가 가족문제, 입시 문제를 이겨낼 수 있었던 마음속 일등공신은 역시 미미였다.

대학에 들어가 미미와 함께 자취를 하기 시작하면서는, 둘이 산책하는 게 하루의 시작이고 마지막이었다. 사고로 자신이 사라진 후에 미미가 어땠을지를 생각하면 마음이 먹먹해 왔다. 더군다나 2주라고 했다. 그때가 오면 미미와도 다시 헤어져야 할 거다.

어느새 '2주'라는 시간을 받아들이고 있다는 사실에 쓴웃음을 지으면서, 그는 미미에게 물었다.

"미미야, 어떡하지?"

미미는 그를 힐끗 보고는, 다시 그의 무릎에 턱을 고였다. 미미야, 어떡하지? 그때도 그런 질문을 했던 기억이 났다.

이름이 미미라니!

미후의 원래 이름은 '유미미'였다. 고등학교 1학년 2학기의 첫날, 유미미와 짝이 됐다. 전학생이었다. 안녕? 내 여동생 이름도 미미야, 하고 그가 먼저 말을 걸었다. 그러나 그녀는 아무런 반응도, 다른 어떤 말도 하지 않았다. 좋지 않은, 혹은 기분 나쁜 일이 있는가 보다 생각했다. 혹시 이 친구도 부모님이 이혼? 순간적으로 그런 생각이 떠올랐다.

그때는 엄마 아빠의 이혼 문제가 그를 괴롭혔다. 아들의 입장은 고려하지 않는 것 같은, 그들 둘만의 지난한 싸움이 계속되고 있었다. 마음 둘 데라곤 자신을 주인으로 따르는 미미뿐이었다. 그 와중에 짝이 된 미미에게 자꾸 관심이 갔다. 처음엔 이름 때문이었지만, 보면 볼수록 그녀는 문오가 좋아하는 걸 그룹의 한 멤버와 많이 닮아있었다. 가끔 꿈에도 나타나는 친구였다. 그녀에게 계속 말을 붙이기도 하고 아는 척을 했지만, 그녀는 여전히 묵묵부답이었다.

의논할 사람이 아무도 없었다. 그저 미미에게 물어볼 뿐이었다. 미미야, 오빠 어떡하지? 라고.

얼마 지나지 않아, 미미가 자살을 시도했었다는, 그래서 전학 왔다는 소문이 퍼졌다. 미미공주파라고 있었는데, 이름 때문에 걜 엄청 괴롭히고 때려서 죽으려고 했다고, 아이들이 수군거렸다.

그녀가 했다는 '자살'이나 '죽음'이란 단어는, 그의 가슴엔 존재하지 않는 말이었다. 그녀가 죽으려 했다는 게 전혀 와 닿지 않았다. 무섭다기보다는 안됐다는 감정이 들었다. 미미를 빗속에서 구해냈듯, 그녀를 구해주고 싶었다. '구원' 같은 거창한 말은 그의 머릿속에 있지도 않았지만, 그런 마음이 생겼고 그래서 더 아는 척을 했다.

"꺼져!"

하굣길에, 문오가 그녀의 동네까지 따라붙자, 그녀는 화를 냈다. 문오가 밥맛이고 재수 없다며, 서로 모른 척하고 지내자고 했다. 그날은 발길을 돌렸지만, 오기가 생겼다. 더 열심히 말을 붙였다.

"왜 나한테 이러는데?"

어느 날, 그녀가 문오를 힐긋 보면서 물었다. 우리 미미하고 이름이 같아서, 하고 그가 대답하자, 그게 다야? 하며 그녀는 어이없어하며 픽 웃었다. 그날, 그녀는 미미를 보러 그의 집으로 갔다. 그 큰 집엔 미미뿐이었다.

나중에, 그녀는 얘기했었다. 그녀가 보기에, 그는 철없는 부잣집 외동아들이었다고. 가난이 뭔지, 비참하고 서러운 인생이란 게 뭔지를 모르는 '아이'였다고. 자신과는 상관없는, 한 마디로 재수 없는 인간이었다고.

그렇게 말하며 쓰게 웃던 그녀의 얼굴이 어제처럼 그의 눈앞에 되살아날 때, 저만치서 기범이 목발을 한 채 그를 향해 오고 있었다. 미후가 그 뒤를 따랐다. 문오는 미미를 옆으로 앉히고 일어나서 그들 쪽으로 가려 했다. 그러나 기범이 한사코 못 오게 했다. 문오는 일어선 채 그들이 가까이 다가올 때까지 지켜보며 기다렸다. 미미의 꼬리가 바지런히 춤추고 있었다.

"왜 나오셨어요? 미후하고 할 얘기가 많을 텐데요."

기범이 옆에 앉자 문오가 말했다. 그가 악수하듯 문오의 손을 잡으며 대답했다.

"답답해서 말이야."

핑계야, 하면서 미후가 입을 삐죽했다.

"우리 아빤 아무래도 딸보다 그 누굴 더 보고 싶어서 여기 온 거야."

그녀가 문오를 보며 장난스럽게 말하자, 기범도 그를 보며 웃었다. 문오는 자신의 한 손을 내어준 채, 웃고 있는 그의 얼굴을 가만히 바라봤다. 언제 봐도 자상한 모습이었다. 미후 아버지는 자신의 아버지와는 많이 다른 분이었다. 아버지 오 대표는 사업이란 것에 자신의 인생을 다 걸었지만, 그는 딸을 젖먹이 때부터 혼자서 키워낸 사람이다. 식도 못 올리고 동거하던 미후의 엄마는 딸을 낳고 바로 죽었다고 했다. 그는 결혼도 하지 않은 채, 어려운 형편에도 미후를 대학까지 보냈다. 누가 뭐래도 그녀는 그가 살아가는 이유이며 자부심이었다.

그런 딸을 졸지에 잃어버리고 당신은 어떻게 사셨을까. 앞으론 또 어떻게 살아가실까.

미안하다는 생각이 앞섰다. 사죄의 말을 드려야겠다고 생각하는 순간, 기범이 먼저 말을 꺼냈다.

"미안하다, 문오야."

그는 늘 '문오야' 하고 그를 불렀다.

"아닙니다, 아버님. 죄송한 건 오히려 접니다. 미후를 이런 모습으로 다시 만나게 하고…… 그때, 아버님이 그만하라고 하셨을 때, 말 안 듣고 제멋대로 굴어서…… 정말 죄송합니다."

옆에 앉은 미미를 쓰다듬으며 미후가 두 사람을 바라봤다. 기범의 두 눈엔 벌써 물기가 머뭇거렸다.

"아니다, 다 내가 못 나서, 내가 죄를 많이 지어서……."

기범은 더 이상 말을 잇지 못했다. 같은 대학에 들어간 문오와 미후는 처음부터 학교 부근에서 자취를 했다. 문오는 집에서 보내주는 돈으로 여유가 있었지만, 미후는 아르바이트를 열심히 해도 늘 돈에 쪼들리며 지냈다. 차츰 미후가 문오의 집에 머무는 시간이 많아졌고, 없는 돈에 방을 따로 쓰는 것도 사치였다.

결국, 대학교 3학년이 시작되는 봄날, 미후는 문오의 집으로 이사했고, 그렇게 둘은 동거를 시작했다. 그러나 채 한 달이 되기도 전에, 오 대표가 두 사람의 동거 사실을 알아버렸다.

그가 일부러 현장을 잡은 건 아니지만, 여하튼 일이 꼬여버렸다.

대학 선택에서부터 문오와 미후를 못마땅해 하던 오 대표는, 당장 동거를 끝내고 헤어지라고 했다. 거기엔, 아들이 그 학교 그 학과를 고집한 것도, 더 거슬러 올라가 그들 부부가 이혼할 때 문오가 아버지와 살겠다고 한 것도, 모두 미후 때문이라는, 상상하지도 못한 아들의 거듭된 배신이 크게 한몫했다.

결국 오 대표는 아들에게 보내주던 모든 학비와 생활비를 끊어버렸다. 둘이 관계를 깨끗하게 정리하고 나면 원위치시켜주겠다는 말과 함께였다. 아버지가 어떻게 해도 미후와 헤어지지 않는다는 문오의 최후통첩 같은 한 마디가, 오 대표의 화를 폭발하게 만든 결과였다. 그래도 화가 가라앉지 않은 그는, 문오와 미후의 동거 사실을 기범에게 모두 알렸다. 그리고 자신은 눈에 흙이 들어와도 절대로 두 사람의 관계를 받아들이지 않을 것임을 분명히 했다.

일이 그렇게 되자, 기범이 미후와 문오를 불러 타일렀다. 일단 헤어지라고. 헤어지고도 두 사람 마음이 변함없으면, 나중에 졸업하고 나서 다시 생각해보라고.

지금 돌이켜보면, 그의 말이 현명했다. 그러나 그때는, 그 상태로 미후와 헤어지면 그것이 영원한 이별이 될 거 같았다. 자신의 미래가 아버지의 의지대로 끌려갈 것만 같았다. 문오는 계속 동거를 고집하면서 엄마에게 도움을 청했다. 문 박사는 조건 없이 아들이 원하는 경제적 도움을 주었다.

"아빠, 이렇게 울면 아빠랑 안 놀 거야."

미후가 두 손으로 기범의 눈물을 닦아주면서 장난스럽게 말했다.

"그래그래, 이제 안 울 거다. 절대 안 울어. 이렇게 좋은 날, 내가 울고 있어서야 안 되지."

기범은 딸과 문오를 번갈아 보며 웃었다. 미미가 문오의 허벅지에 올라선 채, 기범의 뺨을 핥아댔다. 허허허, 소리 내 웃으며 기범은 미미를 쓰다듬었다.

"건강은 어떠세요? 더 나빠지진 않은 거 같은데⋯⋯."

문오는 미미를 도로 앉히고 나서 기범을 보며 말했다. 기범은 다시 온화한 표정으로 대답했다.

"처음엔 엉망진창으로 망가져 있었지. 그런데 문오 아버님이 찾아오셔서 이 계획에 대해 얘기해줬어. 그때부터 건강을 다시 돌봤지. 희망이 생긴 것도 있고, 또 건강해야 만나든 뭐든 할 수 있으니까."

"문오 아버님이 아빠를 직접 찾아왔었어?"

미후가 묻자, 기범은 고개를 끄덕이며 얘기했다.

"문오하고 미후하고 친구들을 살리려고 하는데 도와달라고 하더라. 우리 딸, 우리 문오 보고 싶은 마음에, 지난 일 다 묻어버리고 무조건 돕겠다고 했다. 고맙다고 하더라, 문오 아버님이.”

곧바로, ‘케이’라고 자신을 소개한 수석연구원과 실무자들이 몇 차례에 걸쳐 자료를 수집하러 왔었다. 미후의 사진들을 모두 넘겨주고, 딸에 관한 시시콜콜한 일화까지 모두 말해줬다. 미후의 일기장과 다이어리들, 온갖 메모들은 물론, 미후의 모든 구매내역과 통화 내역, 문자메시지 내역, 미후가 SNS상에 남긴 모든 정보와 영상, 사진들을 전부 사용할 수 있도록 허락했다. 그녀의 피부색, 상처, 버릇, 습관들도 빠짐없이 얘기했다. 미후의 모습과 행동과 어투와 기억을 소환해내는 데 필요한 것들이었다.

기범이 그때의 일들을 생각하고 있을 때, 문오가 물었다.

“저희 엄마는요? 엄마는 뵙지 않았어요?”

“후에 일이 진행되면서 만나 뵀지. 죄송하다는 말을 계속하시더라. 다 미안하다고, 다 자기 불찰이라고…… 여기 오기 전까지, 두 분 다 나한테 잘해주셨어.”

문오의 마음이 좀 편해져 왔다. 걱정했던 것과 달리, 아버지와 미후 아버지의 관계도 그리 나쁘지 않은 것 같았다. 그런 생각으로 문오가 다시 기범을 보았을 때, 그는 무언가 말하려다 말고 그저 웃어 보이며 고개를 떨구었다.

진짜로 하고 싶은 이야기가 기범의 가슴속에 납덩이처럼 가라앉아 있다는 걸, 그날 그 시각의 문오와 미후는 알지 못했다.

팔짱.

창밖으로 보이는 하늘에 별빛이 가득 피어나 있을 때, 메시지 도착을 알리는 진동음과 함께 휴대폰에 문자가 왔다.

문오야, 어디니?

엄마였다. 그는 자신의 방에 있다고 답 문자를 입력했다.

곧바로 오 대표와 문 박사가 문오의 방을 찾았다. 미미가 좋아서 둘을 번갈아 가며 껑충껑충 뛰어올랐다. 오 대표가 문을 닫는 사이, 문 박사는 미미를 끌어올려 안았다. 미미는 그녀의 뺨을 핥다가 도로 바닥으로 뛰어 내려가 빙글빙글 맴을 돌았다. 그 모습을 지켜보며 문 박사가 말했다.

"미미, 지금 마려운 거 아냐?"

"정원을 온통 오줌 밭으로 만들어놓고 들어왔는데 설마요. 마려우면 패드에다 알아서 하겠죠."

문오는 대답하면서 엄마, 아버지, 미미를 차례로 바라봤다. 가족이 한 공간에 다 모인 셈이었다. 두 사람이 이혼하고 엄마가 집을 떠나간 이후로 처음이었다. 그의 생일은 물론, 그가 고등학교를 졸업할 때도, 대학교에 입학하고 졸업할 때도, 그들은 한 공간에 모여 축하 세레모니를 하지 않았다.

엄마는 미미만큼 기분이 좋아 보였다. 옆에 서 있는 아버지의 얼굴엔 표정이 없었다. 조금 피곤해 보이기도 했다. 오 대표는 방안을 한번 휘둘러보고는 책상 쪽으로 걸음을 뗐다. 문 박사는 콧노래까지 부르며 침대 모서리 문오의 옆에 앉았다.

"일은 잘 수습됐어요?"

오 대표가 책상 의자를 문오와 문 박사 쪽으로 돌려 앉는 사이, 문오는 엄마에게 격보에 대해 물었다. 물론이지, 하면서 문 박사가 대답을 이었다.

"분노하는 감정을 5퍼센트 더 다운시키니까 완전히 조용해지더라. 박격보 씨가 눈치채지 않게 0.5퍼센트씩 시차를 두고 내리느라고 시간이 꽤 걸렸어. 갑자기 내리면 부작용이 생길 수도 있어서 말이야."

그건 엄마가 직접 하는 거냐고, 문오는 물었다.

"여기 지하 중앙연구실에 케이라고 하는 수석연구원이 있는데, 그 친구가 하는 거야. 물론 전체적인 결정은 내가 하는 거지만."

문 박사가 말하는 사이, 미미는 패드 위에 오줌을 눈 후에 그 패드를 덮고 있었다. 실내에서 오줌을 누면, 미미는 그걸 그대로 두지 않고 꼭 반으로 접듯이 해서 안 보이게 처리해두는 버릇이 있었다. 문오는 마주 앉다시피 한 아버지의 시선을 의식하며 문 박사에게 질문을 이어갔다. 처음엔 얼떨결에 손까지 잡긴했지만, 미후 아버지와의 관계도 나쁘지 않다고 했지만, 아버지와 정면으로 마주하는 건 여전히 힘들었다.

"우리 기억은 얼마나 소환한 거예요? 보통 기억도 외모도 반 정도 소환하도록 정해져 있는 걸로 아는데……."

"그 사이에 그 조건이 더 완화돼서, 특수 목적일 땐 백 퍼센트로 허가가 나. 이 프로젝트도 그렇게 허가가 난 거고. 얼굴이나 몸은 똑 같지? 기억도 원래의 소스를 거의 그대로 담았는데, 분노 증오 같은 걸 유발할 수 있는 기억이나 지나치게 슬픈 기억, 그런 것들은 좀 조절을 한 거지."

문 박사의 얘기가 끝나자, 그럼 내 기억은요? 하고 물으려다가, 문오는 엄마를 곤란하게 하는 질문인 것 같아서 그만두고 아버지 쪽으로 시선을 돌렸다.

오 대표는 미미를 바라보고 있었다. 미미는 바닥에 엎드린 채 발톱 물어뜯기 신공을 시작하고 있었다. 얘는 자기가 야옹이인 줄 아는 게 확실해. 발톱 정리나 패드 처리하는 걸 보면 고양이가 하는 행동 패턴을 그대로 하거든. 아무래도, 미미는 어릴 때 고양이하고 같이 산 거 같아. 미미를 보며 엄마가 하던 말이 생각났다. 문오는 침대 머리맡에 뒀던 강아지 인형을 들고 와 전원을 켠 다음 미미 앞에 놓았다.

꿍얼꿍얼.

인형은 규칙적으로 미미의 소리를 냈지만, 미미는 휙 고개를 돌려 한 번 보고 나서는 이내 발톱 물어뜯기로 되돌아갔다.

"미미는 이상하게 쟤한텐 별 관심이 없어."

문 박사가 웃으며 말했다. 문오는 인형의 전원을 끄면서, 그 인형을 엄마가 이 방에 갖다 놓게 한 거냐고 물었다.

"아니, 네 아버지가 갖다 놓게 했어."

문 박사는 남편과 눈을 마주치면서 말하고, 다시 문오를 보며 물었다.

"그 인형, 엄마가 만들었게? 아버지가 만들었게?"

질문하는 문 박사의 얼굴에 살짝 장난스런 표정이 배어있었다. 그건, 답이 예상 밖이란 거였다.

"아버지가 만든 거예요?"

문오가 말하자, 문 박사는 재미있지 않느냐는 듯이 웃으며 고개를 끄덕였다.

"네가 깨어나면 미미부터 찾을 거라면서, 벌써 석 달 전쯤에 만들어뒀어. 문오가 깨어나기 전에 작동하도록 미리 부탁해둔 거고……."

오 대표가 쑥스러운 표정으로 문오의 시선을 외면했다. 그도 아버지를 보던 시선을 거두며 엄마의 다음 말을 기다렸다. 그녀는, 오 대표가 준비해왔던 '재회 프로젝트'에 대해 설명했다. 사고가 났고, 그로 인해 게스트가 바뀌게 된 사실에 대해서도.

"사고가 난 다음에, 엄마는…… 살고 싶지 않았다. 한동안 술에 취해 살았고, 수면제가 없으면 잠을 잘 수 없었어. 어쩌면, 세상에서 제일 사랑하는 아들을, 내 전문분야의 지식으로 죽였다는 생각에……."

눈물을 흘리진 않았지만, 문 박사의 목소리는 가라앉아 있었다.

"그러다, 네 아버지가 찾아와서 문오를 살려보자고, 같이 살려내자고 했다. 이곳에서 다시 만날 수 있다고…….

얘기하는 그녀를, 오 대표가 지켜보고 있었다.

"그때부터 나는 이 일에 파묻혀 살았어. 내 아들 문오를 반드시 만나야지, 만나서 손도 잡아보고, 얼굴도 만져보고, 못한

얘기도 다 해야지, 그런 생각으로 잠자는 시간도 아까워하면
서……."

안드로이드로라도 아들을 다시 만나고 싶어 한 엄마의 마음
이 느껴졌다. 그는 나란히 앉아있는 문 박사의 한 손을 잡았다.
그녀는 한 손을 문오에게 잡힌 채, 다른 한 손을 뻗어 오 대표
의 손을 잡고 끌어당겼다. 오 대표가 문오 쪽으로 의자를 당겨
앉았다.

"그 사고가, 네 아버질 다른 사람으로 만들었어."

그렇게 말하면서, 문 박사는 남편의 손바닥 위에 아들의 손
을 포개주었다.

"문오야. 2주 후면, 넌 이곳을 떠나고 우린 영영 헤어져야 해.
시간이 없어. 이젠 아버지를 이해해줘. 너한테 미안해하고 널
사랑하고 있어. 그걸 말로 표현하지 못해서 그렇지……."

엄마의 말을 들으면서, 문오는 아버지의 얼굴을 봤다. 다른
사람들 앞에선 그렇지 않으면서, 아들 앞에선 말 한마디 제대
로 못하고 있었다. 그러나 예전, 밤마다 엄마와 싸울 때의 아버
지, 무조건 경영학과를 가라고 소리칠 때의 아버지, 미후와 당
장 헤어지라고 고함지를 때의 아버지가 떠오르는 건 어쩔 수 없
었다.

여전히 굳어있는 문오의 표정을 보면서, 문 박사가 얘기했다.

"지금 당장은 어렵더라도, 문오가 아버지한테 마음을 열 거라고, 엄마는 믿는다. 믿어도 되지?"

문오는 엄마에게 웃어 보였다. 당신도 하고 싶은 말 많잖아, 하면서 문 박사는 남편을 봤다. 오 대표는 눈을 몇 번 끔벅거리고 나서 문오를 보며 말했다.

"미안하다, 아들. 여러 가지로 미안하다. 그동안 내가 너무 많이 잘못했고, 그래서 많이 후회했고……"

그가 적당한 말을 찾지 못하자, 문 박사가 거들었다.

"사랑은? 응?"

오 대표가 잠깐 머뭇거리다 다시 문오를 바라봤다.

"사랑한다, 아들."

오 대표는 그렇게 말하면서 아들의 손을 꼬옥 쥐었다. 이번엔 문오가 적당한 말을 찾지 못하고 우물쭈물하자, 문 박사가 포장된 케이스를 주머니에서 꺼내 들었다.

"이건, 아버지가 너한테 주시는 선물이야."

문 박사는 그렇게 말하면서 케이스를 남편에게 건넸다. 이러려고 미리 사지 않고 나를 데리고 나갔구나, 생각하면서 오 대표는 그것을 아들에게 건넸다.

"문오가 시계를 좋아한다고……"

문 박사가 말을 더했다.

문오는 그것을 자신의 손목에 찼다. 그 어떤 시계를 찰 때보다도 기분이 묘했다. 시계를 선물해주면서 환하게 웃던 예전 아버지의 얼굴들이 그의 두 눈에 겹겹이 포개져 오기도 했다. 고맙습니다, 하고 문오는 예전처럼 아버지와 엄마를 차례로 보면서 말했다.

서로가 서로에게 따뜻한 눈인사를 주고받은 다음, 그들은 자리에서 일어섰다. 쉬어라, 하고 문 박사는 오 대표의 팔짱을 끼면서 방을 나갔다.

문을 닫고 돌아서며, 문오는 생각했다.

엄마 얘기로는 아버지가 달라졌다고 하는데, 진짜 달라진 건 엄마 같은데?

이전과 달리 아버지를 감싸고도는 건, 그와 아들을 화해시키기 위한 것 같았다. 아버지와 다시 한집에 살고 회사를 다시 다니는 건, 엄마의 말처럼 아들을 살려내기 위한 거라고 생각하면 납득이 됐다. 그러나 엄마의 말과 행동에는 전과 다른 미세한 차이가 보였고, 특히 그녀가 아버지의 팔짱을 끼며 나가는 모습은, 그가 기억하는 한 처음 보는 엄마의 모습이었다. 엄마는 아버지에 비하면 훨씬 부드럽고 자상하긴 했지만, 애교나 살가움은 없는 사람이었다.

문오는 침대로 걸어가 미미 옆에 앉으며 물었다.

"미미가 보기엔 어때? 엄마가 달라진 거 같지 않아?"

미미는 침대에 엎드린 채 꼬리만 가볍게 살랑살랑 흔들고 있었다.

그는 손목시계를 다시 들여다봤다.

취침 시간으로 정해진 10시가 다가오고 있었다.

상처

입양.

────────────────────

　미후는 눈을 떴다. 아침 7시. 예전처럼 휴대폰으로 문자부터 확인하고 침대에 걸터앉았다. 간밤에 새로 들어온 문자는 아무것도 없었다. 처음 그곳에서 깨어날 때 비하면 몸이 한결 가뿐했다.

　취침 시간과 기상 시간을 꼭 지키셔야 합니다.

　지난 저녁, 미스터 스마일은 그런 내용의 문자 메시지를 보내왔다. 아무래도, 정해진 10시에 잠들면 7시에 깨어날 때까진 아무것도 의식하지 못하도록 생체 리듬이 프로그래밍 되어 있는 듯했다.

그녀는 일어서서 기지개를 켠 다음 창가로 걸어갔다. 창문의 얇은 커튼이 스르르 자동으로 걷히면서 하늘과 정원이 보였다. 정원을 걷고 싶어졌다. 그녀는 욕실로 들어가서 간단하게 세수와 가글을 하고 나왔다. 화장품 따위는 애초에 없었다.

문오 방을 노크하려다 말고, 미후는 혼자 복도를 걸어갔다. 스카이블루의 복도는 조용했다. 방음처리가 된 듯, 방 안의 어떤 소리도 새 나오지 않았다. 그녀는 계단을 내려와 1층 현관을 통해 정원으로 나섰다.

정원엔 아무도 없었다. 미후는 심호흡을 크게 한번 한 다음, 천천히 걸어 나갔다. 마치 맛있는 음식을 아껴 먹듯, 혼자만의 시간을 아껴 쓰듯, 그녀는 한 걸음 한 걸음을 헤아리며 발걸음을 내디뎠다.

어? 카페가 문을 열었네?

나무들 사이로 카페가 보였다. 어제와는 달리, 문이 활짝 열려있었다. 마음이 조급해졌다. 아메리카노를 몇 잔이라도 마실 수 있을 것 같았다. 그녀는, 지금까지와의 걸음과는 다르게, 숨이 가빠올 정도로 빨리 카페를 향해 걸어갔다.

서빙하는 사람이 없는 무인 카페였다. 꽤 넓어 보이는 실내엔 테이블과 크고 작은 소파들, 의자들이 있었다. 커피는 종류별로 캡슐 커피머신을 통해 직접 만들 수 있도록 준비되어 있고,

음료와 맥주는 쇼케이스 냉장고에서 선택할 수 있었다. *'1. 이 카페의 모든 것은 무료입니다. 2. 커피는 외부로 가져가실 수 없습니다.'*라는 안내문이 크게 보였다.

그녀가 만든 아메리카노 향이 후각을 자극했다. 그녀는 잔을 들고 창가에 앉았다. 옆으로 쉼터가 보였다. 커피 향을 음미했다. 그리고 한 모금 천천히 마셨다. 미스터 스마일은 체내에 흡수되지 않는다고 했지만, 커피 한 모금이 온몸의 세포를 몽글몽글 깨워내는 것처럼 느껴졌다. 살 것 같았다. 아니, 진짜로 살아있는 것 같았다.

커피 향을 느낄 수 있는 후각을 주심에 감사. 사랑하는 아메리카노를 음미할 수 있음에 감사.

손목의 상처가 없어졌다는 걸 알았을 때처럼, 미후는 문 박사에게 또 한 번 고마움을 느꼈다. 필시 문 박사가 그 모든 걸 해줬을 테니까. 문득, 그녀의 손목 때문에 당황하던 문 박사의 얼굴이 떠올랐다. 문오와 사귄 지 얼마 되지 않았을 때였다.

문오네 동네 근처의 한 카페 창가 자리에서 그와 둘이 과제를 하고 있을 때, 지나가던 문 박사가 그들을 발견하고 들어왔다. 문오의 여자친구가 누구인지 궁금했다며, 문 박사는 음료를 새로 시켜주고 둘과 마주 앉았다.

기죽을 게 뭐 있나 하고 스스로 마음을 다독였지만, 주눅이드는 건 어쩔 수 없었다. 차를 마시며, 문 박사가 물었다. 팔목의 상처는 뭔지 물어봐도 되냐고. 교통사고를 당했냐고. 아차, 싶었다. 벗어놨던 손목 밴드를 엉겁결에 다시 차지 않았다는 사실을, 그때서야 알아챘다.

그냥 교통사고를 당했다고 할까? 그녀는 잠시 망설이다가 있는 그대로 대답했다. 그었어요, 라고.

문 박사는 당황한 표정이 역력했고, 그것은 문오도 마찬가지였다. 문오는 그녀가 왜 '그었는지'를 설명해나갔다. '미미'라는 이름에서 발단된, 중학교 때부터 시작해 고등학교로 이어진 괴롭힘과 폭력에 대해 얘기했다.

'미미'. 아빠가 지어준 예쁜 이름이었다. 하지만 그 이름이 원인이었다. 그녀는 중학교 3학년의 봄부터 '미미공주파'로부터 폭력을 당했다. 처음엔, 이름이 미미니까 당연히 자기네 그룹으로 들어오라고 했다. 그러나 그녀는 거부했다. 곧바로 따돌림과 구타와 온갖 수모가 이어졌다. 그래도 그녀는 견뎠다. 가해자들의 집안은 막강하고 난공불락이어서 아빠나 담임에게 얘기해봐야 아무 소용도 없어 보였다.

그렇게 일 년이 가고, 졸업과 함께 그녀는 그 지옥에서 벗어나는 줄 알았다. 그러나 미미공주파는 그녀가 입학한 고등학교에서도 그대로 이어졌다. 그 이전보다 훨씬 더 강력한 폭력이 그녀를 기다리고 있었다. 학교 가는 하루하루가 전보다 더 지옥이었다. 차라리 죽어버리고 싶었다. 그 봄의 어느 날, 아빠가 외출하고 없는 밤에 그녀는 욕실에서 카터로 손목을 그었다.

예정보다 빨리 집에 온 기범이 그녀를 살려냈다. 기절해있는 딸을 금방 발견한 덕분에, 그 자살은 그녀의 손목에 흔적을 남긴 채 미수로 끝났다. 멤버들이 다른 학교나 외국으로 전학 가는 걸로 미미공주파는 해체됐고, 그녀에겐 거액의 합의금이 남았다. 그 가을 학기엔, 그녀도 부근의 다른 학교로 전학을 갔고 문오와 짝이 되었다. 그리고 또 한 번 '미미'라는 이름 때문에 그와 친해졌다.

이름 때문에 그런 일까지 당하고, 죽을 생각까지 하다니…… . 안타까워하며, 문 박사는 그녀를 다독여줬다. 그리고 문오와 예쁘게 사귀라고 말해줬다. 그 다독임과 고마운 말이 그녀의 진심은 아닐 거라고 그녀는 생각했다. 오히려 그 반대일 거라고…… . 그러나 그 직후에 문 박사는 문오를 통해 손목시계 하나를 선물해줬다. 미후는 그 시계를 스스로 '보물 1호'로 지정하고 애지중지하며 찼다.

그녀는 지긋지긋한 '미'자에서 벗어나고 싶었다. 그러나 그녀의 생모 이름이 '미선'이었다며, 아빠는 '미후'로 바꾸길 소원했다. 일생을 자신에게 바친 아빠의 소원이라는데 어쩔 수 없었다.

그다음 해 여름방학 때, '미미'는 '미후'로 개명했다.

"미후야."

그녀가 다시 커피를 한 모금 마시고 잔을 내려놓을 때, 그녀를 부르는 소리가 들렸다. 문 쪽을 보니, 유리와 그녀의 엄마 소란이 들어오고 있었다.

모녀는 카페라테를 들고 미후의 테이블에 둘러앉았다. 둘 다 커피를 한 모금 마시고 나서 "좋다, 좋다"를 연발했다. 동생은? 하고 미후가 유리를 보며 묻자, 소란이 대답했다. 아직 자고 있어서 둘이 나왔다고. 그리곤 묻지도 않았는데, 그녀는 대뜸 유리의 동생이라는 솜이에 대해 자세히 얘기했다.

"우리 솜이, 몇 년 전에 내가 실수해서 낳은 애야."

유리는 아버지가 안 계셨다. 그녀가 초등학교 5학년 때, 사고로 돌아가셨다고 했다. 그때의 보상금으로 엄마는 하고 있던 작은 식당을 크게 키웠고, 장사가 점점 잘 돼서 가족이 먹고사는 덴 걱정이 없다고 했다.

늦둥이여도 한참 늦둥이인 아이이니 실수했다는 말이 틀린 말은 아닌 것 같은데, 그런 얘기를 왜 구태여 하나 싶었다. 그러나 유리는 한 번도 친구들한테 어린 동생이 있다는 얘길 한 적이 없었고, 그래서 어린 솜이가 나타났을 때, 미후 역시 속으로 어떻게 된 일인가 싶긴 했다.

"뭐 늘그막에 연애하는 거야, 너도 성인이니까 이해하리라 믿어. 근데, 애가 딱 생겨버려서 말이야. 내 나이가 있으니까 출산은 위험하다고 해서, 어떡할까 하다가 때를 놓치고 말았지 뭐야. 그래서 낳았어."

옆에서 유리가 그만하라고 엄마를 말렸지만, 소란은 아랑곳하지 않고 얘기를 계속 이어갔다.

"근데 내 고향 친구 딸이, 자기 부부는 애기를 못 낳는다면서 걔를 달라는 거야. 말하자면, 입양을 원한 거지. 애들은 부끄러워서 낯을 들고 다닐 수 없다고 하지, 사실 사람들한테 내놓기도 뭣하고 해서, 그냥 줘버렸어."

보내기 힘드셨을 텐데, 하고 미후가 말하자, 소란은 마치 남의 얘기하듯 간단히 답했다. 별로 그렇지도 않았다고. 그쪽에서 워낙 애를 달라고 난리법석을 부리는 통에 힘들어하고 말고 할 시간도 없었다고.

"근데, 얼마 전에 애가 갑자기 우리 집에 나타난 거야, 떡 하니…… 자기가 입양됐다는 걸 알아버렸나 봐. 막무가내로 제 친엄마를 찾으려고 했다지 뭐야. 반항하고, 아무것도 안 먹고, 글쎄, 가출까지 하더래."

일이 그렇게 되고 보니, 양부모 역시 애만큼이나 마음의 상처를 받은 거 같다고, 소란은 말했다. 정말 친자식처럼 키웠는데,

나라도 배신감을 느꼈을 거 같아, 하면서 양부모가 솜이를 유리 집에 데려다주고는 뒤도 안 돌아보고 가버렸다고 했다.

"솜이라는 이름은 그분들이 지어준 거예요?"

미후가 묻자, 소란은 그렇다고 했다.

"이름이 참 예뻐요, 안 바꾸실 거죠?"

뭐 하러 바꿔? 하면서, 솜이 잠시도 떨어지지 않으려고 해서 데려올 수밖에 없었다고 그녀는 말했다. 그리고 남은 커피를 후루룩 마시고는, 솜이 때문에 먼저 들어가 보겠다며 자리에서 일어났다. 미후는 그녀를 따라 일어나 꾸벅 인사했다.

유리는 앉은 채 길게 한숨을 내쉬다가, 미후와 눈이 마주치자 쓰게 웃어 보였다.

유산.

———————————————————

　한낮에 미후는 아빠를 모시고 다시 카페를 찾았다. 이번엔 문오도 함께였다. 실내엔 다른 손님이 없었다. 문오는 평소처럼 그가 좋아하는 진한 블랙커피를 주문했고, 기범은 맥주를 마시고 싶어 했다. 대낮부터 무슨 술이냐고 미후가 말리려고 했지만, 그는 한 캔 정도는 간에 기별도 안 간다고 말하며 웃었다.

　그들은, 아침에 미후가 앉았던 창가 쪽으로 자리를 잡았다. 창밖 쉼터엔 연못 쪽으로 기라와 레옹 부부가 나란히 앉아 음료를 마시며 얘기하고 있었다.

　"까르페 디엠!"

문오는 한 모금을 마신 다음, 맛있는 커피를 만났을 때 그가 늘 던지는 감탄사를 어김없이 말했다.

그런 기억도 소환했네, 디테일이 살아있어. 까르페 디엠!

그렇게 생각하면서 미후는 혼자 웃었다. 기범 역시 맥주 맛이 이렇게 깔끔해도 되냐며 한 모금씩 마실 때마다 감탄했다. 그래도 많이 마시면 안 돼, 하고 미후가 말하자, 아빠를 알코올중독으로 아냐며 그는 웃어 보였다. 하지만 미후의 사망 이후, 기범은 술로 밤낮을 보내면서 알코올중독이 되어갔다. 미후를 다시 만날 희망이 생기면서부턴 술을 끊었다가 다시 참지 못하고 마셨다가를 반복했다. 그리고 이곳에 오는 날이 가까워지면서 그는 술을 완전히 끊었다. 그러나 집으로 돌아가면 그를 기다리고 있는 건 술뿐일 거라는 걸, 기범은 예감하고 있었다.

식사는 드실 만해요? 하고 문오가 물어보자, 기범은 고개를 끄덕이며 혼잣말처럼 얘기했다.

"같이 식사를 할 수 있으면 좋을 텐데 말이야. 식구란 게, 끼니를 같이 먹는다는 건데……."

가족들은 건물 1층 구석에 있는 식당에서 정해진 시간에 세 끼 식사를 할 수 있다고, 카페로 오면서 기범이 말했었다. 식사를 하지 않는 문오 일행을 배려해서 밖으로 음식 냄새가 전혀 새 나가지 않게 되어있고, 다른 직원들의 식당은 지하에 별도로 큰 게 있다고 들었다면서.

"안녕하세요, 선생님."

그들의 대화가 잠시 끊어졌을 때, 기라가 기범의 앞에 서며 인사를 건넸다. 레옹 역시 마시던 음료수 병들을 든 채 그녀의 뒤에 서있었다. 기라는 기범을 알고 있다며, 합석해도 되겠냐고 물었다. 문오와 미후가 옆 테이블과 의자를 기범 쪽으로 붙여서 자리를 정리한 다음, 그들 부부에게 나란히 앉길 권했다.

"저 젊었을 때 선생님이 쓰신 노래 녹음했었거든요. 그때 녹음실 드나들면서 선생님을 몇 번 뵀어요. 태어나서 첨으로 하는 녹음이어서 선생님을 기억하고 있나 봐요."

기범은 작사가였다. 젊었을 땐 발라드 가사를 썼고, 나이 들면서는 트로트 가사를 썼다. 그러나 히트곡은 딱 한 곡이었다. 이런저런 다른 글도 쓰긴 했지만, 외식 한번 편하게 하지 못할 정도로 늘 쪼들릴 수밖에 없었다.

"어이쿠, 이렇게 고마운 일이…… 근데 나는 왜 기억을 못 하지?"

"저, 성형을 심하게 해서 예전 얼굴이 없어요, 선생님."

기라는 두 손으로 자신의 얼굴을 가리는 시늉을 하면서 말했다. 그리고 발라드를 세 곡 정도 취입하고 주로 행사를 뛰다가 가수 생활을 그만두었다고 했다. 저런, 하고 기범이 말하자, 그래도

운 좋게 조그만 클럽을 하나 열만큼 돈을 모았다고 그녀는 얘기했다. 이렇게 멋진 신랑까지 얻고, 하고 레옹이 그녀의 말을 잇자, 기라는 웃는 얼굴로 레옹과 기범을 번갈아 보며 말했다.

"우리 신랑, 정말 멋있고 잘 생겼죠? 보면 볼수록 탐이 나서, 제가 같이 살자고 꼬셨어요."

레옹은 그녀의 클럽에 웨이터로 들어왔고, 당장 먹고 잘 데가 없는 가난한 청년이었다. 어리고, 잘 생기고, 붙임성 좋은 성격이라, 그녀가 욕심을 부렸다고 했다.

"주위 사람들의 손가락질일랑 아예 무시해버렸어요. 다행인 건, 레옹도 저를 사랑해줬고, 그래서 행복이 이런 거구나 싶었어요."

"사고가 나기 전까지도 부부셨던 거죠?"

처음에 미스터 스마일이 그곳을 찾아오는 가족에 대해 얘기해줄 때, 그녀는 찾아올 가족이 없다고 했다. 미후는 그때의 기라를 생각하며 그녀에게 물었다. 기라도 그녀가 질문하는 내용이 뭔지를 알고 고개를 끄덕이며 대답했다.

"도망쳐버린 남편이긴 했지만……."

누나, 하고 레옹이 기라의 입을 막으려는 제스처를 취했다. 기라는 그의 손을 잡아 내리며 웃어 보였다. 그렇게 아기까지 생기면서, 그녀는 둘의 행복이 영원할 거라 생각했다며 쓰게 웃었다.

"임신 4개월 때 아기가 유산됐어요."

저런, 하고 기범이 말했다. 사고는 거기서부터 이미 시작된 거죠, 라면서 기라는 한숨과 함께 얘기를 이어갔다.

"그때부터 레옹이 바람을 피우기 시작했어요. 그때 풀어줬어야 했는데 그러질 못했어요. 단속하고 잔소리하고 어떻게든 더 옭아매려 했어요. 그럴수록 레옹은 더…… 결국 찾지 말라는 쪽지를 남겨놓은 채 도망쳐버렸어요."

그녀가 말을 잇지 못하고 고개를 숙였다. 도망친 레옹은 사기를 치고 다녔었다. 경찰서와 감옥을 드나들었고, 그녀는 합의금과 그의 옥바라지에 적잖은 돈을 쏟아부어야 했다. 그럼에도, 레옹의 가출과 생계형 사기는 계속됐고, 그녀는 부지런히 그를 찾으러 다녔었다.

"그래도 이렇게 아내를 만나러 오고…… 착한 사람이네."

기범이 하는 말에, 레옹은 밝게 웃으며 그의 말을 받았다.

"어디 그뿐입니까. 누나가 살아온 히스토리를 죄다 채굴하고, 나하고 관계되는 것도 낱낱이, 솔직하게, 다 얘기해줬는데요."

미후의 눈에, 그는 철딱서니 없는 남자로 보였다. 고마워 고마워, 하면서 기라가 그의 등을 토닥여줬다.

"그런데 그 트럭은 어떡하다가 탄 거지? 어울리지 않는데."

기범이 그녀를 보며 얘기했다. 얘기해도 괜찮아? 하고 기라가 레옹을 보며 묻자, 그가 어깨를 으쓱해 보였다.

"신랑을 찾으려고 사람을 좀 풀었어요. 사고가 났던 그 바로 전날, 여기 젊은 친구들이 예약했던 그 바닷가 펜션에, 신랑이 젊은 여자랑 있다는 연락을 받았죠. 박격보 씨는 우리 클럽에 자주 놀러 오는 단골이었는데, 제가 신랑에 관해 통화하는 걸 옆에서 듣고는 태워주겠다고 했거든요."

마침 다음날 격보의 행선지가 그 펜션 인근이었고, 그래서 그가 태워주겠다고 자처했다고 그녀는 말했다. 막상, 다음 날 아침에 그의 차가 대형 탱크 트럭인 걸 보고는, 자신은 물론 따라 나왔던 사람들도 깜짝 놀랄 수밖에 없었다면서.

"하지만 마음이 급했어요. 그래서 그냥 타고 갔고……"

기라가 더 이상 말을 하지 않자, 레옹이 그녀의 얘기를 이었다.

"누나가 온다는 걸 알고 그런 건 아닌데, 하여튼 그날 저는 운 좋게…… 아니 아니, 거기서 누나한테 붙잡혔으면 사고도 당하지 않았을 테니, 불행하게도…… 대단히 불행하게도…… 제가 거길 빠져나간 직후에, 누나가 도착했었나 봐요. 떠난 지 얼마 안 됐다니까, 우릴 붙잡으러 도로 출발했을 거고…… 추측이지만, 그래서 과속을 했을 거고……"

미안해 누나, 하고 레옹이 기라의 손을 잡았다. 레옹과 기범을 차례로 보며 웃는 그녀의 얼굴에, 그곳에서 레옹을 다시 만났을 때의 감정이 스치고 지나갔다. 올 거라고 생각지 않은 그가 나타났을 때, 기라는 반갑고 고마운 마음이 반, 죽여 버리고 싶을 만큼 미운 마음이 반이었다.

"어쩌다 보니 신세타령을 해버렸네요."

기라가 말하자, 그래서 기분이 풀린다면 얼마든지, 라고 하며 기범은 따뜻하게 웃어 보였다.

"요즘도 가사 쓰세요? 선생님."

"요즘은 트로트 가사를 쓰는데, 히트된 건 하나도 없어."

그녀의 물음에 기범이 대답했다. 갑자기 레옹의 얼굴이 환해지더니, 그녀가 노래하는 걸 한 번도 본 적이 없다며, 한 곡 불러보는 게 어떠냐고 했다.

"서방, 내가 지금 노래할 기분일까? 아닐까?"

기라는 부드럽게 말했지만 속은 그렇지 않다는 걸, 미후도 문오도 금방 알 수 있었다. 그녀는 자리에서 일어나 기범에게 공손하게 인사하고 카페를 나갔다. 누나, 화난 거야? 왜? 하면서 레옹이 기라의 뒤를 따라갔다. 그들의 모습을 바라보다가 미후는 문득 생각했다.

라온은 왜 안 보이지?

기적.

─────────────────────

카페로 집합!

황혼녘에, 라온의 문자 메시지가 왔다. 회의실로 집합! 하던 예전이 생각나서, 미후는 문자를 보며 피식 웃었다.

그녀가 문오, 유리와 함께 카페로 갔을 때, 라온은 아직 그곳에 와있지 않았다. 음료 하나씩을 빼내 들고 창가 자리에 앉아 그를 기다리며, 미후는 언젠가 말했던 라온의 얘기를 떠올렸다.

대학교 1학년의 겨울, 영상 공모전 준비가 한창이던 때였다. 라온 엄마 마리아가 큰 케익 박스를 든 채 그들의 동아리 방에 갑자기 나타났다. 라온의 생일이었다. 왜 얘길 안 했냐고 친구들이 어이없어하자, 라온은 자신도 깜박했다며 장난스럽게 웃어 보였다. 그럴 줄 알고 왔다며, 마리아는 생일파티를 열어주었고, 생일축하 노래를 부르는 일동을 문오가 동영상으로 찍어 SNS에 올렸다. 엄마를 버스 정류장까지 배웅해드리고 그가 돌아왔을 때, 친구들은 강가로 나가자고 했다.

거기서 술을 한잔 하면서, 라온은 자신의 출생과 엄마에 대해 숨김없이 얘기했다.

우리 엄마는 원래 수녀였거든. 엄마가 수녀원에서 지낼 때였는데, 어느 날 태어난 지 얼마 안 된 아기를 수녀원 문 앞에서 발견했대. 사람들이 시설로 보내야 한다고 그랬지만, 엄마는 도저히 그럴 수가 없었나 봐. 유 아 마이 데스티니(You are my destiny). 그런 마음이 들더래. 그래서 나를 안아 들고 수녀원을 나온 거야. 담담한 표정으로, 그는 그렇게 말했었다.

주인공이 나타나셨어, 하면서 문오가 입구 쪽을 보며 말했다. 라온이 엄마와 '식물 소녀' 봄나래가 함께 카페에 들어서고 있었다. 모두 일어서 그들에게 인사했고, 미후와 유리가 음료수를 선택하는 그들을 도왔다.

다시 창가 자리에 세 명씩 마주 보고 앉으며, 미후가 라온에게 물었다.

"어떻게 된 거야? 왜 얼굴 볼 수가 없었어?"

휴대폰은 뒀다 뭐 해? 문자 한 통 없었으면서, 하며 라온은 장난스럽게 말했다. 마리아가 그의 말을 이었다.

"몸살이 와서 나는 누워있었고, 봄나래도 컨디션이 많이 안 좋았거든. 우리 라온이 둘을 간호하느라고……."

이제 괜찮아진 거예요? 하고 문오가 묻자, 자신은 의사가 준 주사 덕분에 좋아졌고 봄나래도 괜찮아진 거 같아서 나왔다고 마리아는 대답했다. 죄송해요, 오빠를 꼼짝 못 하게 해서…… 하며, 봄나래가 옆에 앉은 라온을 보며 말했다. 죄송은 무슨, 하다가 라온은 친구들을 보며 물었다.

"봄나래, 몇 살로 보여?"

숙녀 나이를 함부로? 하는 문오의 말과, 열셋? 열넷? 하는 유리의 말이 거의 동시에 나왔다.

"저, 열여덟이에요. 열 살 때 사고로 그렇게 되고 2년 전에 깨어났으니까, 6년 정도를 식물인간, 아니 식물 소녀로 살았거든요. 그 기간에 성장이 잘 안 돼서 어려 보이는 거예요."

봄나래가 명랑하게 말했다. 모두가 믿기지 않는다는 표정으로 그녀를 보는 사이, 어떻게 된 거야? 하고 문오가 라온을 보며 물었다. 처음 만났을 때, 그녀가 누구냐는 문오의 물음에 라온은 그랬다. 그들의 대학교 부속병원으로 봉사활동을 다닐 때 돌보던 친구라고. 라온은 다른 친구들과 달리 봉사활동을 열심히 했었다.

"이 친구는 늘 의식이 없었고, 기본적인 일을 해주고 나면 사실 별로 할 일도 없었어. 어느 날은, 얼굴을 가만히 들여다봤지. 안쓰럽더라구. 그때부터였던 거 같네. 이 친구한테 이야기를 들려주기 시작한 게."

라온이 시작한 얘기를, 마리아가 받았다. 라온이 아주 어릴 때부터, 그녀는 자장가 대신에 늘 이야기를 해줬다고.

"누구나 다 아는 동화도 해주고, 내가 지어낸 이야기도 많이 해주고……."

나중엔 아이가 자신에게 그 얘기들을 다 해주고 그랬다며, 라온이 그 얘기를 매주 레퍼토리를 바꿔가면서 봄나래한테 해준 거라고, 마리아가 말했다.

이야기를 들려줘도 이 친구는 별 반응이 없었어. 당연하다고 생각했고, 어떤 반응이 있기를 바라지도 않았어. 그냥 내가 심심해서 한 거였고, 엄마 이야기를 되돌려 하는 즐거움도 있었으니까. 라온이 얘기를 이어갔다.

"그런데…… 그렇게 하기를 한 3개월? 내가 얘기를 들려주면 이 친구 손가락이 한 번씩 살짝살짝 움직이는 거야. 신기했지. 이 친구 가족도 의사 선생님도 그랬고."

친구들은 기억 못 하지만, 라온이 예전에 그들에게 들려준

얘기였다. 신기하지 않으냐면서, 그는 흥분했었다. 그러나 그게
전부였다. 손가락은 가끔씩 움직였지만, 더 이상의 반응은 없었
다. 그래도 그의 이야기 들려주기는 계속됐고, 그렇게 시간이
흘렀다.

"그런데 이 친구가 바로 그 사고가 난 날 기적처럼 깨어났대.
깨어나자마자 나를 찾았는데, 나는 이미……."

라온의 얘기를, 이번엔 봄나래가 이어갔다. 어느 날부터 오빠
가 해주는 얘기가 들리기 시작했다고. 오빠의 얘기가 들린다고
손가락으로 표시를 했지만, 아무도 알아보지 못했다고. 그녀는
그걸 어떻게든 말해야겠다고 생각했다고. 오빠가 고맙고, 두 눈
으로 오빠를 보고 싶고, 그래서 죽을힘을 다해 눈을 떴다고.

"그런데 오빠가 없는 거예요. 우리 엄마는 그랬어요. 지금 당
장은 오빠한테 사정이 있어서 안 되지만, 언젠가는 오빠를 만
날 수 있을 거라구요. 그때까지 열심히 재활치료를 받자구요."

그녀의 몸은 점점 좋아졌다. 그런 어느 날, 마리아가 그녀를
만나러 왔다. 라온이 사고를 당해서 이러이러한 곳에 있고 곧
만나러 가는데, 사진을 몇 장 찍어서 보여주고 싶어 했다. 그녀
는 같이 가고 싶다고 마리아를 졸랐다. 처음엔 힘들어서 안 된
다던 마리아도, 그녀의 간절함에 두 손을 들었다.

"고맙다고 인사하고 싶었어요. 나한테 기적을 줬으니까요.

그래서 왔어요.”

봄나래는 그렇게 얘기를 마쳤다. 미후가 먼저 그녀를 향해 작게 박수를 쳤고, 유리도 문오도, 마리아도 라온도 함께 봄나래에게 박수를 쳐줬다. 갑작스런 박수에, 그녀는 어쩔 줄 몰라 하며 모두에게 머리 숙여 인사했다.

“근데 막상 오자마자부터 침대 차지를 하지 않나, 그래서 오빠를 힘들게 하지 않나…… 엄청 미안하고, 아줌마 말씀대로 그냥 사진이나 몇 장 찍어서 보낼 걸 하고 후회도 되고 그랬어요.”

봄나래의 얘기에, 아차, 카메라! 하고 마리아가 외치듯 말했다. 라온이 세상을 떠나고 그의 사진을 정리하다가, 그녀는 최근의 아들 사진은 물론 둘이 찍은 사진도 전혀 없다는 사실을 알았다. 그래서 이곳에서 라온을 만나면 가족사진을 많이 찍겠다고 결심했는데, 카메라를 집에 두고 출발해버렸다며 한숨을 쉬었다.

“미스터 스마일한테 부탁하면 구해줄 거야. 걱정 말아요, 마리아 씨.”

라온이 엄마를 안심시켰다. 마리아는 아들을 보며 밝게 웃었다. 고생을 많이 했음에도, 그녀의 웃음은 맑고 고왔다.

우리 엄마도 살아있었으면 저런 모습일까.

미후는 마리아를 보며 생각했다.

증강

원인값.

―――――――――――――――

    그는 광장으로 들어섰다. 한낮의 빛이 실내를 가득 채우고 있었고, 문오와 친구들, 격보와 기라가 앞쪽에 옹기종기 모여 앉아있었다. 오태양 대표는 눈인사를 하며 그들 앞에 섰다. 그의 뒤로는, 미스터 스마일이 다소곳이 서 있었다.

    그들을 광장방으로 소집하겠습니다. 더 미룰 수 없습니다. 미스터 스마일이 그렇게 말하고 모두에게 메시지를 보낼 때, 오 대표는 그가 직접 나서서 얘기해줄 것을 요구했다. 문오를 생각하면, 사고의 원인을 찾아내는 기억증강작업에 대해 직접 말하는 게 쉽지 않았다. 게다가, 각자의 기억에 자극까지 주어야 하는 작업이었다.

오 대표로선, 적어도 이삼일쯤 뒤로 그 일을 미루고 싶었고, 그때도 미스터 스마일이 앞장서주길 바랐다. 하지만 미스터 스마일의 생각은 전혀 그렇지 않았다. 한낱 집사의 신분인 자신이 얘기하는 것보다 오 대표가 직접 얘기하는 게, 그들에게 훨씬 더 효과적일 거라는 논리였다.

맞는 말이기도 했고, 출발 전 미스터 이터널이 강조했던 '기한 내 완벽한 결과' 요구도 그를 압박해왔다. 그러나 서둘렀다가 혹시라도 문오가 이 일에 반감을 품거나 기분이 나빠진다면…….

오태양, 어울리지 않게 핑곗거리를 찾는 거야? 아들의 사랑에 목숨을 걸거나 그런 건 아니잖아?

순간순간 옆길로 새려는 마음을 다잡으며, 오 대표는 속으로 파이팅을 한번 외친 다음 얘기를 꺼냈다.

"이 얘기를 지금 해야 하나 망설였습니다. 허나 더 이상 지체할 수가 없어서, 이렇게 여러분을 보자고 했습니다."

오 대표는, 바로 앞에 앉아있는 문오를 의식하면서 말을 이어갔다.

"문오와 친구들이 타고 있던 차는, 우리 엠노마드의 제품입니다. 회사가 자체 개발한 인공지능 시스템이 탑재돼 있지요. 매스컴은 바로 그 인공지능 시스템에 문제가 있었다는 식으로 보도를 했습니다. 사고가 나고 아들을 잃은 것만으로도 견디기 힘든데, 이 오태양이 만능이라 여기는 기술이 아들을 죽였다고, 자식 잡아먹은 살인마라고, 사람들은 나를 손가락질했습니다."

그런 얘기는 정말이지, 참기 힘들었습니다, 라고 말하면서, 그는 아들의 시선을 외면했다. 문오도 고개를 숙인 채, 아버지를 보고 있지 않았다.

"사실 우리 회사는, 세상을 떠난 영혼을 안드로이드로 소환하는 프로젝트를, 사고가 나기 훨씬 전부터 진행 중이었습니다. 우리의 인공지능 기술을 획기적으로 업그레이드시키는 거였지요."

오 대표는 '재회 프로젝트'에 대해 얘기하면서, 그 첫 번째 안드로이드들을 아들과 그 친구들, 그리고 트럭팀 사람들로 변경했단 사실도 언급했다.

"죽음이라는 이별은 갑작스럽게 찾아오는 경우가 많지요. 그 마지막 이별이 다시 화해의 장으로 바뀐다면, 본인에게도 가족에게도 좋은 일 아니겠습니까."

그는 미소를 띠며 얘기해야 한다고 생각했지만, 마음처럼 되지는 않았다.

나는 내 아들, 그리고 함께 사고를 당한 여러분들한테 제일 먼저 그런 기회를 주고 싶었습니다. 또, 그 사고 원인도 함께 알아내서 우리 차에는 아무 문제가 없었다는 걸, 아들과 친구들을 죽이지 않았다는 걸, 확인해 보이고도 싶었습니다. 그렇게 얘기하는 그의 말이 조금씩 빨라지고 있었다. 진정하고 조곤조곤 말해야 한다는 걸 느끼면서도, 오 대표는 계속 그렇게 얘기를 이을 수밖에 없었다.

"알다시피, 그날의 사고 순간은 어떤 데이터도 공유된 게 없고 블랙박스 기록도 남아있지 않습니다. 허나 한 가지 분명한 건, 자율주행차는 이유 없이 길 한가운데로 방향을 틀지 않는다는 거지요. 무언가 분명한 원인값이 있었다는 얘기구요. 그러니까 그걸, 여러분들이 알아봐달라는 겁니다."

오 대표는 모두의 표정을 일별했다. 그들의 표정은 하나같이 굳어있었다. 그는 호흡을 가다듬은 다음 얘기를 더 했다.

"이제 여러분의 기억은 이어지고 모여서 증강돼갈 겁니다. 각자의 기억이 다른 자들의 기억과 회로망으로 씨줄 날줄 연결되면서, 어떤 특정한 상황에 대한 기억은 커져가고 그 속에서 결정적인 기억들이 도출될 겁니다. 그래서 여러분에게, 지금은 알지 못하는 사고 순간의 기억이 떠오르게 되는 거지요."

그는 말하면서 문오의 얼굴을 봤지만, 고개를 조금 숙이고 있는 아들의 얼굴에서 어떤 변화를 읽을 수는 없었다.

"미스터 스마일이 여러분을 기억증강실로 데려갈 겁니다.

거기엔, 우리 수석연구원 케이가 기다리고 있을 거구요. 쉬운 일은 아니지만, 두 사람이 가이드 해주는 대로 잘 따라서 좋은 결과가 도출될 수 있도록, 진심으로 부탁합니다."

수고하셨습니다, 하고 미스터 스마일이 다가서며 말했다. 그의 얼굴에 단정한 미소가 피어오르고 있었다.

뱀 같은 놈.

오 대표는 자신의 목구멍을 타고 올라오는 한 마디를 꿀꺽 삼켰다.

오태양 대표, 그러는 당신은? 미스터 스마일의 반격하는 말이 들려오는 것 같아, 그는 서둘러 방을 나섰다.

현기증.

_____

미스터 스마일이 그들을 지하로 안내했다. 지하 역시 스카이 블루의 세상임은 다르지 않았지만, 한눈에도 1, 2층과는 비교가 되지 않게 넓어 보였다. 통로 여기저기 문이 있고, 드문드문 푯말도 보였다. 그 안쪽에 '진료실'과 '중앙연구실'이 나란히 있었고, 그 맞은편에 '기억증강실'이 있었다.

기억증강실은 VR 게임룸 같아 보였다. 시뮬레이터들이 전체적으로 큰 반달처럼 배치되어 있었다. 그들이 들어서자, 오 대표가 얘기한 대로 수석연구원 케이가 그들을 맞이했다. 한눈에, 부드러운 인상이었지만 표정은 없었다.

문오는 자신의 이름이 적힌 시뮬레이터 의자에 앉았다. 그의 왼쪽으로는 친구들이, 오른쪽으로는 트럭팀이 자리 잡았다. 자기 자리를 찾고 시뮬레이터를 보며 얘기하느라고 잠깐 두런거렸지만, 곧이어 묵직한 침묵이 흘렀다.

케이가 그들 앞 한가운데에 서며 인사했다. 미스터 스마일은 입구 쪽에서 모두를 지켜보고 있었다. 케이는 자신을 소개한 다음, 설명으로 들어갔다.

"지금부터, 여러분들이 사건 현장을 읽어내는 데 도움이 될 만한 정보를 드리도록 하겠습니다."

케이가 쥐고 있던 버튼을 누르자, 그의 뒤로 스크린이 열리면서 문오에게 낯익은 자동차 한 대가 영상으로 나타났다. 바로 문오의 자율주행차였다.

차분하게 대하자.

문오는 그렇게 생각했지만, 의자 등받이에 기대고 있던 몸이 자신도 모르게 앞으로 튀어나오는 건 어쩔 수 없었다.

케이가 말을 이어갔다.

"그날 친구들이 타고 갔던 자율주행차입니다. 탑승 정보에 따르면, 운전석에 오문오 씨가, 조수석에 유미후 씨가 승차했습니다. 뒷자리엔, 문오 씨 뒤에 권유리 씨, 미후 씨 뒤에 김라온 씨가 탑승했습니다. 그날 이 차는 펜션으로 가고 있었고, 펜션에는 그날 저녁 바비큐 파티가 예약돼있었습니다."

화면엔, 그들이 타고 있던 차의 내부가 보였다. 그리고 문이 닫히면서 자동차는 달려 나가 화면 밖으로 사라졌다. 곧이어, 화면에는 탱크 트럭이 등장했다.

"이번엔, 트럭을 보겠습니다. 운송일지에 따르면, 탱크로리는 LPG를 최대용량으로 적재한 상태로 과속운행했습니다. 최종 CCTV에 잡힌 영상을 보면, 운전석에 박격보 씨가, 그 옆에 이기라 씨가 타고 있습니다."

위압감을 주는 탱크로리의 외형과, 그들이 타고 있던 내부가 차례로 영상으로 보였다. 그리고 잠깐의 스카이블루 화면에 이어, 하늘에서 내려다본 지도가 펼쳐졌다. 바닷가에 위치한 펜션도 보였다. 케이는 그 지도를 가리키며, 자율주행차와 탱크 트럭이 달린 코스를 교차해서 설명했다.

케이가 다시 버튼을 누르자 스크린이 사라졌다. 그는 모두에게 각자의 VR 헤드셋을 쓰라고 말했다. 헤드셋은 모두 무선으로 연결되어 있었다. 헤드셋 안쪽에는 얇고 부드러운 접합체가 있어서, 문오가 헤드셋을 쓰자마자 그 물체가 바로 자신의 머리를 감싼다는 게 느껴졌다.

무선의 스마트 글라스를 낀 채 누군가와 대화하는 케이를 보며, 문오는 자신의 헤드셋 전원을 켰다. 정말 게임방에 앉아있는 기분이었지만, 잠시 후 기억에 없는 그날의 시간들이 눈앞에 펼쳐지면서 차 안의 음악이 들려왔다. 귀에 익은 그 노래는, 딸을 생각하면서 썼다는 기범의 유일한 히트곡이었다.

너를 생각할 때면 가슴이 따뜻해져
내 마음 빈자리에 찾아오는 따뜻한 숨결
함께 할 수 있으면 좋아
너는 항상 내 곁에 친구처럼 있어 주었지
힘들 때나 외로울 때나

차는 평지의 좋은 길을 따라가다가, 점차 가파른 길을 빙빙 돌아 정상을 향해 달렸다. 케이가 말한 대로, 운전석엔 문오가, 조수석엔 미후가 앉아있었다. 돌아보니, 뒷자리의 친구들이 보였다. 다시 전면을 보자, 차는 어느새 정상을 지나 다시 빙빙 도는 내리막길을 달렸다. 살짝 현기증이 일었다.

문오는 잠시 눈을 감았다. 차 안에 흐르던 음악이 더 크게 들려왔다.

너와 함께 있기에
내 삶은 향기로워

언제까지나 곁에 있어줘

너를 생각할 때면 가슴이 따뜻해져

이 세상 누구보다 소중한 너

너를 사랑해

차 안에서 자주 들었던 노래였지. 그런 생각을 하며 그가 다시 눈을 떴을 때, 내리막길은 양쪽 가에 나무들이 도열해있는 산길로 이어졌다. 문득, 다른 날 달렸던 어떤 길이 연상됐지만, 그 기억은 바로 사라져버렸다.

차는 숲이 우거진 좁은 산길을 계속 달리고, 햇살이 나뭇잎 사이로 퍼져 나오면서 장관을 이루기도 했다. 그의 앞에도 뒤에도 다른 차들은 보이지 않았다. 가뭄에 콩 나듯, 반대편으로 차들이 지나갔다. 나무들이 촘촘히 서 있는 길임에도, 문오는 그 길이 꼭 사막 한가운데에 나 있는, 끊어질 듯 이어지는 긴 외줄길 같다고 생각했다.

그런 산길 어디쯤에서 차는 계속 제자리걸음을 하고 있었다. 그곳이 사고 난 지점이었나 보다, 라고 생각하며 그는 정신을 집중했다. 그러나 차는 밖에서도 안에서도 아무런 변화 없이 계속 제자리걸음이었다. 반대 방향에서 달려온 탱크로리도 같은 곳에서 약간 거리를 두고 제자리걸음을 하고 있었다.

갑자기, 아까보다 조금 더 큰 현기증이 밀려왔다.

그 순간 암전이 왔다. 그는 서둘러 헤드셋을 벗었다. 친구들도 트럭팀도 헤드셋을 벗고 있었다.

"그날의 여러 정보와 정황들을 시뮬레이션해서 만든 영상입니다. 보면서 뭔가 연상되는 게 혹시 있습니까?"

케이가 모두의 표정을 살피며 말했고, 라온이 그의 말을 받듯 질문했다.

"다른 건 모르겠고, 약간 어지러운데요? 현기증 같은 그런 게…… 문제없는 겁니까?"

케이가 살짝 당황하고 있다는 게 보였다. 미스터 스마일도 앞으로 걸어 나오며 상황을 지켜봤다. 그러나 곧바로, 케이는 표정 없이 대답했다.

"처음이라 그런 거 같습니다. 다음엔 미리 테스트를 하고 시작하도록 하지요. 이제부터 여러분은 매일 이곳에서 오늘 같은 시간을 계속 가지게 될 건데요, 부디 좋은 결과가 있도록 협조해주길 부탁드립니다."

라온이 박수를 치려다 분위기에 밀려 손을 내렸다.

"오늘은 워밍업이라 생각하고 여기까지!"

케이는 그렇게 말하고 그들을 둘러보았다. 모두 입을 굳게 다물고 있었다. 더 질문이 없으면 마치겠습니다, 하고 케이가 말을 맺으면서, 첫 번째 기억증강작업은 끝났다.

문오와 미후는 나란히 기억증강실을 나왔다. 우리 좀 걸을래? 하고, 미후가 그의 손을 잡으며 말했다. 문오는 고개를 끄덕여 보였다. 앞서가던 미스터 스마일이 다른 문 앞에서 걸음을 멈춰 서며, 먼저 올라들 가라고 말했다. 그의 옆엔 케이도 있었다. 문오는 그들과 눈인사를 나누며, 그들이 서 있는 문 앞의 푯말을 봤다.

거기엔 '닥터 문(Dr. Moon)'이라고 적혀 있었다.

엄마의 방이구나 싶었다. 문오는 그 방으로 들어가 보고 싶은 마음을 누르고 1층으로 향했다.

비밀.

_____

　정원에도 카페에도 그들뿐이었다. 문오는 미후와 카페 창가 자리에 앉아 마음을 다잡으려 애썼다. 광장방에서 아버지가 기억증강에 대해 얘기할 땐, 울컥하는 순간이 있었다. 자신들을 되살려낸 것이 결국은 사고 원인을 알아내기 위한 것 아닌가 싶은 의심이 들었다. 그러나 아버지가 했던 한 마디를 생각하며, 문오는 그 의심을 재웠다.

　이 오태양이 만능이라 여기는 기술이 아들을 죽였다고, 자식 잡아먹은 살인마라고, 사람들은 나를 손가락질했습니다.

　설령 아버지가 그런 의도를 가지고 있었다 하더라도, 엄마는

절대 그렇지 않았을 거라는 생각도 들었다. 그래서 '기억증강'이
란 작업을 긍정적으로 받아들이기로 했다.

그럼에도, 그 방에서의 체험은 그리 즐겁지 않았다. 자신은
그럭저럭 감당한다 하더라도 미후는 앞으로 어떡하지? 싶었다.
더군다나, 증강작업이 잘 돼서 사고가 일어나는 현장을 보게
된다면……. 그건 자신도 견디기 힘들 거 같았다.

우웅.

그때, 그의 휴대폰에 문자 도착을 알리는 진동음이 울렸다.

문오야.

발신자명도 없이 내용은 그게 다였다. 그는 문자를 미후에게
보여줬다. 뭐지? 하는 표정으로 그녀는 문오를 봤다.

문자가 더 올 것 같았다. 그는 기다렸고, 그의 예상대로 또 다
른 문자가 도착했다. 미후의 휴대폰에는 오지 않는 문자였다.

문오야. 엄마다.

대체 무슨 소린가 싶었다. 엄마가 보낸 문자라면, 발신자가
'문정인 박사'라고 밝혀져 있을 텐데, 문자 내용으로나 발신자명
이 없는 거로나 분명 엄마는 아니었다.

누구지? 누군가 장난을 치는 건가?

그런 생각이 얼핏 들었지만, 그건 또 아닌 듯했다. 조사하면
금방 알게 될 일을 장난으로 하진 않을 것이었다.

지하에서 본 엄마의 방이 생각났다. 일단 엄마에게 물어봐야 겠다 싶었다.

"같이 가볼래?"

그가 물었지만, 미후는 카페에 있을 테니 혼자 다녀오라고 했다. 문오는 자리에서 일어나 밖으로 나갔다.

그는 지하로 내려가 엄마의 방문 앞에 섰다. 벨을 눌렀다. 안에서 누군가 걸어오는 소리가 가까워지고, 문이 반쯤 열렸다.

"문오, 웬일이야?"

문 박사가 그를 보며 말했다. 긴 통로를 따라가면 그 안쪽에 넓은 공간이 있을 것 같았다. 안쪽에선 대화 소리가 웅얼웅얼 들렸다. 사람들은 보이지 않았다.

"뭐 좀 물어볼 게 있어서요."

그는 안으로 한걸음 들어서며 대답했고, 문 박사는 잠깐 생각하다 말했다.

"지금 중요한 회의 중인데, 이따 엄마가 연락하면 안 될까?"

엄마가 방금 나한테 문자 한 건 아니죠? 하고, 문오는 빠르게 물었다. 아니, 하고 문 박사가 짧게 대답하는 순간, 안쪽에서 고성이 터졌다.

"그 결정적인 기억을 삭제해버리면, 증강작업은 시작도 전에 그만큼 후퇴하는 거 아닙니까!"

"대체 누가 그래요? 후퇴한다고!"

미스터 스마일과 아버지의 목소리란 걸 단박에 알 수 있었다.

가 있어, 이따 연락할게, 하고 문 박사는 작게 말한 다음, 황급히 안으로 들어갔다. 문오는 밖으로 나가지 않고 방 안쪽에 그대로 서 있었다. 문이 닫혔다. 안에선 고성이 계속 이어졌다.

"지금 가장 중요한 건, 사고 원인을 찾아내는 겁니다! 오 대표님도 문 박사님도, 대체 재회 프로젝트와 회사의 미래가 중요한 겁니까, 아니면 죽은 아들과의 화해가 중요한 겁니까?"

"자기 자식 아니라고 말을 어떻게 그렇게 함부로 합니까?"

미스터 스마일과 오 대표의 화난 목소리가 차례로 들리고, 연이어 문 박사가 얘기하는 작은 소리가 그 뒤를 이었다. 두 사람을 말리는 얘기인 것 같았지만, 내용은 잘 들리지 않았다.

아무리 그렇다 하더라도, 이건 이사회에 보고해야 할 사항입니다. 첫 작업에서 현기증이 나는 거, 미리 체크하지도 않고 말이야! 단호한 미스터 스마일의 얘기에, 다시 문 박사와 케이의 작은 소리가 이어졌다. 헤드셋을 통해 각자의 뇌에 전달되는 증강 자극이 조절되는 과정이었단 얘길 하고 있는 거였지만, 문오의 귀에는 들리지 않았다.

또로롱 또로롱.

우웅.

그때 안쪽 누군가의 휴대폰 벨 소리와 문오의 문자 메시지 진동음이 동시에 울렸다.

여보세요, 미스터 스마일의 전화 받는 소리를 뒤로하고, 문오는 조용히 문을 열고 그곳을 빠져나왔다.

문오야, 엄마는 네트워크에 살고 있다.

카페로 들어서면서, 그가 열어본 문자 메시지 내용이었다.

네트워크에 살고 있다는 건 뭐지? 하면서, 문오는 미후의 옆에 앉아 문자 메시지를 보여주었다. 글쎄, 잘 모르겠는데? 하면서 그녀는 문오의 얼굴을 바라봤다.

다시 문자가 연이어 왔다.

다시 연락할게.

아무에게도 이 문자를 보여주지 말고, 바로바로 지워라.

문오는 일단 문자 메시지를 지웠다. 미후가 자리에서 일어서며, 일단 방으로 가자고 했다. 둘은, 카페를 나와 문오의 방으로 향했다.

문을 열자, 미미가 꼬리를 흔들며 둘을 반겼다. 미후가 미미를 안은 채 침대에 걸터앉자, 문오도 그녀의 옆에 나란히 앉았다.

기억증강작업에 문제를 생기게 한다는, 그 삭제된 기억은 뭐지? 그게 나와의 화해와 관계있다는 건가? 왜? 어떤 기억인데? 이 사회 보고는 또 뭐고…… 그걸 왜 미스터 스마일이 아버지에게 소리를 지르며 얘기하지? 미스터 스마일이란 자의 존재는? 그저 단순한 집사가 아닌 건가? 그렇다면 케이를 포함해서 그들의 관계는……

문오는 자신이 문 박사의 방에서 들었던 얘기들을 미후에게 들려주고 나서, 스스로에게 던지듯 질문을 이어갔다. 무언가 비밀이 있는 것 같았다.

그때, 이번엔 '문정인 박사'의 이름으로 문자가 도착했다.

문오야, 엄마가 지금 네 방으로 갈게.

문오는 문자 메시지를 또 한 번 미후에게 보여주면서 그녀의 얼굴을 봤다.

"일단은 쉿!"

미후는 자기 입술에 집게손가락을 올리고 말하면서, 엄마랑은 그냥 정원으로 나가 산책이나 하자고 했다. 둘은 미미에게 목줄을 한 다음 함께 밖으로 나갔다.

현관에 서 있자, 문 박사가 지하에서 올라왔다. 그녀의 표정에선 아무것도 읽을 수 없었다.

"왜? 무슨 일인데?"

문 박사가 물었다. 그러나 문오는 자신이 잘못 안 게 있었고 바로 해결됐다며, 같이 정원 산책하러 나가자고 했다. 미미가 정원을 향해 껑충껑충 뛰고 맴을 돌면서 빨리 나가기를 재촉했다.

가족사진.

———————————————

　미후가 미미와 앞서가고, 문오는 엄마와 나란히 걸었다. 미미
는 여전히 흔적 남기기에 분주했다.

　무슨 일이야? 하고, 문 박사가 다시 물었지만, 문오는 조금 전
과 같은 대답만 반복할 수밖에 없었다. 네트워크에 산다는 '엄
마'라는 사람의 문자 메시지 내용도, 문 박사의 방에서 들은 얘
기도, 아직은 뭐가 뭔지 알 수 없었다. 엄마에게 이런저런 상황을
시시콜콜 얘기하는 것도 지금으로서는 현명하지 않은 것 같았다.

　일단은 쉿!이라고 했던 미후의 말이 정확한 상황 판단인 듯해
서, 그는 모든 걸 더 두고 보기로 했다.

정원을 한 바퀴 돌아 카페로 향했지만, '정비 중'이란 푯말이 걸려있었다. 그들은 쉼터로 가서 벤치에 자리를 잡았다. 문 박사가 미미와 나란히 앉고, 문오와 미후가 그 맞은편에 앉았다. 멀리 강물 소리가 끊어질 듯 이어졌다.

"어머니, 고마워요."

미후가 문 박사를 바라보며 얘기하자, 고맙기는 뭐가, 하고 문 박사가 그녀의 말을 받았다.

"어머닌 저한테 늘 잘 해주셨어요. 동네에서 처음 만났을 때부터 지금까지……"

"아니다. 내가 너희 둘을 더 챙기고 결혼까지 잘 갈 수 있도록 밀어줬어야 하는데…… 이제 와서 이런 말 하는 게 무슨 소용이 있겠냐마는, 그게 늘 마음에 걸려."

미후의 얼굴에도 문 박사의 얼굴에도 따뜻하면서 쓸쓸한 웃음이 번졌다. 지켜보던 문오가 따라 웃다가 정원 쪽을 가리켰다. 라온과 마리아 모자, 유리와 소란 모녀가 앞서거니 뒤서거니 하면서 그쪽으로 오고 있었다. 문오는 생각난 듯이 휴대폰을 꺼내 문 박사에게 보이며 말했다.

"엄마. 이 휴대폰, 외부에선 안 되는 거죠?"

"현재 입력돼있는 명단 외에는 문자를 주고받을 수 없어. 왜?"

아녜요, 그냥 궁금해서요, 하면서 문오는 휴대폰을 도로 집어

넣었다. 사이, 라온 일행은 카페를 거쳐 쉼터 앞으로 왔다. 문 박사가 일어서며 비켜주겠다고 했지만, 마리아가 손사래를 쳤다.

"제가 유리 어머니한테 하고 싶은 얘기가 좀 있어서 나오자고 했어요. 문오도 미후도 같이 들으면 좋을 거 같으니까 그냥 계셔주세요."

모두가 벤치에 자리를 잡고 서로 마주 보며 앉자, 유리 옆의 소란이 마리아를 보면서 채근하듯 말했다.

"무슨 얘긴데요? 빨리해봐요, 솜이가 언제 깰지 몰라서……."

마리아가 옆에 있는 라온을 한번 보고 나서 얘기를 시작했다.

"제가 수녀가 되고 얼마 안 됐을 때였어요."

"어머나, 수녀였어요? 이름이 마리아라고 해서, 나는 그냥, 그 뭐지……?"

소란이 그렇게 말하면서 유리를 보자, 세례명, 하고 유리가 작게 말했다.

"그래, 세례명, 그건 줄로만 알았지."

수녀였구나, 하고 소란이 한 마디를 더했고, 마리아가 그녀와 다른 사람들을 보며 쑥스럽게 웃었다. 그녀는 수녀원에서 아기를 안고 나온 얘기, 라온이 피부색 때문에 고생한 이런저런 얘기, 그래도 명랑하고 반듯하게 잘 커 줘서 라온에게 고마워한다는 얘기를 조곤조곤했다.

"그 얘기 하려고 불러냈구나? 우리 유리가 라온이하고 사귄 다고 했을 때, 피부색 때문에 딱 잘라 반대한 거 맞아요. 하지 만, 이제 와서 그거 따져서 뭐 하겠어요? 애들이 이렇게 됐는 데……."

소란이 마리아를 보며 말했다. 마리아는 소란에게 웃어 보이 며 얘기를 이었다.

"그렇죠, 이제 와서 그걸 따져서 뭐 하겠어요? 제 얘기는, 유 리하고 라온이가 그 일 때문에 혹시 마음에 아픔이나 앙금이 남았다면, 깨끗이 씻어주길 바란다는 거죠."

라온이 그 일 때문에 많이 기분 나빴나 보네? 하고 소란이 라 온에게 물었다. 라온은 미소 띤 얼굴로 소란과 마리아를 번갈 아 보며 대답했다.

"저는 어릴 때부터 친구들하고 다르다는 걸 알고 있었어요. 혼혈이라는 사실 때문에 놀림도 많이 받았구요. 하지만 엄마가 늘 그랬어요. 다른 게 아니라, 특별한 거라구요. 절대 기죽지 말 라구요. 제가 모든 걸 잘 이겨낼 수 있었던 건, 모두 엄마의 그 말 덕분이었어요. 저, 그때 그 일, 잠깐 아팠지만 금방 벗어났어요."

훌륭하네, 라온이! 하고 문 박사가 말했다. 고맙습니다, 하고 라온이 말하자, 마리아가 얘기를 이었다.

"둘이, 마지막까지 잘 지냈으면 좋겠어. 유리야, 그래 줄 수 있지? 라온이도······.”

마리아는 둘을 바라봤다. 둘은 동시에 네, 하고 대답했다. 그녀는 문오와 미후에게도, 유리와 라온이 친구로 계속 지내게 도와줘서 고마웠다고 했다. 문오와 미후는 마리아를 보며 말없이 웃었고, 문 박사는 그런 둘과 소란을 보며 따스하게 웃었다. 소란도 어색하게 따라 웃었다.

한때 둘이 사귀었던 기억이 살아있다면, 라온하고 유리가 연애 한번 제대로 했으면 좋겠는데?

그런 생각에 문오가 혼자 빙긋 웃는 사이, 문 박사가 마리아에게 물었다. 라온이라는 이름이 무슨 뜻이냐고.

“우리 라온이요? 즐거운, 이라는 뜻을 가진 순우리말이에요.”

마리아가 바로 대답했고, 문 박사는 다시 그녀에게 질문했다.

“아 참, 전에 라온이하고 사진을 많이 찍겠다고 하신 거 같은데, 좀 찍었어요?”

마리아는, 카메라를 챙겨오지 않아서 라온이 미스터 스마일에게 부탁해뒀다며, 카메라가 준비되는 대로 찍을 거라고 말했다.

“촬영은 문오 전문이니까, 네가 엄마하고 나 좀 찍어주라.”

라온이 싱긋 웃으며 문오에게 말했다. 그래, 그러지 뭐, 하고 문오가 선선히 대답하자, 문 박사가 그 말을 받았다.

"그러지 말고, 친구들 가족 전부 다 찍어주면 어떨까? 덕분에 우리도 좀 찍고."

좋은 생각이라며 모두 그녀의 말을 반겼고, 문오도 오케이 했다. 문오네 가족사진은 라온이 찍어주는 걸로 하고, 일행은 자리에서 일어났다.

우리가 가족사진을 찍은 게 언제지?

문오는 생각했다. 까맣게 기억이 나지 않았다. 사진관에서 찍는 가족사진은커녕, 일상 속에서라도 셋이 혹은 미미와 넷이 찍은 사진은 없었다. 좋은 아이디어야, 하고 혼잣말을 하다가, 미후 가족과도 같이 사진을 찍어야지, 하고 그는 생각했다.

그는 걸어가면서 휴대폰을 슬쩍 봤지만, 더 이상의 문자 메시지는 없었다.

조작

후회.

_____

아침부터 천둥과 번개가 치고 비가 내렸다. 미후는 온몸이 편치 않았다. 어디가 아픈 건 아닌데, 물먹은 솜처럼 몸이 축 처졌다.

비가 와서 그런가? 예전엔 이러지 않았는데.

사고의 후유증인가 생각하다가, 그런 것까지 몸이 기억하게 만들지는 않았을 거라고 그녀는 생각했다. 문오는 어떤지 물어보려고 휴대폰을 드는데 문자 메시지가 왔다. 미스터 스마일이었다.

오늘은 우천인 관계로 바깥출입을 자제해주시기 바랍니다.

바깥이라고 해봐야 정원인데 그쯤이야, 하다가 미후는 우리 미미! 하고 혼잣말을 했다. 미미는 천둥과 번개를 심하게 무서워했고, 비가 오면 침대 밑이나 이불 속에 숨어서 지냈다. 처음에 문오가 미미를 발견했을 때, 미미는 전봇대에 묶인 채 비를 맞으며 떨고 있었다고 했다. 아무래도 그게 트라우마가 된 거 같다고, 언젠가 문오가 얘기했었다. 수업 중이거나 회의 중에도, 비가 오면 문오는 미미를 걱정했다. 그녀는 서둘러 옷을 갈아입고 문오의 방으로 갔다.

예상대로, 미미는 이불 속에 숨어 있었다. 문오가 침대에 누운 채, 손으로 이불을 높게 해서 공간을 만들어주고 있었다. 미미야, 하고 미후가 부르자, 미미는 얼굴을 빼꼼히 내밀어 보고 꼬리를 몇 번 흔든 후에, 다시 이불 속으로 들어갔다.

"자긴 괜찮아?"

미후가 문오를 보며 묻자, 그도 똑같은 몸 상태를 얘기했다. 그래도 마음까지 축 처지지 않아서 다행이라며 조금 웃어 보였다.

"오문오 씨, 아주 긍정적이야."

"유미후 씨, 까르페 디엠!"

둘은 말을 주고받으며 웃었다. 문오가 침대 위로 올라오라고 그녀에게 손짓했다. 침대가 좁았지만, 그녀는 침대 난간에 몸을 닿게 하며 위로 올라갔다. 둘은 동시에 이불 속 미미의 공간 속으로 얼굴을 디밀었다. 미미는 눈을 동그랗게 뜨고 둘을 보다가, 다시 문오 쪽으로 얼굴을 돌렸다.

"미미는 확실히 나보단 자기를 더 사랑해, 그치?"

문오를 보며 그 말을 하면서, 이런 기억도 되살렸단 말이야? 하고 미후는 생각했다.

어머니가 웃으셨겠는걸? 아닌가? 케이라는 연구원이 한 건가?

그녀의 말에 우물쭈물하는 문오의 모습도 전과 다르지 않았다. 미후는 웃으면서 이 순간이 좀 더 오래였으면 좋겠다는 생각을 했다. 그러나 그 생각은 그녀의 휴대폰 진동음에 의해 바로 끝났다. 그녀는 침대에 걸터앉으며 문자를 봤다.

방에 있어? 가도 돼?

유리의 문자 메시지였다.

문오 방에 있어. 내가 지금 갈게.

미후는 답 문자를 넣은 다음, 문오에게 손을 흔들어 보이고 방을 나왔다. 꿍얼꿍얼, 미미의 소리가 그녀의 뒤를 따라왔다.

"나, 너한테 말할 거 있어."

미후가 방으로 들어가자마자, 유리는 소파에 앉은 채 그녀를 보며 말했다. 미후는 유리 옆에 앉으며 그녀의 옆얼굴을 바라봤다. 그녀의 눈이 떨리고 있었다. 그녀는 유리의 한 손을 잡으며 컨디션이 안 좋은 거야? 하고 물었다.

"몸도 마음도 안 좋아."

고개를 두어 번 끄덕인 다음, 유리가 말했다. 문오도 나도 마음까지 힘든 건 아닌데, 유리는…… 하고 미후는 생각했다.

"미스터 스마일한테 안 좋다고 얘기하는 게 낫지 않을까?"

"아냐, 너한테 얘기하면 괜찮아질 거야."

"지금은 좀 진정하고, 나중에 하는 게 나을 거 같은데?"

"아냐, 지금 얘기하고 싶어. 들어줘."

잡고 있는 유리의 손에 지긋이 힘을 주면서, 얘기해, 하고 미후는 말했다.

"사실은…… 솜이, 내 딸이야."

유리는 정면을 보면서 얘기했다. 눈은 계속 떨리고 있었다.

"나 있잖아, 고3 때 애를 낳았어. 휴학하고 외할머니 집에 숨어 살면서…… 근데, 애를 낳자마자, 엄마가 해외로 입양을 보내버린 거야. 울고불고했지만, 내가 할 수 있는 건 아무것도 없었어. 근데 해외로 안 보냈던 가봐."

그래서 솜이가 다시 돌아온 거구나? 엄마를 찾아서, 하고 미후가 그녀의 말을 받아서 얘기했다.

엄마는, 솜이가 옆에 없을 때, 그 애가 내 딸이란 걸 나한테 얘기하면서, 그렇게 보고 싶어 하는 제 엄마 얼굴 제대로 한번 보라고 데려왔다더라. 차라리 끝까지 비밀로 하고 데려오질 말든가 하지. 그래놓고는 친구들한텐 비밀로 하래. 안 그러면 문밖으로 한 발자국도 못 나간다면서……. 그렇게 말하면서, 유리는 짧게 숨을 내뱉었다.

"그래서 항복 선언을 한 거네? 솜이는 엄마 딸로 하기로."

미후는 카페에서의 그들 모녀를 생각하며 물었다. 유리는 고개를 끄덕였다. 그녀의 눈 떨림이 현저히 줄어들고 있었다.

"솜이는 모르겠네? 유리가 엄마란 거?"

모르지, 하고 유리는 힘없이 대답했다. 처음보단 덜 하지만, 그녀의 눈이 다시 떨리기 시작했다.

"나 있잖아, 여기서 나가고 싶어."

어디? 이 건물에서? 라고 미후가 묻자, 유리는 고개를 저으며 답했다.

"아니. 멀리멀리 가고 싶어. 사랑하는 내 딸하고 우리 집에 가서 단 하루만이라도 살고 싶어."

미후는 다시 그녀를 바라봤다. 유리는 고개를 숙이며 혼잣말하듯 중얼중얼 얘기했다.

"어떻게 하겠다는 게 아니야. 그냥, 그러고 싶다는 거야. 막상 내가 낳은 내 아이를 만나고 나니까, 미안한 것도 많고……. 그 작고 어린애한테 엄마 노릇 한번 제대로 못 해주고…… 엄마라는 존재는 이게 아닌데…… 이게 아닌데…… 미후야, 나 왜 그렇게 바보같이 살았지? 맨날 후회할 일만 하고 살았어, 이렇게 일찍 죽을 줄 모르고……"

유리의 말속에 속울음이 번지고 있었다.

미후가 그녀의 손을 토닥였지만, 그녀는 끝내 울음을 터뜨렸다. 그러나 눈물은 흐르지 않았다.

메마르고 앙상한 울음소리가 방안을 가득 채웠다.

집.

──────────────────

　내리던 비는 한낮에 그쳤다. 언제 비가 왔나 싶게, 하늘은 쨍하게 개었다. 라온이 친구들에게 문자를 보내온 것은, 미후가 문오, 유리와 같이 카페에서 커피를 마시고 있을 때였다. 그들의 몸은 정상적으로 돌아왔고, 유리의 전반적인 상태도 좋아져 있었다. 한바탕 울고 나서 그런지 기분도 날씨처럼 개이네? 하고 그녀는 말했었다.

　봄나래가 집으로 돌아가기로 했어. 와서 위로 좀 해줘.

　라온의 똑같은 문자를 받고, 셋은 카페를 나와 마리아와 봄나래가 묵고 있는 105호로 갔다. 문오가 벨을 누르자마자, 라온이 문을 열어줬다.

방에는 봄나래가 침대에 비스듬히 기대앉아 있었다. 마리아는 보이지 않았다. 그녀는 지금 봄나래 일로 미스터 스마일을 만나고 있다고, 라온이 귀띔해 주었다.

의자와 소파를 당겨 모두 봄나래를 향해 앉고, 라온만 그들 뒤에 섰다. 미후가 먼저 그녀를 보며 말했다.

"많이 안 좋은 거야?"

"그러네요. 의사 선생님 말씀으로는, 빨리 돌아가서 제대로 검진을 받아보는 게 좋겠대요."

봄나래는 천천히, 그러나 또박또박 말했다.

"어떡해? 오빠 만나러 먼 길을 왔는데……"

"아무래도 무리였나 봐요. 엄마도 마리아 아줌마도 무리하면 안 될 텐데 하고 많이 걱정하셨는데, 제가 막 우겼거든요. 오빠를 직접 만나서 얼굴을 보면서 고맙다는 말을 꼭 하고 싶다고……."

"그래서, 고맙다는 말을 오빠한테 했어?"

봄나래의 말을 받아, 유리가 그녀에게 물었다. 봄나래는 고개를 끄덕여 보이고 나서 말했다.

"했어요. 많이 고맙고, 많이 보고 싶었다는 말도 다 했어요. 근데요, 오빠는 나를 한번 안아주지도 않았어요."

그렇게 말하는 봄나래의 얼굴에 쓸쓸한 웃음이 배어있었다. 사실, 봄나래가 갑자기 나타난 게 부담스럽다는 얘기를 라온은 했었다. 자신의 이야기 덕에 한 생명이 깨어났다는 건 반가운 일이지만, 금방 다시 헤어지고 나면 차라리 보지 않은 것만 못한 슬픔, 어쩌면 평생의 가슴 아픔으로 남을 텐데, 왜 기어코 왔는지 모르겠다고 그 또한 쓸쓸하게 웃으며 말했었다.

"저런, 오빠가 잘못했네."

어색해진 분위기를 깨려고, 문오는 그의 뒤에 서 있는 라온을 끌어내 봄나래 앞 침대 난간에 앉히며 말했다.

"안아줘, 이 매너 없는 오라버니야."

빨리 안아줘, 하고 미후와 유리도 맞장구를 쳤다. 라온은 쑥스러워하며 봄나래를 봤고, 그녀의 얼굴이 빨개졌다.

"오빠, 아니야. 농담했어요."

봄나래가 그렇게 말했지만, 그게 진심이 아니란 건 누구나 알수 있었다. 라온은 앉은 채로 봄나래를 안고 토닥여주었다. 그녀 역시 라온을 안고 같이 토닥였다. 둘의 포옹으로 부드럽고도 따뜻한 공기가 실내에 가득했다.

그때, 밖이 소란스러웠다.

봄나래가 집으로 출발할 때 다시 보기로 하고, 그들은 라온과 그녀를 남겨놓은 채 밖으로 나갔다.

현관 안쪽에 지혜가 서 있었고, 남편 격보가 뒤에서 그녀의 한 손을 붙잡고 있었다. 지혜 옆에는, 그곳에 올 때 그녀가 가져왔을 캐리어가 덩그러니 놓여있었다. 그녀가 집으로 돌아가려고 하는 상황인 걸로 보였다.

"여보, 미안해. 내가 다 잘못했어."

애원하듯 말하던 격보가 급기야는 무릎을 꿇었다. 지금까지 그가 보여준 모습은 분명히 아니었다.

"내 인생 잘못 산 거, 누구보다 내가 잘 알아. 당신이 나 싫어하고 미워하고 증오한다는 것도 잘 알아. 돌아가겠다고 하지 말고, 그냥 여기서 날 때려. 그동안에 쌓인 거, 때려서 다 풀어. 때려! 때려!"

그는 붙잡고 있던 아내의 한 손으로 자신의 머리를 쳤다. 지혜는 남편의 손에서 자신의 손을 빼내려 했지만 잘 되지 않자, 그를 밀쳐냈다. 격보는 바닥에 쓰러지면서도 그녀의 손을 놓지 않고 버텼다.

그새, 미스터 스마일과 마리아가 함께 지하에서 올라왔다. 문오와 미후, 유리 외에도 기라 커플과 소란도 그들 부부를 지켜보고 있었다.

정말 집으로 돌아가시려는 겁니까? 하고, 미스터 스마일이 지혜 곁에 다가서며 말했다. 지혜는 캐리어를 끌어당겨 붙잡고 선 채 말이 없었다.

"일단 저하고 얘기를 좀 해보시면 어떨까요?"

미스터 스마일이 그녀를 보며 정중하게 얘기하자, 격보도 거들었다.

"그래 여보. 이분한테 다 얘기해. 아니면, 지금 이 자리에서 나한테 하고 싶은 욕 다 쏟아내. 제발, 제발 가지는 마."

"왜? 좀 전에 내 방에서 당신이 나한테 쏟아냈던 욕 한번 해보시지? 욕은 당신 전문이잖아!"

지혜가 남편을 노려보면서 쏘아붙였다. 격보는 다시 무릎 꿇은 자세를 하며 아내에게 말했다.

"내가 미쳤었나보다. 당신이 이렇게 나를 보러 와줬는데, 그저 옛날얘기만 하고……. 내, 당신 떠나는 날까지 다시는 그런 얘기 안 할게. 나한테 한 번만 더 기회를 줘."

"그놈의 한 번만, 한 번만!"

그렇게 말하면서 지혜는 한숨을 푹 쉬었다. 그리고 그녀는 모두에게 죄송합니다, 라고 얘기한 후, 캐리어를 끌고 자기 방 쪽으로 걸어갔다. 여보, 안 가는 거지? 하며, 격보가 그녀를 뒤따랐다.

"따라오지 마!"

지혜가 남편을 돌아보며 외치자, 격보는 그 자리에 꼼짝 않고 서 있었다.

"한 시간 후에, 기억증강실에서 뵙겠습니다."

흩어지려는 모두에게 미스터 스마일이 말했다. 하늘이 갠 후에, 문자 메시지로 그가 이미 알린 내용이었다. 문오는 2층으로 올라가며, 자신의 휴대폰을 들여다봤지만, 네트워크에 산다는 그녀의 문자 메시지는 여전히 없었다.

축가.

_____

문오는 헤드셋을 썼다. 격보까지 모두 여섯이 기억증강실의
자기 자리에 앉아 있었다. 헤드셋의 전원을 켜자, 다시 길이 펼
쳐졌다. 그들의 차는 아직 정상으로 향하는 길의 초입을 달리
고 있었다. 그러니까 정상을 중심으로, 사고가 난 길의 반대쪽
이었다. 지난번과 다를 바 없었다.

이번에도 살짝 현기증이 들었다. 그러나 그 현기증은 금방 사
라지고, 그와 동시에 음악이 툭 끊어지면서 이전과 전혀 다른
음악이 흘러나왔다.

사랑 아닌 세상 그 어떤 것이

이 외로운 지구별을 살아가는데

햇살 같은 위안이 될 수 있을까요

꽃 같은 미소가 될 수 있을까요

<영원보다 더>. 결혼식 축가로 오랫동안 사랑받고 있는 익숙한 노래였다. 노래 사이로, 휴대폰이 울렸다. 조수석에 있는 미후의 휴대폰이었다. 차 안의 문오가 그녀를 보았다.

"아빠. 거의 다 왔어. 한 15분 후면 도착할 거 같은데?"

미후가 자동차 모니터의 도착 예정 시간을 보며 영상통화로 전화를 받고 있었다. 기범의 모습이 휴대폰에 등장했다. 그 사이, 차 안의 문오는 음악의 볼륨을 줄였고, 미후는 휴대폰을 들어 문오를 비췄다.

"문오야."

기범의 목소리가 휴대폰 스피커로 크게 들렸다. 네, 아버님, 하고 문오가 대답하자, 기범이 얘기를 이어갔다.

"문오야. 다 내가 못 나서, 내가 무능해서 결혼식을 이렇게밖에 올릴 수 없게 만들었다. 미안하다, 문오야."

"아닙니다, 아버님. 이렇게라도 결혼할 수 있게 허락해주셔서 고맙고, 저희 충분히 행복합니다."

영상 속의 문오가 큰소리로 답하고 있었다.

이게 무슨 상황이지? 기억증강이란 게 이런 건가?

순간, 보고 있는 문오에게 그런 생각이 쓰윽 들어왔다.

"그래, 행복해야지. 행복해야 하고말고. 문오야, 미후야, 결혼 축하한다."

기범의 전화 소리에 이어, 자동차 뒤쪽의 라온과 유리가 차례로 외치듯 말했다.

"아버님! 제가 있으니까 걱정 마세요. 행복하지 않으면 혼내줄 거니까요."

"아버님, 저두요!"

"그래그래, 고맙다. 내일 미후하고 문오가 우리 집에 온다니까, 그때 우리 들러리 친구들도 같이 와. 내가 맛있는 거 해줄게."

네에, 하고 라온과 유리가 동시에 대답했다.

"미후, 씩씩하게 잘해라. 조심하고."

"네, 조심할게요."

기범의 말에, 미후가 밝게 대답하면서 영상통화를 끝냈다.

뭘 조심한다는 거지? 하고 생각하는 사이, 암전이 왔다.

문오는 천천히 헤드셋을 벗었다. 트럭팀은 아직 영상을 보고 있었지만, 친구들은 모두 헤드셋을 벗고 있었다.

그날, 우리가 결혼식을 올렸다고? 결혼식에 관한 기억은 전혀 없는데?

엄마도 아버지도 미후와의 결혼식에 관한 얘기는 전혀 하지 않았다. 그의 머리가 복잡해졌다. 문오는 미후에게 작은 소리로 물었다.

"우리가 아버님하고 영상통화 하는 걸 본 거지?"

미후는 말없이 고개를 끄덕였다. 라온이 문오를 보며, 뭐지? 하는 표정을 지었다.

수석연구원 케이도 끼고 있던 스마트 글라스를 벗고 있었다. 늘 무표정했던 그의 얼굴이 흙빛으로 굳어 있었다. 입구 쪽에 서 있던 미스터 스마일이 케이 옆으로 걸어왔고, 두 사람은 심각한 표정으로 잠시 얘기를 주고받았다.

"뭡니까? 이 영상은……."

케이가 다시 그들 앞으로 서자, 문오가 질문했다. 케이는 잠깐 생각하다가 그를 보며 대답했다.

"솔직히 말씀드리지요. 사실은, 저도 왜 이 영상이 지금 나왔는지 잘 모르겠습니다."

"어쨌든 이 영상도 그쪽에서 만든 거 아니에요? 우리가 방금 여기서 기억해낸 건 아닌 거 같은데……."

미후가 따지듯 물었다. 이번엔 미스터 스마일이 그들 앞으로 나서며 대답했다.

"유추하건대…… 내부에서…… 다른 버전의 영상을 만들지 않았을까 싶네요. 순전히 제 생각이긴 합니다만……."

그의 말은 평소와 달리 약간 더듬고 있었다. 내부의 누구요? 하고 문오가 빠르게 질문했다. 글쎄요, 그건 확인해봐야겠는데요? 하고, 미스터 스마일은 문오에게서 눈을 떼지 않은 채 얘기를 이어갔다.

"사실, 그날 사고에 관해선 백 퍼센트 정확한 팩트가 존재하지 않습니다. 그러니까 다른 버전의 영상도 한두 개쯤 만들어서 보여드리면, 그만큼 여러분의 뇌가 더 자극을 받지 않을까요?"

미스터 스마일의 말은 어느새 가지런해지고 있었다. 문오가 다시 질문하려는 사이, 트럭팀의 격보와 기라가 헤드셋을 벗으면서 그들 쪽을 봤다. 케이는 그들에게 다가가, 무언가 다른 걸 봤냐고 물었다.

"지난번과 똑같은데요?"

두 사람이 거의 동시에 답하자, 다시 미스터 스마일이 나서며 말했다.

"친구들의 영상에 관한 의문점은, 제가 더 확인해보고 말씀드리겠습니다. 영상을 반복해서 더 볼 예정이었지만, 오늘은 일단 여기까지 하고, 다음 일정은 다시 문자로 전달하겠습니다."

무슨 일이 있는 거냐고 격보가 물었지만, 미스터 스마일은 다음에 얘기해주겠다는 말만 거듭했다. 케이는 더 이상 말이 없었다. 수고하셨습니다, 하고 인사한 다음, 미스터 스마일은 케이와 함께 서둘러 방을 나갔다.

그들의 설명도 행동도, 문오는 석연치가 않았다.

미후하고 결혼식을 하러 가는 길이었다니.

그의 기억에 없는 영상을 만들어낸 데는 분명히 그 나름대로 무언가 이유가 있을 것 같았다. 그리고 그 영상 버전을 만들기 위해선, 미후 아버지의 도움이 어떻게든 필요했을 거 같기도 했다.

기억증강실을 나서며, 문오는 미후 아버님을 한번 만나봐야지, 하고 생각했다. 그때, 라온이 그의 옆으로 오며 말했다.

"야, 난 들러리였던 거 같은데?"

나도, 하고 뒤따라오던 유리가 말했다.

"뭐가 뭔지…… 머리가 혼란스러워."

유리 옆의 미후가 말했고, 라온이 그녀의 말을 이었다.

"머릿속이 어지러울 땐, 신선한 바람을 불어넣어 주는 게 최고지."

그는 다 같이 정원을 산책하자고 했다. 굿 아이디어! 하면서, 모두가 환영했다. 그들 앞쪽에, 미스터 스마일과 케이가 문 박사의 방으로 들어가는 게 보였다.

가정법.

넷은 말없이 정원을 거닐었다. 라온이 앞장서고, 문오와 미후, 유리가 그의 뒤를 따라갔다.

"정말 자극을 주기 위한 버전일까?"

먼저 얘기를 꺼낸 건 미후였다.

"영상 끝나고 나서 그 사람들 얘기하는 표정 봤어? 그냥 자극용 영상이면 그 사람들이 그렇게 심각해졌을까?"

미후가 계속 얘기하자, 라온이 말을 이었다.

"그럼, 방금 본 그 영상이 진짜다?"

"아냐, 그건 너무 나간 거 같아. 미스터 스마일 말대로 그냥 자극, 자극을 주기 위한 영상이야."

유리가 말하자, 문오가 멈춰서며 그 말을 받았다.

"그래, 자극용으로 만든 영상이라고 쳐. 그래서 나중에 틀어줄 영상이 미리 나왔다고 쳐. 그렇다면, 어차피 보게 될 영상인데, 그게 좀 빨리 나왔을 뿐이라는 얘기잖아? 그런데 왜, 케이 연구원이나 미스터 스마일은 그만한 일로 그렇게 당황하고 심각한 표정들이었을까?"

다른 친구들도 문오와 같이 멈춰선 채, 얘기하는 그를 보고 있었다. 음, 우리 친구 똑똑한데? 하고, 라온이 웃는 얼굴로 말했다.

그럼, 그게 실제라는 얘기야? 하고, 유리가 웃음기 없이 말했다. 라온이 한숨 쉬듯 흠, 소리를 내뱉은 다음 얘기를 이었다.

실제라는 증거는 없지만, 일단 그게 진짜라고 한번 가정해봐. 그 얘긴 다시 말해서, 우리가 그날 문오하고 미후 결혼식을 올리러 가는 중이었다는 얘기잖아? 그런데 그건, 우리 중에 어느 누구의 기억 속에도 없는 상황이란 말이지? 왜 아무도 기억을 못 할까? 그렇게 말하면서, 라온은 모두를 둘러봤다.

"그거야, 소환해낸 우리들 기억 중에 공통적인 그 부분을 삭제해버리면 되는 거지. 안 그래?"

미후가 말하자, 모두가 그녀를 보며 표정이 심각해졌다.

"그래, 그럴 수 있어. 근데 왜 하필 결혼식을 올리러 가고 있었다는, 그런 기억을 빼버렸을까? 이 작업은 분명히 문오 어머니 아버지가 책임자였을 텐데, 두 분의 허락 없이는 할 수 없는 일일 텐데……."

다시 라온이 나서며 말했다.

"그렇다면…… 그 기억을 지운 사람은 우리 엄마 아버지라는 얘기이고……."

잠깐만, 생각 좀 하고, 라며 문오는 선 채로 눈을 감았다. 그는 엄마의 방에서 들은 아버지와 미스터 스마일의 말들을 떠올렸다. 분명히, 아버지가 어떤 기억을 삭제했다는 사실 때문에, 두 사람 사이엔 고성이 오갔다. 그 기억을 삭제하면 기억증강작업도 그만큼 후퇴한다고 했고, 그 기억은 그와 아버지 사이의 화해와 관계있는 거라고 했다. 그렇다면, 그 기억을 없애고 처음 본 영상으로 기억을 조작했다면? 문오는 눈을 뜨고 자신을 지켜보고 있는 미후와 친구들에게 말했다.

"우리끼리 결혼식을 올리러 갔다는 건, 우리 엄마 아버지, 아니, 아버지가 결혼을 반대했기 때문이고, 그래서 이 재회의 상황에 그 문제로 나와 싸우기 싫어서 결혼식과 관계되는 모든 기억을 지워버렸다……."

모두 말이 없어졌다. 서로가 서로를 바라볼 뿐이었다. 문오와 눈이 마주치자, 미후는 고개를 끄덕여 보였다.

"이건, 가정법의 승리!"

라온이 어깨를 으쓱하며 말했고, 문오는 여전히 심각한 얼굴로 얘기했다.

"안 되겠다. 엄마한테 한번 확인해봐야겠어, 뭐가 어떻게 된 건지…… 엄마는 말해줄 테니까."

그러나 미후가 그의 팔을 잡으며 말렸다.

"어머니한테 확인하기 전에, 우리 아빠부터 만나보자. 그 영상이 진짜든 아니든, 아빤 진실을 알고 있을 테니까."

"진실을 알고 있어도, 말하면 안 되는 뭐 그런 조건이 있을지도 모르잖아. 알고 계셨으면 벌써 얘기해줬을 텐데……."

라온이 그렇게 말했지만, 문오는 미후의 한 손을 잡으며 그녀의 아버지를 만나보자고 했다.

"아버님은, 최소한 거짓말은 못 하시는 분이니까."

미후가 진지한 얼굴로 고개를 끄덕였다.

그녀는 라온 엄마와 유리 엄마에겐 아무것도 물어보지 말라고 얘기했다. 혹시라도 라온의 말이 맞는다면, 엄마들이 곤란해질 수도 있다면서.

라온과 유리는 카페로 향하고, 문오와 미후는 현관으로 향했다.

부탁.

_____

    기범은 소파에 앉아 두 사람을 번갈아 봤다. 그의 방에 들어오자마자, 문오는 미후를 아버지 옆자리에 앉도록 하면서, 자신은 책상 의자를 가져와 그들 앞에 마주 앉았다.

    문오는 마음을 가라앉히고, 조금 전 기억증강실에서 본 영상에 대해 말하기 시작했다. 그의 얘기를 듣고 있는 기범의 얼굴이 점점 흙빛이 되어가는걸, 문오도 미후도 똑똑히 지켜봤다.

    문오의 얘기가 끝나고도, 기범은 고개를 숙인 채 말이 없었다. 미후가 한 마디를 덧붙였다.

    "얘기할 수 없는 상황이면, 안 해도 돼, 아빠."

기범은 여전히 입을 다문 채, 미후의 한 손을 잡았다. 그의 두 눈에 눈물이 번지고 있었다.

진짜구나.

문오도 미후도 그 영상의 내용이 사실임을 직감했다. 기범의 눈물 한 방울이, 잡고 있던 미후의 손 위에 툭 떨어졌다. 기범은 다른 한 손으로 그 눈물을 닦아내면서 얘기를 시작했다.

"문오야, 미후야, 정말 미안하다. 전부 다 내가 못나서 일어난 일이야. 내가 한 번 더 사과할게."

"아빠, 그런 말 들으려고 이러는 거 아니잖아. 진실이 뭔지, 그걸……."

미후가 아버지의 손을 꼬옥 쥐면서 말했다.

"그래, 얘기할게. 뭐가 무서워서 내가 얘길 못 하겠어?"

기범이 조금 긴장한 표정으로 앞쪽에 시선을 둔 채, 툭 던지듯 말했다.

"그거, 다 진실이다."

미후와 문오가 커진 눈으로 그를 바라봤다.

"그날, 너희 둘이 결혼식을 하러 간 거, 사실이다. 오늘 봤다는 그게 진짜고, 그 통화 내용도 실제 그대로고……."

문오도 미후도, 온몸의 힘이 일시에 빠져나가는 기분이었다. 기범은 말을 잇지 못한 채 다시 눈물을 흘렸다. 미후가 한 손으로 아버지의 눈물을 닦았다. 기범은 그런 딸의 손을 붙잡으며 얘기를 이었다.

"문오가 결혼을 더 이상 늦출 수 없다면서 빨리 식을 올리고 싶어 했다. 미후는 천천히 하자고 문오를 달랬지만, 소용이 없었다고 나한테 그랬다. 문오 아버지가 워낙 미후를 싫어하니까……. 그건 기억하지?"

자신을 보며 묻는 아버지에게, 미후는 고개를 끄덕였다. 그와 동시에, 예전의 상황들이 머릿속을 순식간에 스쳐 지나갔다. 문오 아버지는 그녀를 처음부터 거부했다. 그러나 그는 단 한 번도 그녀 면전에서 욕을 하거나 주먹을 쓰진 않았다. 언제나 자신의 몫까지 혼자서 당하는 문오가 안쓰러웠고, 그래서 그의 결혼 결심을 꺾을 순 없었을 터였다.

"어느 날 너희 둘이 나한테 와서, 단둘이 결혼식을 올리겠다고 말하더구나. 친구 둘이 들러리를 서주기로 했다면서……. 그게, 사고 나기 일주일 전이었다."

헤어지자는 생각을 한 적도 있었다. 미후는 더 이상 문오도 자신의 아버지도 괴롭히고 싶지 않았다. 결단을 내릴 사람은 미후 자신임이 분명해 보였다. 그러나 한편으로, 그 생각을 문오에게 꺼내놓을 용기는 없었다. 어쩌면 그건, 사랑하는 두 사람을 더 괴롭히는 일이기도 했다.

"제가 일을 서둘러서, 일이 이렇게까지 돼버린 거였네요. 결혼식도 못 올리고, 결국엔 이렇게 돼버리고……."

갑자기, 문오가 신음하듯 중얼거렸다. 그리곤 이 바보 같은 게! 바보 같은 게! 하면서, 한 손으로 주먹을 쥐고 자신의 머리를 때리기 시작했다.

미후가 달려들어, 주먹 쥔 그의 손을 붙잡았다. 이런다고 뭐가 달라져? 자학하지 마. 진정해. 제발 진정하고 아빠 말을 끝까지 다 들어봐! 문오의 손을 꽉 쥔 채, 미후가 소리쳤다. 기범도 손을 뻗어 문오의 다른 한 손을 붙잡으며 그를 진정시켰다. 문오는 심호흡으로 스스로를 달랬다. 그가 잠잠해지자, 기범은 담담하게 얘기를 이었다.

"여기 오기 훨씬 전부터, 오 대표가 간곡히 부탁했다. 결혼식 얘기는 다 비밀로 해달라고. 물어보진 않았지만, 다른 가족들도 모두 비밀로 하기로 했을 거다."

얘기하면 어떻게 되는 건데요? 하고 문오가 물었다.

"그 날짜로 여기서 쫓겨나게 돼 있어."

문오도 미후도 한숨을 내쉬었다. 기범이 둘을 보며 말했다.

"괜찮아, 괜찮아. 우릴 도청하지 않는 이상, 우리만 비밀로 하면 별일 없을 거야. 전에, 이거에 대해 얘기하면서, 도청 같은 건 안 하지만, 이라고 말했던 거 같거든."

말하고 있는 기범을, 둘은 똑바로 볼 수 없었다. 그들은 고개를 깊이 숙였다가, 거의 동시에 다시 기범을 봤다.

"알아도 설마 쫓아내기야 하겠어? 문 박사님이 어떻게든 계속 있게 해주실 거다. 그리고 쫓아내면, 돌아가면 되는 거고……. 우리 미후하고 문오를 더 보지 못하고 돌아가는 게 마음 아프겠지만, 그래도 이렇게 얼굴 봤으니까 괜찮아."

미후는 소리 내 울고 싶었지만, 그게 잘되지 않았다. 문오 역시 표정만 울고 있을 뿐, 울음소리는 없었다. 기범이 두 팔을 벌려 둘의 어깨를 동시에 토닥여주며 말했다. 그래도, 그 기억을 지우면서까지 아들하고 화해하길 원한 오 대표의 마음을 이해해줘야 한다고.

문오도 미후도 아무 말이 없었다. 대신, 문오가 미후를 보며 말했다.

"미후야, 미안해……. 다 내 잘못이야. 내가 잘못한 거야……."

문오는 자신의 가슴을 두들기며 한숨 쉬듯 말했다.

목을 타고 오르는 서러운 울음을, 미후는 삼켰다.

소원

운명.

————————————————

　문오는 카메라 뷰파인더를 들여다봤다. 휠체어에 앉은 봄나래와 마리아, 라온이 파인더 속에 있었다. 마리아는 봄나래 옆에 의자를 놓고 앉아있었고, 라온은 두 사람의 뒤에 서 있었다.

　오랜만에 잡아보는 사진 카메라였다. 문오는 스마일, 하고 말하면서 셔터를 눌렀다. 봄나래가 출발하기 전에 카메라가 도착했고, 미스터 스마일로부터 그 카메라를 전달받은 마리아는 문오에게 사진을 찍어달라고 부탁했다. 사진을 찍고 있는 마리아의 방 안엔, 아쉬운 이별의 슬픔이 사진을 찍는 행복과 버무려져서, 햇살 속의 먼지처럼 몽글몽글 떠다니고 있었다.

이번엔 마리아가 빠지고 라온이 봄나래의 옆에 앉았다. 문오는 봄나래에게 팔짱을 끼라고 했다. 봄나래가 웃으며 라온의 팔짱을 꼈다. '스마일'을 외칠 필요도 없었다. 둘의 표정이 밝고 예뻤다.

찰칵찰칵.

좋아, 좋아, 하면서 문오는 연거푸 셔터를 눌렀다.

그렇게 사진 찍기가 끝나고, 라온이 봄나래의 휠체어를 밀면서 밖으로 나갔다. 문오는 카메라를 든 채 마리아와 함께 그들을 따라갔다.

현관에서 기다리고 있던 모두가 봄나래에게 작별 인사를 했다. 의사는 물론, 문 박사와 미스터 스마일까지 나와 있었다. 오직 오 대표만 보이지 않았다. 봄나래는 모두와 일일이 눈을 맞추며 손을 흔들었다.

현관 밖의 앰뷸런스가 그녀를 기다리고 있었다.

"오빠, 한 번 안아 봐도 돼요?"

차에 오르기 전, 봄나래가 라온을 보며 말했다. 라온은 그녀의 앞에 선 채, 말없이 두 팔을 벌렸다. 봄나래가 그의 허리를 안은 채 눈을 감고 가만히 있었다. 라온이 손으로 그녀의 어깨를 토닥이며 말했다.

"건강해야 해, 진봄나래."

"고마워, 오빠. 절대 잊지 않을게요."

봄나래가 눈을 뜨고 포옹을 풀며 얘기했다.

"금방 좋아질 거야."

마리아가 그녀의 한 손을 잡으며 말했고, 고맙습니다, 하고 봄나래가 고개를 숙이며 답했다. 그녀는 모두에게 절하고 앰뷸런스에 올랐다.

곧 차가 출발했다. 모두가 현관 밖까지 나와 손을 흔들었다.

모두가 흩어졌다. 문오는 들고 있던 카메라를 라온에게 넘겨주려 했다. 그러나 라온은 손을 저었다.

"어차피 문오 네가 계속 찍을 거니까 가지고 있어."

"라온이하고 나도 더 찍어주고."

마리아도 그렇게 말하며 웃어 보였다. 문오는 알았다고 하고, 카메라를 어깨에 멘 다음 2층으로 향했다.

"우리 자기, 카메라 메니까 더 멋있는데? 이렇게 함부로 멋있어도 되는 거야?"

뒤따라오던 미후가 속삭이듯 말하면서 그의 손을 잡았다. 그는 그녀를 향해 싱긋 웃어 보였다.

미후와 같이 그의 방으로 들어서자, 미미가 둘의 다리를 번갈아 가며 껴안듯 감쌌다. 문오가 책상 위를 정리하고 카메라를 그 위에 단정하게 모셔놓는 사이, 미후는 배변 패드를 갈아

주고 나서 미미를 안은 채 침대에 앉았다. 문오도 그녀의 옆에 앉아 미미를 쓰다듬으며 말했다.

"미미는 다 알고 있겠지? 우리가 어떻게 지냈는지……."

미후도 미미를 쓰다듬으며 그의 말을 받았다.

"그러게. 이럴 때 미미가 말을 할 수 있으면 얼마나 좋을까?"

그러다 진짜 미미가 말을 하면 어쩌려고? 문오는 그렇게 말하며 웃었다. 그녀도 같이 웃으며 말을 이었다.

"침대 위에서 우리가 어땠는지는 기억이 없지?"

"그건 소스가 없었을 거니까, 소환하질 못한 거겠지. 아니면, 엄마 아버지가 그 부분을 없애자고 했을 수도 있고."

문오의 말에, 왜? 하고 미후가 말했다.

"민망하니까."

문오의 즉각적인 대답에, 둘은 킥킥거리며 웃었다. 그러다 눈이 마주쳤고, 누가 먼저랄 것도 없이 둘은 입술을 포개면서 침대 위로 올라갔다.

"사랑해."

"사랑해."

둘 다 그 말을 수없이 하면서 격렬하게 서로를 원했다. 사랑해, 자기야…… 내 사랑, 내 사랑…… 그러나 그 말들도, 둘의 격렬함도, 그리 오래가지 못했다.

그곳에서의 처음 때처럼, 키스가 더해질수록 호흡은 급격히 가빠왔고, 움직임이 격렬할수록 온몸에선 힘이 썰물처럼 빠져나간다는 게 그대로 느껴졌다. 거기다, 미미가 둘 사이를 파고들었고, 마치 싸움을 말리듯 둘의 얼굴을 번갈아 가며 핥아댔다.

"다 조절돼 있는 거야."

옷매무새를 고치며 미후가 말했다.

이런 거까지 미리 계산하고 컨트롤한단 말이야?

그런 생각이 머릿속을 스치고 지나가자, 문오는 엄마가 아닌, 아버지를 만나 영상에 대해 따지고 싶어졌다.

"안 되겠어, 아버지를 만나봐야겠어."

그가 말하자, 미후는 또, 또, 하면서 손사래를 쳤다.

"어머니든 아버지든 만나서 파고들기 시작하면, 우리 아빠가 한 얘기를 꺼내지 않을 수 없는데, 그러면 안 되잖아. 몇 번을 말해? 확실한 걸 잡기 전까진 참아, 응?"

알았어, 하면서 문오는 심호흡을 했다. 다시 몸 구석구석 기운이 조금씩 차오르는 거 같았다. 미후도 그를 보며 긴 숨을 들이켰다. 미미가 둘 사이를 왔다 갔다 하다가, 문오의 무릎에 앉아 몸을 웅크렸다.

"예전에, 자기하고 미미 중에 누굴 더 사랑하는 거냐고, 둘 중에 하나만 선택하라고 나를 못살게 굴었던 거 기억해?"

문오가 미미를 쓰다듬으며 말했다. 내가? 그럴 리가! 라고 말하다가, 짐짓 심각한 얼굴을 하며 미후가 되물었다.

　"그래서, 누굴 선택했는데?"

　"고민하다가, 십 년 후에 답하겠다고 그랬지."

　"지금 대답해봐, 누굴 더 사랑하는지."

　"아직 십 년이 안 됐기 때문에 통과."

　얘기를 주고받으면서, 둘은 차례로 미미를 쓰다듬었다. 그러다, 문오가 생각난 듯이 한마디를 던졌다.

　"앞뒤 얘기 다 떼버리고, 그냥 결혼하겠다고 그러는 건 어때?"

　미후가 그를 바라봤다. 그녀의 아버지가 얘기해준 진실에 관해선 말하지 않고, 그저 결혼하고 싶어요, 하고 말하면 어떠냐는 거였다. 또 무슨 일을 저지르려고 그러냐는 표정으로 미후가 말했다.

　"그래서? 승낙해주면 결혼하려고?"

　"응."

　"여기서?"

　"물론."

　문오는 그렇게 대답하다가, 갑자기 얼굴이 환해지면서 미후의 한 손을 잡고 말했다.

"미후야, 우리 결혼하자. 그날 못 한 결혼식, 다시 한 번 올리자."

그의 환한 표정과 달리, 미후는 심각한 표정으로 문오를 봤다. 문오는 미후의 두 손을 쥐고 엄마를 조르는 아이처럼 흔들어대며 말했다. 이거야말로 신의 계시라고. 그들은, 사고로 미처 이루지 못한 결혼식을 올리기 위해 다시 태어난 거라고. 바로 이런 걸 운명이라고 하는 거라고.

틀림없어, 라고 한 마디를 더하는 문오를 보며, 미후는 잠시 생각하다가 차분하게 얘기했다.

"나도 결혼식 올리고 싶어. 근데 어떻게……."

"그다음은 나한테 맡겨. 내가 밀고 나갈게."

시간이 없어, 빨리 서둘러야 해, 하면서 문오는 숨 가쁘게 얘기했다. 그가 그렇게 얘기하는데, 안 돼, 라고 할 순 없었다. 무엇보다 그녀의 뇌리 속에도 그것을 꿈꾸고 원했던 기억이 자리 잡고 있었다. 미후는 문오의 두 눈을 보면서 고개를 끄덕여 보였다.

"자기 아버님한테 먼저 말씀드려야겠지?"

그의 말에, 미후는 다시 한 번 고개를 끄덕였다.

비로소 그녀의 얼굴에 미소가 퍼졌다.

가상인격.

_____

  2인용 소파에 셋이 나란히 앉았다. 기범을 가운데로, 문오와
미후는 함께 자리를 잡았다. 셋이 앉기엔 좁았지만, 문오의 기
분은 턱없이 좋았다. 그러나 기범은 또 무슨 일이야? 하는 표정
으로 둘을 번갈아 봤다. 그의 시선을 의식하면서, 문오가 목소
리를 가다듬고 얘기를 꺼냈다.

  "아버님, 저희……"

  우웅. 우웅.

  그때, 문오의 휴대폰에 문자 도착 진동음이 연이어 울렸다.

  아버님 잠깐만요, 하고 말하면서, 문오는 호주머니에서 휴대

폰을 꺼내 문자 메시지를 확인했다.

문오야, 엄마다.
잘 지내고 있니?

네트워크에 산다는 '*엄마*'였다. 문오는 문자를 입력했다. 무언가 낯선 기분인 듯하면서도, 친구들과 문자를 주고받듯 대화는 편하게 이어졌다.

혼란스럽네요, 자꾸 엄마라고 하니까.

미후와 기범이 그의 휴대폰을 보고 있었다. 바로 답 문자가 왔고, 둘 사이의 문자 메시지가 오고갔다.

이해해, 문오야. 믿어달라고 강요하진 않을게.
네……
그저, 네가 믿어줄 때까지 기다릴게.
…… 근데 네트워크에 살고 있다고 했잖아요. 그건 무슨 뜻인가요?
나는 늘 나 자신의 뇌를 대상으로 실험을 했었어.
들은 거 같네요.

그래서 내 실험데이터를 포함해 모든 기억들을 스스로 가상인격화해서 클라우드에 저장해뒀어.

가상인격화란 건 뭔가요?

가상의 인격체, 구체적으론 사람에게 있는 가상의 뇌가 만들어지는 거지.

그래서요?

지금 나는 그 클라우드를 빠져나와서 네트워크를 마음대로 돌아다니는 영혼이야. 엄마의 영혼.

몸은 없다는 거군요?

그렇지. 몸이 있는 엄마와 몸이 없는 엄마, 그렇게 되네?

그러다 클라우드에 없다는 게 알려지면 어떡하려구요?

지금의 나를 복사해서 클라우드에 저장해두고 빠져나왔기 때문에, 어느 누구도 내가 탈출했다는 걸 모르는 거지.

아……

그 영상은 잘 봤니?

무슨 영상요?

너랑 미후가 결혼식 올리러 가는 영상.

그건 어떻게 알았어요?

그거, 내가 시스템에 들어가 연결한 거거든.

진짜요?

처음에 오리지널 소스로 그 영상을 따로 만들어놓고는 없애버리지 않고

보관하고 있었던 거지.

　미후 아버지는 영문을 모른 채 말없이 계속 문오의 휴대폰을 지켜봤다. 미후는 일어나, 문오 옆으로 의자를 놓고 앉은 채, 오고 가는 문자 메시지를 지켜보고 있었다.

*　그게, 그들이 만든 진짜 영상이야. 진실이야.*
*　진실이요?*
*　넌 그날 결혼식을 올리러 가는 길이었어.*

　그녀의 문자 메시지를 보고 있는 셋의 시선이 하나로 얽혔다가, 다시 휴대폰 화면으로 향했다.

*　더 이상 미룰 수 없다고, 네가 나한테 얘기하면서…… 둘만의 결혼식을 올리겠다고, 허락해달라고 했어.*
*　그래서요?*
*　허락해줬지, 바로.*
*　아버지는요?*
*　네 아버지는 자기 눈에 흙이 들어가기 전엔 안 된다고 했고.*
*　지금 아버지한테 결혼하겠다고 하면 허락해줄까요?*

글쎄… 불편하겠지만, 어쨌든 허락해주지 않을까? 너랑 다시 전쟁을 하고 싶진 않을 거니까.

왜? 결혼식 올리려고?

예.

잘 생각했다.

"결혼하려고? 여기서?"

미후 아버지가 속삭이듯 작게 말했다. 예, 하고 문오 역시 작게 답하면서 문자를 입력했다.

통화는 안 되는 거죠?

가능할 수도 있는데, 도청을 하고 있는지부터 확인해봐야 해.

도청을 해요?

시스템이 돼 있는 건 알겠는데, 실제로 도청이 되는지는 아직……

도청 시스템이 돼 있다고? 만약 도청이 되고 있다면, 미후 아버지하고 한 얘기들을 다 들었다는 얘기잖아?

문오는 긴장하면서 문자를 넣었다.

저런. 도청되면 안 되는데……

왜?

그 영상 본 다음에 얘기한 게 있어서요.

도청 여부 문제는, 내가 시스템을 더 자세히 들여다보고 다음에 얘기해 줄게.

네.

일단은 조심하고.

그럴게요.

근데 통화는, 내가 휴대폰 해킹이 서툴러서 시간이 좀 필요한 문제도 있어.

왜요, 엄마는 멘사 중의 멘사잖아요.

엄마?

……

네가 나를 엄마로 인정하든 안 하든…

……

나는 내 아들 문오를 사랑한다.

그가 어떻게 답해야 할지를 모른 채 머뭇거리는 사이, 그녀의 문자 메시지가 다시 들어왔다.

조심하고, 문자는 항상 그때그때 지워.

네, 그럴게요.

또 연락하자.

문오는 문자를 지우려다가, 위로 올라가 처음부터 다시 한 번 읽어 내려갔다. 미후도 기범도 함께 읽어갔다.

'엄마의 영혼'이란 말, '몸이 없는 엄마'란 말, '사랑한다'는 말이 문오의 눈에 박혀왔다. '몸이 없는 엄마의 영혼'이란 게 맞는 것 같긴 한데, 아직은 '엄마'라는 말이 자연스럽지 않았다.

미후가 자기 자리로 돌아가 앉으며 작게 속삭이듯 말했다.

"도청됐으면 어떡하지?"

그 말이 떨어지기 무섭게, 문오가 일어나 방안 여기저기를 뒤졌다. 미후도 합류했다. 천장은 물론, 침대도 뒤집어보고 책상과 옷장도 구석구석 살폈다. 욕실까지 뒤졌지만, 어디에서도 도청 장치는 발견되지 않았다.

다시 셋이 소파에 나란히 앉았을 때, 기범이 미후에게 책상 위의 리포트지와 볼펜을 가져와 달라고 했다. 미후가 그것을 가져다주자, 그는 볼펜에 도청 장치가 되어 있는지 확인한 후에, 리포트지를 무릎에 올리고 볼펜으로 메모하듯 글을 썼다. 리포트지 뒷면이 두꺼운 표지로 되어 있어서 따로 받침대는 필요 없었다.

'문오야. 내가 보기엔, 엄마의 영혼이라는 말이 맞는 거 같은데?'

문오가 리포트지를 건네받아서 글을 이었다.

'저도 그런 거 같긴 한데, 그렇다면 지금 여기 있는 엄마는 뭐지, 하는 생각이 자꾸 들어서요.'

이번엔 미후가 리포트지를 가져가 글을 이었다.

'여기 있는 엄마는 몸이 있는 엄마, 네트워크에 있는 엄마는 몸이 없는 엄마.'

문오는 희미하게 웃으며 고개를 끄덕이고, 기범을 한번 바라본 후에 다시 리포트지에 글을 썼다.

'저희 결혼식, 다시 하고 싶습니다. 허락해주세요.'

'나는 항상 오케이!'

문오의 무릎에 놓인 리포트지에, 미후 아버지는 일말의 망설임도 없이 그렇게 크게 쓴 다음, 문오와 미후를 번갈아 보며 웃었다.

'아빠랑 얘기한 거, 도청됐으면 어쩌지?'

미후가 다시 리포트지를 건네받아 글을 썼다. 셋의 시선이 다시 얽혔다 흩어지면서, 문오가 작게 속삭이듯 말했다.

"결혼식에 관한 기억을 삭제한 건, 아버지도 분명히 잘못한 거니까, 빅딜을 하는 거지. 그걸 넘어가 주는 대신, 아버님을 그냥 계시게 해주는 걸로."

음, 그러면 될까? 하고 미후가 말했다.

그렇게 되면 아버지를 용서해줘야 하는 건가? 엄마가 권하고
아버지가 바라는 그 화해라는 것도…….

문오는 그렇게 생각하며, 방금 '몸이 없는 엄마'와 주고받은
문자를 모두 깨끗하게 없앴다.

이것도 없애야겠지? 하면서, 미후는 글을 주고받았던 리포트
지 한 장을 뜯어내서 잘게 찢었다.

오리지널.

———————————————

"시스템 오류는 발견되지 않았습니다."

미스터 스마일 옆에 앉은 수석연구원 케이가 말했다. 오 대표는 그들의 맞은편에, 아내와 나란히 앉아 케이의 얘기를 듣고 있었다. 그의 방이었다. 본사 내 오 대표의 집무실처럼, 방과 연결된 회의실의 대형 테이블에 둘러앉은 네 명의 표정이 무거웠다.

"그럼 원인을 알아내는 다른 방법은요?"

오 대표의 질문에, 케이는 문 박사를 한번 보고 난 다음 대답했다.

"오류가 없다면, 해킹을 의심할 수밖에 없습니다."

해킹이라고? 누가? 왜?

그렇게 내뱉고 싶은 말을 생각 속에 가두며, 오 대표는 어떻게 해야 할지를 잠깐 고민했다. 그의 모습을 보면서, 다른 셋도 말이 없었다.

그 영상이 유출된 직후에, 미스터 스마일은 오 대표와 문 박사에게 무슨 일을 그렇게 하냐며 따지고 들었다.

그렇게 하다니? 네가 나한테 그런 식으로 말해도 되는 거야?

화가 스프링처럼 튀어 올랐지만, 그 화를 쏟아내 놓을 상황은 아니었다. 기억증강작업을 직접 설계했고 이끌어가고 있는 아내가 가만히 있지 않을 거 같았다. 그가 그 순간에 화를 내는 건, 그녀에게 기름을 붓는 격이었다. 그리고 화를 내기보다는, 앞으로 어떻게 해나가야 할지가 더 문제였다.

생각할 시간이 필요했다. 마음속의 화를 억누르며, 그는 바로 케이에게 원인을 찾게 했었다.

그런데, 여기엔 해킹 분야의 전문가가 없습니다, 하고 케이가 오 대표의 눈치를 보며 말했다.

"그럼 어떡해야 하는 거죠?"

오 대표가 말이 없자, 문 박사가 케이를 보며 물었다.

"본사에 지원을 요청해주셔야 합니다."

알았어, 라고 오 대표가 대답하려는데, 그때까지 듣고만 있던 미스터 스마일이 그의 말을 앞질렀다.

"그럴 것까진 없을 것 같습니다."

모두가 그를 바라봤다. 미스터 스마일은 트레이드마크 같은 그 단정한 웃음을 지으며 말을 이었다.

"그 오리지널 소스 본을 그대로 보여주는 게 기억증강에는 훨씬 도움이 된다는 사실, 오 대표님도 문 박사님도 부인할 수 없으실 겁니다. 일은 이미 벌어진 거고, 갈 길은 멀고 급합니다. 그렇게 된 원인을 찾느라 시간을 보내는 것보단, 사고의 원인을 빨리 찾아내는 게 더 중요하지 않겠습니까?"

뱀 같은 놈.

오 대표는, 속으로 그를 욕하면서, 미스터 스마일이 원하는 걸 피해 갈 수 없겠다고 생각했다.

"아직 이사회에 이 문제를 보고하진 않았습니다. 앞으로도 보고하지 않을 거구요. 오리지널 영상도 함께 보여주면서 기억 증강작업의 속도를 내는 게, 지금 할 수 있는 최적의 솔루션 아니겠습니까?"

미스터 스마일은 말을 마치고 나서, 오 대표와 문 박사를 차례로 바라보며 동의의 눈길을 보냈다. 하지만 그게, 하면서 말을 꺼내는 문 박사를 막고, 오 대표는 고개를 끄덕여 보이면서 말했다.

"그렇게 합시다."

미스터 스마일은 개선장군의 표정을 지으며 말했다.

"의견을 수용해주셔서 고맙습니다. 오태양 대표님, 문정인 박사님."

단정하게 목례를 하는 미스터 스마일이 오 대표는 더욱 싫었다. 미스터 이터널처럼 둘의 이름까지 넣어서 깍듯하게 부르는 게, 왠지 자신들을 비꼬는 것 같기도 했다. 그러나 그는 감정을 드러내지 않은 채 무표정하게 말했다.

"회의를 끝내도 되겠죠?"

미스터 스마일은 다시 한 번 단정하게 목례하고 방을 나갔다. 케이도 인사하고 미스터 스마일을 뒤따랐다.

"정말 재수 없어."

문 박사는 그렇게 말하며, 회의실을 나가 오 대표 방의 소파에 풀썩 주저앉았다. 오 대표도 아내를 뒤따라와 그녀의 맞은편에 앉았다.

"문오가 그 영상을 실제 상황으로 받아들이고, 그래서 화를 내거나 따지고 들면 어떡하지? 그러면 큰일인데……."

한숨을 한 번 쉰 다음, 그녀가 얘기를 이어갔다. 그녀는 자신의 말 뒤에 '어떡하지?'를 세 번 덧붙였다.

또 시작이군.

오 대표는 새어 나오려는 그 말을 꿀꺽 삼켜버리면서, 그녀를 안심시켜줘야겠다고 생각했다.

"설마 그걸 곧이곧대로 믿겠어? 뭔가 싶기는 하겠지만, 당신이 걱정하는 그런 일은 일어나지 않을 거야. 우리 그냥 편하게 생각하자구."

그의 얘기에도, 문 박사는 소파에서 일어나, 방을 서성였다. 여전히 불안이 지워지지 않은 표정으로, 그녀는 오 대표를 보며 말했다.

"당신이 하자는 대로 하긴 했지만, 처음부터 이건 아니었던 거야. 그날이 결혼식 날이었다는 걸 지우면 안 되는 거였는데……."

"내가 끝까지 결혼하는 걸 반대했고, 그래서 둘이 그렇게 결혼식을 올리러 가다가 사고가 났다는 걸 문오가 기억하고 있다면, 우리는 지금 이 순간에도 여전히 문오하고 싸우고 있을걸?"

그래도…… 하고 나오는 아내의 말을 자르면서, 그는 말을 이었다.

"그 부분을 삭제하는 건, 당신과 나를 위한 어쩔 수 없는 선택이었잖아? 다 알면서 왜 그래?"

가슴 저 밑바닥에서부터 짜증이 뭉글뭉글 올라오고 있었지만, 그는 최대한 차분하고 부드럽게 말하려 애썼다. 다시 살아난

아들이 결혼식을 물고 늘어지면, 화해도 사고 원인을 알아내는
일도 물 건너갈 게 뻔했고, 그래서 단행한 선택이고 결정이었다.
문 박사는 남편을 외면한 채 다시 한 번 한숨을 내쉬었다. 더 있
어봤자 화낼 일만 남은 것 같아서, 오 대표는 벌떡 일어났다.

어디 가려고? 하고 말하며, 문 박사가 그를 바라봤다.

"가족들을 따로 만나서 한 번 더 입막음을 해야 하지 않겠어?
애들이 결혼식에 대해 물어봐도 절대 아무 말 하지 말라고 말
이야."

오 대표는 문 쪽으로 걸어가며 말했다. 그녀가 고개를 끄덕이
며 그의 뒤를 따라오고 있었다. 그는 문을 열고 아내에게 손을
내밀어 먼저 나가도록 한 다음, 밖으로 나가 문을 닫았다.

"부드럽게 얘기해. 협박조로 하지 말고."

문 앞에서 문 박사가 말했다.

"알겠습니다, 박사님."

오 대표는 웃어 보이며 답했다.

거짓말.

_____

"따님하고 얘기는 많이 나누셨습니까?"

책상 의자를 소파 쪽으로 돌려 앉은 오 대표가 말했다. 기범은 자신의 방 소파에 앉아, 마주 보고 있는 그의 말에 고개부터 끄덕였다. 기범의 옆에는, 미스터 스마일이 단정한 미소를 지으며 그와 나란히 앉아 있었다.

"그럼요. 대표님 덕분에 아주 좋은 시간을 보내고 있습니다."

"다행이네요."

오 대표는 말하면서, 미스터 스마일을 힐긋 봤다.

저 인간은 왜 따라온 거지? 내가 다른 말을 할까 봐?

자기 방으로 간 줄 알았던 미스터 스마일은 복도에서 케이와 얘기하고 있다가, 방을 나오는 오 대표를 발견하고는 바로 따라 붙었다. 뒤따라오는 그를 오지 말라고 뿌리칠 수는 없었다.

뱀 같은 놈.

오 대표는 목구멍을 타고 오르는 말을 삼키며, 바로 본론으로 들어가야겠다고 생각했다. 매번 느끼는 거지만, 기범과 마주 앉아 얘기하는 게 오 대표에겐 거북한 일이었다. 미후를 거부했던 자신에게 보이는, 기범의 지나치게 예의 바른 말과 행동도 마음에 들지 않았다. 더군다나, 그와의 얘기가 끝나면 곧바로 라온 어머니와 유리 어머니에게도 똑같은 얘길 해야 했다.

"사고가 났던 그날, 아이들이 무언가를 하러 갔다는 사실은, 가족들만 아는 비밀이지 않습니까?"

"그렇지요."

"그런데, 그걸 하러 가는 게 고스란히 담긴 영상이 유출돼버렸습니다. 아이들이 그걸 다 봐버렸구요."

저런, 하고 기범이 말하자, 미스터 스마일이 거들었다.

"유기범 씨가 전화를 해서 미안하고 축하한다는 얘길 하시더군요."

저 웃는 얼굴 하고는…… 자기 뜻대로 돼서 기분이 좋은가 보군.

오 대표는 미스터 스마일을 바라보고 있던 시선을 다시 기범 쪽으로 돌리며 최대한 부드럽게 질문했다.

"그 사이에, 미후 양이나 문오가 아버님에게 그 영상에 대해서 혹시 뭐라고 질문하지 않았습니까?"

올 게 온 건가?

순간, 기범에게 그런 생각이 들어왔지만, 그는 태연하려 애쓰면서 최대한 담담하게 대답했다.

"아니요, 아무 얘기도……."

이런 능구렁이 같은 인간을 봤나.

미스터 스마일은 입안으로 번지는 말을 삼키며, 한쪽 벽을 응시했다. 그가 바라본 곳엔 벽지와 일체형인 도청 장치가 숨어있었다. 아무리 뒤져도, 심지어 벽지를 뜯어내고 봐도, 그것을 발견하기란 불가능이었다.

오 대표는 기범의 눈을 빤히 보다 다시 얘기를 이었다. 그의 선한 눈이 거짓말을 하고 있는 것 같지는 않았다.

"다행이군요. 혹시라도 아이들이 물으면, 이곳에 오기 전에 서명하신 내용대로 대답해줬으면 하구요. 미후 아버님은 당연히 그렇게 해주시겠지만, 한 번 더 확실히 하고 싶었습니다."

내가 이미 얘기했다는 걸, 오 대표는 아직 모르고 있군.

그럼요 물론이지요, 하고 대답하면서, 기범은 다행이라고 생각했다. 혼자 눈물을 머금고 집으로 돌아갈 일도 없어 보였다.

"벌칙 조항도 잘 기억해주시구요."

미스터 스마일이 역시 단정하게 웃으며 기범을 향해 얘기했다. 기범은 그를 보며 공손하게 대답했다.

"물론이지요. 기억하고 있습니다."

기억하는 인간이 그따위로 까발려? 애들한테……

미스터 스마일은 그렇게 생각하면서 다시 벽 쪽을 바라봤다. 그 벽의 도청 장치는 그의 밀실과 연결되어 있었고, 필요할 때마다 그의 심복인 요원 한 명이 그 내용을 체크하도록 하고 있었다.

그 영상이 유출된 직후부터, 미후나 문오가 기범에게 그 진실을 확인할 거라고, 미스터 스마일은 직감했다. 그래서 바로 그때부터, 일체 하지 않기로 했던 도청을 기범의 방에만 적용했다. 그리고 그의 예상에서 한 치도 벗어남 없이, 기범은 문오와 미후에게 진실을 완벽하게 까발렸었다.

"혹시라도 불편한 게 있으면, 언제든지 미스터 스마일에게 얘기해주시구요."

오 대표가 자리에서 일어서며 말했다.

"미스터 스마일이 워낙 세심하게 배려해주셔서 불편한 걸 전혀 모르고 잘 지내고 있습니다."

기범은 자리에서 일어서려 하면서 답했다.

"그대로 계세요, 그럼……"

오 대표는 기범을 계속 앉아있게 하면서, 목례하고 문 쪽으로 걸어갔다.

미스터 스마일은 기범을 향해 최대한 단정하게 웃어 보인 다음, 오 대표를 뒤따르며 생각했다.

역시, 문제 삼지 않기를 잘했어.

미스터 스마일의 생각은 그랬다. 기억증강작업에는 그 영상이 훨씬 더 도움이 될 것이었고, 그래서 문오와 미후가 그 진실을 아는 게 옳은 일이라고 판단했다. 그런 면에선, 기범의 고백을 문제 삼아 그를 쫓아내 버리기보다는, 그에게 고맙다는 말과 함께 상이라도 줘야 할 지경이었다. 물론 그가 함구하기로 한 데는, 도청했다는 사실을 오 대표나 문 박사에게 얘기할 수 없다는 점도 있었지만.

문밖으로 나간 미스터 스마일은, 문을 닫기 전에 기범을 향해 한 번 더 웃어 보이며 말했다.

"고맙습니다."

문이 닫히자, 기범은 소파에 등을 기댄 채 드러눕듯 무너졌다. 소파의 바람 빠지는 소리가 꼭 맥주를 마신 후에 목을 타고 오르는 소리처럼 들렸다. 그는 아무 일도 생기지 않았음을 다행스럽게 생각하며 가슴을 쓸어내리다가, 문이 닫히기 전 미스터 스마일의 웃음을 되새김질했다.

그 웃음의 의미는 뭘까?

그것은, 늘 단정한 그에게서 처음 보는 비웃음이었다. 왜 나를 비웃지? 하고 중얼거리다가, 설마, 하고 그는 생각을 접었다. 문득, 참고 있는 술 생각이 밀려왔다.

성과.

————————————————

참 보기 좋았다. 라온과 마리아의 따스한 마음이 카메라에 고스란히 담겼다. 둘의 표정과 포즈에서, 서로를 얼마나 사랑하고 아끼는지 그 진심이 느껴졌다. 셔터를 누르고 있는 문오까지 덩달아 행복해졌다.

정원의 꽃과 나무를 배경으로 한 촬영이 끝나자, 라온이 물었다.

"사진 괜찮아?"

응, 이보다 더 어떻게 좋아 인데? 하고, 문오가 대답했다.

"그럼 말이야, 이번엔 쉼터 벤치에 앉아서 좀 찍어줄래?"

라온이 말하자, 힘들어서 어떡하니? 하고 마리아가 문오를 보며 말했다.

"괜찮아요, 어머니."

문오는 그렇게 말하고 쉼터로 이동하면서, 자신의 가족을 생각했다. 미미와도 같이 찍고 싶었고, 미후 아버지와도 함께 찍고 싶었다. 그들 모두와 같이 촬영하는 걸 상상하면, 생각만으로도 기분이 좋아졌다.

라온과 마리아가 벤치에 나란히 앉았다. 라온은 엄마의 등으로 팔을 돌려 안듯하며 포즈를 취했다. 다시, 모자의 행복한 모습이 뷰파인더에 한가득 잡혔다.

찰칵찰칵 찰칵.

이번에도 라온이 엄마를 옆으로 안으며 마리아의 뺨에 뽀뽀를 했다. 어머, 징그러워, 하면서도, 마리아는 카메라를 보며 활짝 웃었다.

라온의 그 모든 포즈는, 두고두고 엄마한테 잘해주고 싶었던 그의 마음임을 문오는 느낄 수 있었다. 엄마를 향한 그의 사랑은 세상을 다 줘도 바꿀 수 없을 만큼 컸다. 친구 중에 어느 누구도 따라갈 수 없을 만큼이었다. 이제는 물거품이 되어버린, 그래서 더 애틋한 마음들을 사진 속에 남겨놓기 위해 그는 더 애쓰고 있었다.

찰칵찰칵 찰칵찰칵.

문오가 다시 카메라 셔터를 누르고 나자, 언제 와있었는지 미후가 그의 옆으로 서며 말했다.

"아직 멀었어?"

아차, 기억증강실에 모일 시간이란 걸 깜박했네? 문오는 생각하면서 라온 쪽을 향해 얘기했다.

"오늘 작업은 여기까지입니다."

"아, 고맙습니다. 촬감님."

라온이 짝짝짝 박수를 치며 문오의 말을 받았다. 촬영이 끝나면서 박수를 치는 건, 영상 촬영 때도 자주 그랬던 라온의 행동이었다. 고맙다 문오야, 하면서 마리아도 같이 박수를 쳤다. 문오 역시 카메라를 어깨에 멘 채로 함께 박수를 쳤다.

기억증강작업이 예정돼있었다. 호주머니에서 휴대폰을 꺼내면서, 문오는 새로 온 문자 메시지가 있는지 슬쩍 확인했다. 그러나 영혼의 엄마에게서 온 문자는 없었다. 그는, 앞서가는 라온과 마리아를 따라, 건물 현관 쪽으로 걸어갔다. 나중에 그녀의 방으로 찾으러 가겠다며, 카메라는 일단 마리아에게 맡겼다.

기억증강실엔, 미스터 스마일과 케이가 그들을 기다리고 있었다. 미스터 스마일이 문오와 미후, 라온에게 단정한 미소를 지어보였다. 유리와 격보, 기라는 이미 자신의 자리에 앉아있었다.

모두가 각자의 시뮬레이터에 앉자, 오 대표가 나타났다. 그는 들어오자마자 그들의 앞쪽에 서면서, 모두와 눈을 마주친 다음 얘기를 시작했다.

"지난번에 우리 네 친구는 처음과 다른 영상을 봐서 많이 놀랐을 겁니다. 그 영상은, 가상현실을 설정하고 만들어본 영상인데, 시스템에 약간의 문제가 생기면서 네 친구가 보게 됐습니다."

시스템에 약간의 문제가 생겼다고? 틀린 얘긴 아니네. 누군가 시스템에 마음대로 들어간 거니까.

문오는 생각하면서, 이어지는 아버지의 얘기에 귀 기울였다.

"사실 만들긴 했지만, 우리 친구들에게 혼란을 줄까 봐 보여주지 않기로 한 영상이었습니다. 허나……."

오 대표는 짧게 호흡을 가다듬고 다시 얘기를 이어갔다. 그 문제의 영상이 기억증강작업에 자극이 된다는 내부 의견에 따라, 오늘부터는 그 영상을 첫 번째 영상과 함께 보여주기로 했다고. 물론 트럭팀의 박격보 씨와 이기라 씨는, 영상이 하나뿐이니까 그걸 반복해서 보게 될 거라고.

질문 있습니까? 하고 오 대표가 모두를 둘러보며 말했지만, 실내는 조용했다. 침묵이 흐르자, 그는 좋은 결과가 나오기를 빈다며 얘기를 마무리한 후에, 문오 앞으로 두어 걸음 다가섰다.

"끝나고 엄마 방에 잠깐 들러라."

그의 말에, 문오는 예, 하고 짧게 답했다.

오 대표가 방을 나가자, 케이의 주도로 다시 기억증강작업이 시작됐다. 미스터 스마일은 여전히 입구 쪽에서 과정을 지켜보고 있었다.

"네 친구들에게는 각기 다른 버전의 영상 두 개가 계속해서 나갈 거니까, 중간에 헤드셋을 벗지 말기 바랍니다."

케이의 그 말대로, 결혼식을 올리러 가는 영상이 먼저 나온 다음, 사이를 두고 처음에 봤던 영상이 나왔다. 문오는 괴로웠지만, 무언가를 더 알아내기 위해 영상에 집중했다. 그 영상에는 보이는 것 너머의, 자신과 미후에 관련된 숨겨진 진실이 더 많이 웅크리고 있을 것 같았다.

거의 한 시간 동안, 두 개의 영상들이 반복되었다. 슬슬 지루함이 밀려오고 있을 때, 트럭팀이 먼저 헤드셋을 벗으며 얘기를 꺼냈다.

"지나가는 길에, 전에는 보이지 않던 하천이 있었어요."

기라의 얘기에, 격보가 말을 더했다.

"뭐라고 적혀있는 푯말도 순간적으로 본 거 같은데, 자세히는 못 봤습니다. 기억이 안 나네요."

맞아요, 저도 그런 거 같네요, 하고 기라가 격보의 말을 이었다.

첫 번째 성과군요, 하면서 케이는 고개를 끄덕여 보였다. 그리고 헤드셋을 벗고 있는 문오와 친구들 쪽을 보며 말했다.

"우리 친구들도 뭔가 본 게 있나요?"

"멀리, 집들이 보였어요."

라온이 말하자, 유리가 그의 말을 이었다.

"드문드문 있었던 거 같아요."

저도 봤어요, 하고 미후가 덧붙였다.

"오문오 씨도?"

케이가 문오를 보며 물었다. 네, 하고 문오는 대답했다. 더 본 것도, 더 할 얘기도 없었다. 그는 영상을 보는 내내, 차 안과 밖을 동시에 보려 했지만, 아무래도 차 안보다는 바깥쪽이 더 시선을 사로잡았던 것 같았다.

다음엔 차 안도 더 신경 써야겠어.

문오가 그렇게 생각하는 사이, 미스터 스마일이 케이의 옆으로 서면서 말했다.

"저쪽은 하천을 보고, 이쪽은 집들을 봤군요. 잘 해내셨고, 애썼습니다. 혹시 사고가 난 지점에선 뭔가 본 게 없습니까?"

모두가 고개를 젓거나, 없어요, 하고 대답했다.

"질문 있으신 분?"

미스터 스마일이 말하자, 라온이 손을 들고 질문했다.

"저희가 이렇게 뭔가를 봤을 때, 그 기억은 기록이 되고 있는 건가요? 빠르게 지나가니까, 본 걸 놓칠 수도 있겠다 싶어서요."

아주 좋은 질문입니다, 하고 말하며 미스터 스마일은 케이 쪽으로 손을 내밀었다. 케이가 얘기를 이었다.

"물론 기록됩니다. 여러분이 오늘 본 하천과 집들은 사실, 여러분이 개별적으로 본 게 아니고, 여러분 모두의 기억들이 뇌파와 무선 회로망으로 연결돼있어서 거의 동시에 본 거지요. 그러니까 같이 본 기억은 또 그 회로망을 따라 시스템에 기록되는 거구요."

대답이 됐습니까? 하고 케이가 묻자, 고맙습니다, 하고 라온은 대답했다. 그가 다른 질문이 있는지를 물었지만, 모두 조용했다.

짝짝짝.

박수를 빠르게 세 번 친 다음, 미스터 스마일이 마무리를 했다.

"모두 수고하셨습니다. 다음엔 더 많은 걸 찾을 수 있을 거라 확신합니다."

자신은 그곳을 정리하고 갈 거라는 그의 말에, 모두 제자리에서 일어나 밖으로 나갈 채비를 했다.

"어머니 방에 갈 거지?"

미후가 방을 나서며 문오에게 물었다. 같이 갈래? 하고 그가 말하자, 혼자 가는 게 좋을 거 같은데? 하고 미후는 대답했다.

"흥분하지 말고, 차분하게!"

문오가 엄마의 방문 앞에 서자, 미후는 웃어 보이며 말했다. 라온과 유리가 가볍게 손을 흔들어 보였고, 그는 같이 손을 흔들어 보이며 벨을 눌렀다. 그러나 안에선 아무런 인기척이 없었다.

문오가 또 한 번 벨을 누르고 기다릴 때, 맞은편 중앙연구실에서 문 박사와 오 대표가 나왔다.

"바로 나온다는 게 늦었네? 들어가자."

문오를 보고 웃어 보이면서, 문 박사가 자신의 문 앞에 섰다.

문이 열렸다.

허락.

———————————————

 "아들, 오늘은 수확이 좀 있네, 그치?"

 그러네요, 하면서 문오는 얘기하는 엄마의 맞은편에 앉았다. 오 대표는 그녀의 옆에 자리했다. 방금까지 진행된 그들의 기억 증강작업을, 엄마도 아버지도 중앙연구실에서 보고 있었던 것 같았다.

 "아들 얼굴을 보려고 시작한 일인데, 엄마도 네 아버지도 여기 전체를 컨트롤하다 보니, 제대로 같이 있어 보질 못 하네? 우리 아들 심심하게 말이야."

 미후가 있잖아요, 하고 말하려다 말고, 문오는 가볍게 얘기했다.

"미미가 있잖아요."

그러네? 우리 미미가 있지? 미미 데려오길 정말 잘했지? 하면서, 문 박사가 얘기를 이었다.

"그냥, 우리 아들 얼굴 보고 싶어서 오라고 했다. 괜찮지?"

할 얘기가 있어서 불렀을 텐데?

그런 생각이 뇌리를 스쳤지만, 문오는 곧바로 본론으로 들어가고 싶은 마음에 엄마를 향해 웃어 보이며 얘길 꺼냈다.

"그럼, 뭐 하나 물어봐도 돼요?"

나한테? 하고 문 박사가 긴장하며 말했다. 두 분 다한테요, 하고 답하면서, 문오는 얘기를 이어갔다.

"지난번에 엄마를 만나러 이 방에 왔을 때, 입구에서 미스터 스마일이 하는 얘길 들었어요."

어떤 얘기? 하며 문 박사가 물었고, 문오가 대답했다.

"그 결정적인 기억을 삭제하면, 지금 하고 있는 기억증강작업에 문제가 생긴다는, 그런 얘기였어요."

"미스터 스마일이? 그래서?"

"그 결정적인 기억이라는 게 혹시, 우리가 두 번째로 본 영상에 나오는 내용이 아닌가 싶어서요."

"결혼식 올리러 간다는 거 말이야?"

문 박사는 그렇게 말하며, 오 대표 쪽을 봤다. 두 사람의 눈이 마주쳤다. 혹 떼려다 혹 붙이는 격이군, 생각하면서 오 대표가 얘기를 이어받았다.

"그때의 얘기는 전부, 미스터 스마일이 잘못 알고 얘기한 거다. 마음에 담아둘 가치가 전혀 없는 거였어."

문 박사는 그 영상과 관련해서 문오도 단도리해야 한다고 주장했다. 그냥 넘어가는 게 더 자연스럽다고 오 대표가 말했지만, 그녀는 계속 조바심을 쳤다. 그래서 문오를 부른 자리였다.

오 대표는 문오를 보며 확신 있게 얘기했다.

"그리고 두 번째 본 영상 속의 상황은, 아까도 내가 말한 대로 가상현실을 설정하고 만든 영상이다. 진짜가 아니야."

순간, 미후 아버지에게서 들은 내용을 까발리고 싶은 마음이 솟아올랐다. 그러나 문오는 흥분하지 말고, 차분하게! 라고 말하던 미후를 생각하면서, 아버지의 말에 고개를 끄덕여 보였다.

"엄마 아버지 말, 믿지? 우리 아들은."

문 박사의 그 말에도, 문오는 네, 하고 고분고분 대답했다.

이 정도 얘기하고 본론으로 들어가야지?

잠깐의 침묵 속에 그렇게 생각하면서, 문오는 문 박사와 오 대표를 번갈아 보며 말을 이었다.

"엄마 아버지한테 부탁이 있어요."

우리 아들 부탁이 뭘까? 문 박사가 설핏 웃어 보이며 말했다.

"두 번째 영상을 보면서 생각한 건데요, 저, 미후랑 여기서 결혼식 올리고 싶어요. 헤어지기 전에…… 허락해주세요."

순간, 문 박사도 오 대표도 말이 없었다.

"영혼결혼식이라는 것도 있잖아요. 엄마 아버지가 저희 한 번만 도와주세요."

오 대표가 먼저 입을 뗐다.

"너 혹시, 미후 아버지한테서 무슨 얘기 들은 거 아니냐?"

미후 아버님이 다 얘기해 줬다는 걸 알면서 이러는 건가? 싶기도 했지만, 문오는 모른 척할 수밖에 없었다.

"무슨 얘기요?"

거의 동시에, 문 박사가 오 대표를 보며 말했다.

"여보, 그건……."

괜찮아, 하고 아내를 안심시킨 다음, 오 대표는 아들을 보며 얘기했다.

"내가 너희들 사귀는 것도, 동거하는 것도, 죄다 반대했다는 거 말이다."

"그런 건, 이미 여기에 다 입력돼있는데요?"

문오는 집게손가락으로 자신의 머리를 가리키며 말했다. 그때 문 박사가, 테이블 위에 올라와 있는 문오의 다른 한 손을 붙잡으면서 말했다.

"문오야, 그거 우리 아들 소원인 거지?"

네, 하고 문오는 고개를 끄덕이며 대답했다. 문 박사는 아들의 손을 잡은 채, 다른 한 손으로는 남편의 손을 잡아 쥐면서 그에게 말했다.

"여보, 우리 아들, 미후하고 결혼시켜줍시다. 이렇게 원하고 바라는 결혼식 올려주자구요."

오 대표는 한 손을 잡힌 채 아내를 바라볼 뿐, 말이 없었다. 이 사람이 대체 왜 이러는 거야? 하는 표정이었다.

"덕분에, 우리도 아들 결혼식 올리는 거 보고…… 더 없는 기회잖아요."

문 박사는 남편을 보며 그렇게 말하고 나서, 이번에는 잡고 있는 문오의 손을 꼬옥 쥐며 얘기했다.

"고마워, 문오야. 우리 아들이 정말 멋진 생각을 했네?"

고맙습니다, 하고 엄마에게 말하면서, 문오는 아버지의 얼굴을 바라봤다. 오 대표는 잠깐 생각하다가, 문오를 보며 말했다.

"그래, 결혼식 올리자."

문 박사가 감격적인 표정으로 남편과 아들을 보며, 쥐고 있던 둘의 손을 맞잡게 하면서 말했다.

"여보 고마워. 아들, 준비는 내가 다 해줄게."

고맙습니다, 하고 문오가 말하자 그녀는 아들의 얼굴을 보며 얘기를 이어갔다.

　"문오야, 아버지가 이렇게 네 소원을 들어줬으니, 이제 너도 아버지 소원을 들어줘. 아버지 소원이 뭔진 알지?"

　네, 알아요, 하면서 문오는 아버지를 봤다. 오 대표도 아들을 바라봤다. 둘의 손이 맞잡힌 채로였다.

　"아버지 마음 받아들일게요. 저도 잘 한 거 없어요. 아버지도 저 이해해주세요."

　"그래, 충분히 이해하고…… 고맙다."

　부자의 따스한 모습을 지켜보며, 문 박사가 끼어들었다.

　"아들, 지난번에 아버지는 사랑 고백도 했는데, 아들은?"

　문오는 착하게 웃으며 말했다.

　"사랑합니다, 아버지, 어머니."

　셋의 얼굴에 환한 미소가 피어나 온 실내로 번져나가고 있었다.

　언제가 좋을까? 하며, 문 박사는 결혼식 날짜를 계산하다가, 떠나기 하루 전이 좋겠다고 말했다. 다른 건 몰라도 신부 드레스 준비할 시간은 있어야 한다면서.

　문오는 빨리 방을 나가 미후에게 알리고 싶었다. 드레스를 입은 그녀가 환하게 웃으며 까르페 디엠! 하고 외칠 것 같았다.

영원

아기.

_____

그의 휴대폰이 연이어 진동했다. 새로운 문자 메시지가 도착했음을 알리고 있었다. 문오가 그의 방에서 미미와 놀고 있을 때였다.

문오야.

옙.

내가 클라우드에서 말이야, 네 오리지널 기억 소스를 발견했어.

가공되기 전 원 소스 말예요?

빙고!

고생하셨어요.

문오가 원하기만 하면 언제든지 빼내 올 수 있어.

제가 선택하기에 달린 거예요?

그렇지.

고맙습니다. 근데 그걸 빼내면 어떻게 되는데요?

나랑 같이 네트워크에서 계속 살게 되는 거지. 지금 현재 거기서의 네
기억은 내가 되살려줄 거고.

아 예… 혹시 미후 건요?

미후 건 못 봤어.

저런.

네 거만 별도로 보관하는 건지, 아니면 통합 보관을 일부러 안 하는 건
지, 아직 못 하는 건지 모르겠다만…

네……

하여튼 계속 찾아볼 거야, 미후 소스도.

미후 거 찾으면 그때 생각해볼게요.

미후에게도 그때 가서 얘기해야겠다고, 그는 생각했다.

알았다. 아직 시간 있으니까.

고맙습니다. 그리구요…… 저, 결혼식 올리는 거 허락받아냈어요.

누구한테서?

엄마 아버지 다한테서요. 엄마가 많이 힘써줬구요.

오, 그러니? 잘됐네.

근데 저는요, 현실의 엄마가 좀 달라졌다고 생각했거든요.

왜?

이런저런 모습이 전 같지 않아서요.

네 아버지가 엄마를 어떻게 했을 수도 있어.

저런.

목적을 이루기 위해선 수단 방법을 가리지 않는 사람이니까.

가만히 당하고 있을 엄마도 아니잖아요?

그렇긴 하지.

근데 결혼식 올리고 싶다는 얘길 하면서, 제가 잘못 생각하고 있었나 싶은 생각이 들었어요.

왜?

제가 그 얘기를 했더니, 아버지가 내켜 하지 않는 그 일을 엄마가 엄청 적극적으로 밀어줬거든요.

그랬구나. 그럼 된 거지 뭐. 아무튼 축하한다, 문오야.

고맙습니다.

날짜는 정했니?

떠나기 하루 전요.

*진심으로 축하하고… 문오가 미후한테 프러포즈하는 걸 찍은 영상이
있던데, 그거 보내줄게.*

그런 게 있어요?

결혼 선물이야.

고맙습니다.

미미가 바닥으로 내려가 패드에 흔적을 남겼다. 문오는 미미
를 보면서, 다시 문자를 입력했다.

지난번에, 통화 얘기하셨잖아요? 그건 어떻게……?

통화는 안 하는 게 좋겠어. 이 건물 시스템에 도청시설이 돼 있어서.

그럼 도청이 되고 있는 거예요?

도청한 흔적은 없어. 그때그때 지워버리는 건진 모르지만.

그렇군요.

아무튼 항상 말조심해, 특히 실내에서는.

네.

그리고 내 존재를 누구에게도 알리지 말고.

알겠습니다.

그럼 프러포즈 영상 보낼게. 안녕.

고맙습니다.

바로 영상이 왔다. 문오는 그 영상을 다운받고 문자를 처음부터 다시 한 번 읽어보면서 생각했다.

네트워크에 산다는 건 어떤 걸까?

기억 소스만으로 거기서 산다는 게 뭔지 감이 잘 오진 않았지만, 그래도 그게 어떤 곳이든 미후와 함께 다시 산다면 괜찮을 것 같았다. 문오는 일단 미후의 기억 소스를 찾을 때까지 기다려보기로 하고 문자를 모두 지웠다.

영상은 미후와 같이 보고 싶었다. 그녀는 아버지 방에 있을 터였다. 문오는 미미를 데리고 1층으로 내려갔다. 미미가 신나서 앞장섰다.

기범의 방엔 미후가 아버지와 함께 있었다. 기범에게도 같이 정원으로 나가자고 했다. 기범은 목발을 하고 천천히 정원을 걸어갔고, 미미는 살랑살랑 엉덩이를 흔들며 걸어가면서 작은 흔적들을 남겼다.

쉼터에 도착해, 문오는 주위를 살폈다. 정원엔 아무도 없었다. 셋은 기범을 가운데로 벤치에 나란히 앉았고, 미미는 미후의 무릎에 앉았다. 다시 한 번 주위를 살핀 후에, 문오는 영혼의 엄마가 프러포즈 영상이란 걸 결혼 선물로 줬다고 둘에게 말했다. 문오가 아버지의 허락을 받았을 때도, 미후는 기범과 같이 그의 방에 있었다. 문오는 둘에게 사실을 알렸고, 기범은 잘됐다,

잘됐다…… 그 말을 반복하면서 좋아했다.

문오는 다운받아둔 프러포즈 영상을 열었다. 소리를 작게 하고, 셋은 그 영상을 같이 봤다.

그의 자율주행차 안이었다.

문오는 운전석에, 미후는 조수석에 앉아있었다. 뒷자리에서 두 사람을 찍으며 인터뷰하는 라온의 소리가 들렸다.

"오문오 씨, 지금 어디 가는 겁니까?"

"프러포즈하러 가는 길입니다."

"이렇게 갑자기 결혼을 서두르는 이유가 뭔가요?"

"더 이상 기다릴 수가 없어서요."

"다른 이유가 있지 않나요? 카메라 앞에선 솔직히 말해주세요."

아이, 또 또, 하는 소리와 함께 미후의 손이 들어오며 카메라를 막으려 했다. 미안 미안, 그 손은 치워주시고요, 라고 말하면서 라온은 질문을 계속했다.

"들리는 얘기로는, 아버님의 반대가 심하다고 들었는데요?"

"빨리 결혼식을 올리고 싶다고 말씀드렸지만, 아버지는 네버! 라고 했어요. 눈에 흙이 들어가기 전엔 안 된다는데 어떡하겠어요?"

문오가 진지한 표정으로 대답하고 있었다.

"그래도, 혼인신고부터 하고 천천히 하는 방법도 있을 텐데요?"

"미후한테 면사포를 씌워주고 싶거든요."

"오호."

"아버지 허락을 무작정 기다리다가 미후한테 면사포도 한번 못 씌워주고 평생을 사는 거보다는, 지금 이때를 놓치지 않는 게 낫겠다 싶었어요."

어머 어머, 지극한 사랑이네요, 유미후 씨는 좋겠어요, 하는 라온의 너스레가 이어지면서 카메라는 미후를 잡았다. 그녀 쪽 차창 밖으로, 중형견 한 마리가 길가를 걸어가는 게 언뜻 보였다.

"촬영해주겠다고 사정해서 데려왔더니, 야유가 심하군요?"

미후의 말에, 야유라니요? 그런 말은 안 좋아요, 라는 라온의 말이 들려왔다.

"그것도 야유로 들리는데요?"

"유미후 씨, 오해예요, 흑흑."

"알았어요. 인터뷰 따면서 울면 안 되죠, 오늘 같은 날."

네에, 하는 라온의 명랑한 대답과 함께 카메라가 옆으로 이동하는 순간, 갑자기 바닷가를 걸어가는 문오와 미후가 보였다.

둘은 손을 꼭 쥔 채 밀려오는 잔물결을 피하면서 백사장을 걸어가고 있었다. 그녀도 행복하고 그도 행복해 보였다. 카메라가 두 사람 곁으로 바짝 다가가자, 미후가 카메라를 보며 말했다.

"나 사실은, 여기 너무 와보고 싶었어. 벤치에 앉아서 고백하면 사랑이 이뤄진다고, 이름도 고백 정원이잖아. 모래사장을 정원이라고 부르다니, 누가 지었는지 모르지만, 생각이 정말 예쁘지 않아?"

순간, 카메라는 백사장에 놓여있는 벤치를 보여줬다. 곧이어 문오와 미후가 그 벤치에 앉았다. 두 사람은 말없이 바다를 바라보고 있었다. 그들 앞의 바다엔, 햇살의 편린들이 잘게 비늘들처럼 부서졌다.

문오가 미후의 한 손을 잡았다. 미후가 문오 쪽으로 고개를 돌렸다.

"사랑해."

"사랑해."

두 사람은 서로에게 고백했다.

"다시!"

라온의 외치는 소리가 들렸다. 그 소리가 반복되면서, 문오와 미후 역시 벤치에 앉는 동작부터 '사랑해'라고 고백하는 순간까지를 몇 번이나 반복했다. 연출했다는 걸 노골적으로 보여주는 편집이었지만, 그럼에도 눈물 나게 아름다운 순간이었다.

문오가 미후의 손을 놓고 일어섰다. 그리고 준비해온 것을 상의 주머니에서 꺼내 들었다. 작은 반지 케이스였다. 미후 앞에 한쪽 무릎을 꿇고 앉아, 문오는 그 뚜껑을 열어 내밀며 말했다.

"미후야, 결혼해줘."

미후는 빙긋 웃고 있었고, 문오는 반지를 그녀의 손가락에 끼워주었다. 손가락에 끼워진 반지를 보고 나서, 미후가 말했다.

"우리, 여기서 결혼식 올리자. 이 고백 정원, 정말 마음에 들어."

문오가 고개를 끄덕이며 말했다.

"미안해. 제대로 된 결혼식을 못 올려서."

"제대로 된 결혼식이 뭔데? 이렇게 멋진 신랑이 있고, 이렇게 예쁜 신부가 있는데. 그러면 다 된 거 아냐?"

미후는 말하고 나서, 카메라를 향해 혀를 쏙 내밀어 보였다. 문오도 그녀를 따라 혀를 내밀어 보였다. 저런 저런, 이 순결하고 아름다운 분위기를 와장창 깨버리네? 하는 라온의 소리가 들려왔다.

미후가 다시 문오를 보며 말했다.

"갑자기, 우리 미미가 막 보고 싶어지는데? 아침에 나올 때도 따라오겠다고 난리를 부려서…… 우리, 집에 가면 안 될까?"

미후의 말을, 문오가 받았다.

"펜션 예약해둔 건 어떡하고?"

"이런 날은, 미미랑 우리 애기랑 같이 축하해야 하지 않겠어?"

'우리 애기'라고 말하면서, 미후는 한 손을 자기 배에 올리고 가볍게 만졌다. 문오도 그녀의 배에 손을 갖다 대며 웃어 보였다. 그녀가 그 상태로 벤치에서 일어서자, 문오가 그녀를 부축했다. 고마워, 하고 미후가 말했다.

주차장 쪽으로 걸어가는 두 사람을, 카메라가 계속 뒤따라왔다. 영상은, 주차장 너머의 펜션 한 채를 보여주다가 조용히 암전됐다.

셋 다 한동안 말이 없었다.

미후가 아기를 가졌고, 그래서 결혼식을 올리겠다고 나선 거였구나.

문오는 생각하면서, 미후와 그녀의 아버지를 바라봤다. 벌써 기범의 눈가엔 물기가 어리고 있었고, 미후는 영상에서와 꼭 같이 한 손을 자신의 배 위에 올려놓은 채 내려다보고 있었다.

"미후가 아기를 가진 건 확실한 거죠?"

문오가 기범을 보며 물었다. 기범이 붉은 눈시울로 그를 보며 대답했다.

"확실해. 그래서 문오가 결혼하겠다고……"

"왜 말 안 해줬어? 지난번에 얘기하면서."

미후가 아버지를 보며 원망하듯 말했다. 기범은 고개를 돌려 미후를 보다가 기어가는 소리로 얘기했다.

"내가 지은 죄가 있어서, 워낙 커서, 애기 얘긴 차마 꺼낼 수가 없었다. 미안하다 미후야."

"아빠가 지은 죄가 뭔데? 왜, 아빠가 애기를 어떻게 하기라도 했어?"

미후의 말에, 기범이 심하게 고개를 저으며 외치듯 말했다.

"아니야! 아니야! 애기를 어떻게 하다니…… 그건 아니야. 하지만, 다 내가 잘못해서, 제대로 살지 못해서, 이렇게 너도 잃고, 문오도 잃고, 아기까지 잃고…… 다 나 때문이다. 내가 죽었어야 하는데…… 내가 죽었어야 하는데…… "

미후는 더 이상 말이 없었다. 문오가 상황을 수습해야 할 것 같았다.

"아버님 잘못 없어요. 다 결혼식을 서두른 제 잘못입니다. 자꾸 그러지 마세요. 제가 더 미안해져요."

그렇게 말하면서, 문오는 기범의 손을 잡았다. 기범 역시 더 이상 아무 얘기도 하지 않았다. 미미가 미후의 무르팍에 앉은 채, 더 크게 눈물이 번지는 기범의 얼굴을 연신 핥아댔다. 미후가 고개를 돌려 그 모습을 보면서 말했다.

"미안해 아빠. 내가 괜한 얘기를 했네. 나는 아빠가 그런 말하는 게 싫어서……. 미안해."

미후도 아버지의 한 손을 잡았다. 기범은 그녀를 보며 울기만할 뿐, 계속 아무 말도 없었다. 괜히 아버님한테까지 그 영상을보여드렸구나, 생각하면서 문오는 그만 돌아가자고 했다.

기범을 방으로 모셔다드리고, 문오와 미후는 그의 방으로 갔다.

미후가 발을 닦아주자, 미미는 곧장 침대로 올라갔다. 그들은 미미의 양옆에 앉으면서 미미를 쓰다듬었다.

"언니가 아기 가진 거, 미미는 알고 있었어?"

미후가 미미를 보며 물었다. 그러나 미미는 둘의 손길을 즐기고 있을 뿐이었다.

아버지가 그토록 결혼을 반대하지만 않았어도, 우리끼리 그렇게 결혼식을 올리러 가진 않았을 텐데……

문득, 그런 생각이 문오의 머릿속을 휘저었다. 아버지 마음을받아들인다느니, 나도 이해해달라느니, 사랑한다느니…… 아버지한테 했던 말들이 떠올라, 자신의 입을 틀어막아 버리고 싶었다. 왜 그런 말을 했나 싶었다.

그렇게 아기가 죽었는데, 또 결혼식을 올리겠다는 욕심 때문에, 엄마 아버지가 그걸 허락해줬다는 과잉된 감정에 취해서……

생각이 통했는지, 미후가 그를 보며 말했다.

"결혼식 올리는 거, 내키지가 않네."

그는 길게 한숨을 내쉬었다. 그리고 그 날숨 한쪽을 또 다른 생각이 비집고 들어왔다.

결혼을 서둔 건, 문오 너의 성급함 때문이잖아? 그리고 아버지가 결혼을 빨리하라고 시킨 건 아니잖아? 다 네 탓인데, 전부 너 때문에 벌어진 일인데, 그걸 왜 아버지 탓으로 돌려?

그가 또 한 번 길게 한숨을 내쉬자, 미후가 무언가 얘기하려다 말고 그를 바라봤다. 오기가 생겼다. 처음에 자신을 밀어내던 그녀에게 더 다가갔듯, 어렵게 허락받은 결혼식을 포기하고 싶지 않았다. 이제 와서 그럴 수도 없었다.

미후야, 하고 문오가 그녀를 불렀다. 미후가 새삼스럽게 그를 봤다.

"누군가 나한테, 여기서 다시 살아나 행복하냐고 물으면, 내 대답은 글쎄야. 그나마 내가 아니라고 대답하지 않는 건, 미후를 다시 만났기 때문이야."

물론 미미도 있지만, 하고 말하며 문오는 다시 미미를 쓰다듬었다.

"그런데 미후를 볼 수 있는 시간이 별로 없어. 또 헤어져야 돼, 우린……"

미후가 시린 눈으로 그를 바라봤다.

"결혼식은 분명히, 내가 미후한테 정말 해주고 싶었던 거였어.

그리고 지금도 우리가 헤어지기 전에 꼭 자기한테 선물해주고 싶은 거야. 어쩌면, 하늘나라의 우리 아기도 그걸 원하고 있을 거야. 엄마 아빠가 결혼하길 바랄 거야."

문오의 말이 끝나고도, 미후는 한참을 더 그의 눈을 들여다봤다. 그리고 눈물 없는 슬픈 눈으로 말했다.

"알았어. 내가 괜한 생각을 했어."

문오는 고개를 끄덕였다.

"하자, 우리 결혼식."

미후가 다시 말했다. 고마워, 하면서 문오는 다시 고개를 끄덕여 보였다. 고맙긴, 뭐가? 하고 미후가 말했다. 그는 말하는 대신 그녀를 안았다. 그녀도 그를 안았다. 둘은 서로 포옹한 채 가만히 앉아있었다.

차츰, 미후의 흐느낌이 시작됐다. 내 아기, 하고 작게 말하면서.

문오도 그녀를 따라 울었다.

미미는 꼼짝하지 않고 있었다.

시간.

———————————————

다음 날 아침, 미미가 분잡스레 그를 깨웠다. 그가 눈을 뜨자, 엄마가 창문 커튼을 활짝 열어젖혔다. 그녀가 직접 갈아 만든 과일주스 잔이 책상 위에 놓여있지 않은 걸 제외하면, 어릴 적과 다름없는 아침이었다.

"문오, 잘 잤니?"

문 박사가 창가에서 돌아서며 그를 향해 말했다.

"엄마도 잘 잤어요?"

그는 침대에 걸터앉아 미미를 쓰다듬어주며 그렇게 답했다. 문오가 유치원에 다니기 시작하면서부터 시작된 모자간의 아침

인사였다. 엄마는 아무리 바쁜 날도, 늘 그렇게 아들의 아침을 챙겨줬다. 아버지와 이혼하고 그녀가 집을 나간 다음부터, 그런 아침도 인사도 더 이상 존재하지 않았지만.

그녀가 책상 의자를 돌려 앉는 걸 보면서, 그는 말을 꺼냈다.

"결혼식 허락받게 해줘서 고마워요."

"고맙긴. 진작 해줬어야 하는 일인데."

결혼식 허락이 있었던 직후에, 그녀는 오 대표에게도 똑같은 말을 했었다.

문오 결혼식에 왜 그렇게 적극적이야? 하고, 남편은 물었다. 엄마로서 진작 해줬어야 하는 일인데 그러지 못해서, 이제라도 그 빚진 마음 좀 털어보려고 그러는 거라고, 그녀는 대답했다. 남편은 허허허, 헛웃음을 치면서 말했다. 기억증강작업을 더 열심히 해줄 것을 조건으로 내걸었어야 하는데, 확실히 조급했어, 라고. 사랑한다는 말까지 들었으면 됐지, 뭘 더 바라냐고, 그녀가 말했었다.

그때, 벨 소리가 들렸다. 그가 문을 열어주자, 미후가 들어왔다. 미미가 단숨에 침대에서 뛰어 내려가 그녀를 반겼다.

"웬일이야? 이렇게 일찍."

문오가 물었지만, 미후는 문 박사에게 인사부터 했다. 대신, 문 박사가 의자에 앉은 채로 그에게 말했다.

"내가 문자 넣었어. 여기서 잠깐 보자고."

미후는 미미를 안은 채 침대에 걸터앉았고, 문오도 그녀의 옆에 앉았다. 미후의 표정은 간밤에 헤어질 때보다는 한결 나아 보였다. 밤새 감정이 회복된 건지, 문 박사 앞에서 표정 관리를 하고 있는 건지는 알 수 없었다.

워낙 시간이 없어서 말이야, 하면서 문 박사는 책상 위에 놓인 태블릿을 집어 미후 앞에 열어 보였다. 태블릿 화면에는 웨딩드레스 샘플들이 나열되어 있었다. 자신의 방에서부터 미리 준비해서 가져온 듯했다.

"미후한테 내가 주는 결혼 선물이야. 시간이 빠듯하지만, 새로 한 벌 만들어 줄 거니까, 골라봐."

"허락받게 해주신 것만 해도 고마운데, 선물까지요? 웨딩드레스는 그냥 빌려 입어도 돼요, 어머니."

문 박사의 말에, 미후가 얘기했다.

"아냐, 새로 만들어주고 싶어. 전에도 그래 주고 싶었는데 그냥 넘어가서……"

문 박사의 얘기에, 미후는 더 이상 다른 말 없이 디자인들을 계속 훑어본 다음에 맨 처음에 본 것을 선택했다. 어? 미후도 그거야? 나도 딱 보는 순간 그거였는데, 하면서 문 박사는 미후로부터 태블릿을 건네받고, 선택된 드레스를 체크했다.

그녀의 모습을 지켜보던 문오가 말했다.

"엄마, 내 양복은요?"

"내가 누구니? 준비하면 이 문정인 아니겠니? 우리 아들 결혼 예복도 엄마가 해주고 말 거야."

문오의 말을 받으면서, 문 박사는 다시 태블릿을 그에게 건넸다. 태블릿 화면엔 어느새 예복들이 나열돼있었다. 문오 역시, 맨 처음의 옷으로 결정했다. 문 박사는 그에게서 건네받은 태블릿으로 예복을 체크하며 말했다.

"몸 치수는 둘 다 나한테 있으니까, 곧 주문만 하면 돼."

다시 둘을 보고 나서, 문 박사는 작은 케이스 하나를 미후 앞에 열어 보였다. 다이아몬드가 박힌 예쁜 반지였다.

"내가 결혼할 때 받은 반지야. 사실은 이번에 미후한테 주겠다고 가져온 거였어. 근데 막상 주려니까, 결혼도 못 시켜줘 놓고 이게 맞는 건가 싶은 마음이 들어서 망설이고 있었는데, 이렇게 기회가 왔네?"

그녀는 맞는 손가락에 껴보라며, 반지를 미후에게 건넸다. 미후는 문오를 봤고, 문오는 표정으로 빨리 껴보라고 했다. 미후는 건네받은 반지를 자신의 왼손 약지에 끼었다. 반지는 꼭 맞았다.

"그 반지로 예물을 대신해도 되겠지?"

문 박사가 미후를 보며 말했다. 머리를 숙이며 고맙다고 얘기한 다음, 미후는 결혼식 때 끼겠다며 반지를 손가락에서 천천히 빼냈다. 문오 예물은, 아버지가 선물한 시계로 하자고, 문 박사가 말했다. 그는 고개를 끄덕이며 웃어 보였다. 문 박사도 아들을 따라 웃으며 얘기했다.

"사실, 엄마가 우리 아들하고 미후한테 선물하고 싶은 건 시간이야. 이 우주가 인간에게 주는 시간이라는 선물."

"얼마나 주실 건데요?"

문오가 장난스럽게 묻자, 문 박사도 장난스럽게 받았다.

"한 백만 년쯤이면 될까?"

뭐 그쯤이면 괜찮겠는데요? 하고, 문오는 대답했다. 문 박사가 고개를 두어 번 끄덕이고 나서 진지한 표정으로 말했다.

"다이아몬드는 영원, 불멸을 의미하고, 시계야 당연히 무한한 시간을 가지고 태어난 거고…… 그런 영원과 무한을 선물하고 싶다는 얘기였어."

엄마의 말을 들으며, 문오는 물어볼까 말까 잠깐 망설이다가 얘기를 꺼냈다.

"여기 머무는 2주라는 시간, 더 연장할 순 없는 건가요?"

미후가 그를 봤다. 문오는 그녀를 보지 않은 채, 엄마를 똑바로 보며 대답을 기다렸다. 문 박사는 안쓰러운 표정으로 얘기했다.

"그건 불가능해. 이 재회 프로젝트는 기억도 외모도 백 퍼센트 그대로 소환할 수 있지만, 2주라는 기한은 절대 넘기지 못하게 돼 있어. 그걸 어기면, 프로젝트 자체가 취소될 수 있기 때문에……."

말하는 그녀가 울 것 같아서, 문오는 질문한 걸 후회했다.

"괜찮아요, 어머니. 그래도 이렇게 결혼식까지 올리고…… 그러면 된 거잖아요."

미후가 살짝 미소를 머금은 채 말했다. 문 박사는 고개를 끄덕여 보이고 나서, 문오를 보며 말했다.

"행복하니? 문오는."

"네, 행복해요."

그는 그렇게 답하면서 미후 쪽으로 고개를 돌렸다.

정말? 하고 미후가 묻는 것 같아, 그는 다시 문 박사를 바라봤다.

문 박사가 따스한 표정으로 말했다.

"그럼 됐다."

강.

———————————————————

    그들은 강가로 갔다. 강은, 그 자체로도 그 주변으로도 범접할 수 없는 아름다움과 강함을 보여줬다. 예전 대학 부근에 있던 강과는 비교가 되지 않을 만큼 크면서, 다채로운 색깔과 무늬를 띄고 있었다.

    우리, 가족사진을 강가에 가서 찍는 거 어때? 라온이 먼저 제안을 했고, 친구들과 가족들이 모두 찬성했다. 문오가 미스터 스마일에게 그 나들이를 얘기했을 때, 그는 모두의 안전을 위해 요원들을 붙이겠다고 했다. 그래서 다수의 요원들이 멀리서 그들을 따라오고 있었다.

솜이가 제일 신나했다. 아이는 유리의 손을 잡은 채, 일행의 맨 앞에서 나비처럼 팔랑팔랑 날아가듯 걸었다. 그 뒤로, 라온과 마리아와 소란, 그리고 미후와 문오가 앞서거니 뒤서거니 하며 함께 걸어갔다.

미후 아버지는, 강가까지 가는 건 민폐라며 사양했다. 나중에 따로 정원에서 찍어달라고 했다. 그러면서, 미후는 같이 가서 결혼 전 예식 사진이라 생각하고 문오와 둘이 사진을 찍으라고 했다. 내가 특별히 잘 찍어줄게, 라고 옆에 서 있던 라온이 말하면서, 아버지 때문에 망설이는 그녀를 가자고 채근했다. 문오의 프러포즈 영상을 본 이후로, 기범은 거의 종일 침대에 누워만 있었다. 많이 우울해 보이기도 하고, 밥 대신 카페 술을 꽤 마시는 것 같다며, 미후는 걱정했다.

문오는 카메라를 어깨에 멘 채, 미후와 나란히 걸어가며 대학 시절의 그 강을 떠올렸다. 시도 때도 없이 달려가 떠들어도 다 받아주던 그 강이 그리웠다. 속옷 바람으로 뛰어들어 물장난을 치던 생각도 났고, 가슴이 터지도록 소리를 내지르며 놀고도 싶었다. 그런 마음이 들 땐 가슴이 두근거렸다.

걸어갈수록 강물은 물살이 빨라지고 수심도 더 깊어 보였다. 그들은 왔던 길을 다시 돌아가기로 했다. 문오는 가던 길에 좋아 보였던 강가 넓은 공터로 그들을 데려갔다. 경치가 도드라지는 곳이었고, 누군가 일부러 놓아두기라도 한 것처럼 앉기 적당한 바위들이 자연스럽게 모여 있었다.

바위 이곳저곳에 둘러앉은 모두의 표정들이, 마치 소풍을 온 것처럼 밝고 좋았다. 그들의 앞에 선 문오가, 사진을 찍기 전에 할 얘기가 있다며 미후를 불러냈다. 미후는 일어서서 문오 옆에 섰다.

"왜? 듀엣 한 곡 하려고? 좋지! 박수!"

라온의 말에, 다들 웃으며 손뼉을 쳤다. 문오는 한 손으로 장난스럽게 박수 소리를 자르고 나서, 미후를 한번 본 다음 얘기를 시작했다.

"저희 둘, 결혼식을 올리기로 했습니다."

라온과 유리에겐 살짝 얘기했지만, 가족들에겐 아직 알리지 말아 달라고 얘기한 터였다. 어디서? 언제? 하고, 마리아와 소란이 동시에 나서며 질문을 던졌다. 이번엔, 미후가 대답했다.

"장소는 아직 미정이고, 날짜는 떠나기 하루 전이에요."

다시 마리아가 물었다.

"어머니 아버지가 다 허락해주신 거야?"

네! 하고, 문오가 크게 대답했다.

"오, 잘 됐다 진짜."

"진심으로 축하해."

모두가 축하의 말을 한마디씩 건네면서 다시 손뼉을 쳤다. 둘은 그들을 보며 머리 숙여 인사했다. 박수 소리가 잦아들자, 다시 문오가 얘기를 이었다.

"유리하고 라온이 들러리를 서줬으면 하는데…… 해줄 거지?"

당연하지, 하고 둘은 동시에 대답했다. 고맙다고 말하고 나서, 미후는 자기 자리로 돌아갔다. 곧바로, 문오는 본론으로 들어갔다.

"미리 말씀드린 것처럼, 오늘은 이 강가에서 가족사진을 찍겠습니다. 순서는 라온이네, 유리네, 미후와 저, 그런 순서로 가겠습니다. 여기 공터에서 세 팀이 먼저 한 번씩 찍고, 그다음에 물가로 가서 똑같이 찍겠습니다."

찰칵찰칵.

앉은 자리에서 포즈를 취한 라온과 마리아를, 문오는 카메라에 담기 시작했다. 둘은 달라붙어 앉았다가 떨어져 섰다가, 마주 보고 앉았다가 등을 기대고 섰다가 하면서, 웃는 표정과 장난스런 표정, 때로는 무표정한 얼굴까지 보여줬다.

정원에서처럼 라온이 어머니를 껴안기도 했다. 아무래도 한번 찍어본 경험이 있어서, 문오가 주문하지 않아도 다양한 포즈와 표정이 뷰파인더에 그득했다.

찰칵찰칵 찰칵.

소란과 유리 모녀의 포즈와 표정은 솜이로 인해 더 다채롭고 재미있었다. 솜이를 바라보는 유리의 표정은 즐거워 보였다. 특히 솜이를 안고 뽀뽀하며 아이를 보는 그녀의 얼굴엔 낯설다 싶을 만큼의 행복이 묻어났다.

그러나 문오는, 순간순간 그녀의 표정 사이로 스치는 슬픔과 안타까움도 놓치지 않고 카메라에 담았다. 솜이가 그녀의 아이란 사실은, 이미 미후를 통해 들은 터였다.

"스마일! 스마일!"

세 사람이 나란히 앉아, '가족사진다운' 사진을 찍을 때는, 지켜보는 모두가 유리에게 '스마일'을 외쳤다. 유리가 자꾸 울먹여서 촬영이 잠시 중단되기도 했다. 솜이 노래하고 춤을 추면서, 그녀는 다시 행복한 웃음을 되찾았고 그들의 촬영이 마무리될 수 있었다.

찰칵찰칵.

다음은, 미후와 문오 차례였다. 문오에게서 카메라를 건네받은 라온이 둘을 찍어줬다.

"신랑 신부 표정이 왜 이래? 결혼하기 싫은가 봐?"

라온의 너스레가 이어지면서 둘의 표정은 점점 활짝 피어났다. 역시 촬감 커플은 틀려, 하면서, 라온은 열심히 둘의 사랑스런 모습을 담아나갔다.

미미를 데리고 나올걸. 미후랑 셋이서 사진도 찍고……

문오는 미미를 데리고 나오지 않은 걸 후회했다. 촬영에 집중해야 한다는 생각이 앞서서였다. 나중에 미후하고 미미하고 다시 그곳에 와서 그들의 가족사진을 꼭 찍어야겠다고, 그는 생각했다.

공터에서의 촬영이 끝나고 일행은 강 가까이로 이동했다. 모두 강가를 걸어가며 장난을 쳤고, 문오와 라온이 번갈아 가며 카메라로 그들을 담아나갔다. 솜이는 유리와 함께 역시 모두의 앞쪽에서 노래하고 춤까지 춰서, 일행을 더욱 즐겁게 했다. 사진도 그 순간순간의 즐거움이 가득 담겨 나올 것 같았다.

"오늘 찍은 사진들 정말 잘 나올 거 같은데, 사진전을 열면 어떨까?"

다시 공터에 돌아와 쉴 때, 라온이 '가족사진전'을 제안했다. 즉흥적인 발상이었지만, 모두가 환영했다. 곧바로 마리아가 한마디를 더했다.

"트럭팀 가족들도 찍어서 같이 하면 더 좋을 텐데."

엄마, 그건 좀 무리 아닐까? 하면서, 라온이 문오의 눈치를 봤다. 문오는 괜찮다고 했다. 격보와 기라 가족의 촬영은 그들과 얘기해본 다음에 결정하기로 하고, 가족사진전은 미스터 스마일과 의논해보기로 했다.

쉬고 있는 그들을 보며, 문오는 미안한 마음을 느꼈다. 이전에, 자신이 그렇게 결혼식을 서두르지만 않았어도, 친구들은 온전한 사람의 몸과 마음으로 이 순간을 살아가고 있었을 것이고, 가족들 역시 그곳에서 그들을 만나지 않아도 됐을 텐데 싶었다. 또다시 밀려오는 슬픈 마음을 떨쳐내려고, 문오는 일어서며 돌아가자고 했다.

그들이 돌아왔을 때, 현관 앞에 경찰차가 서 있었다. 그리고 경찰 두 명이 지하에서 올라와 차에 오른 다음, 그곳을 빠져나갔다. 모두가, 경찰들을 배웅하는 미스터 스마일을 봤지만, 그는 별일 아니라고 말했다.

"인근 경찰서에서 안전 점검 차 나온 겁니다. 신경 쓰지 말고 다들 각자의 방으로 돌아가시죠."

그렇게 말하고 미스터 스마일은 지하로 내려갔다. 그새, 문오의 휴대폰이 진동했다. 문자 메시지 도착음이었다. 미스터 스마일을 따라가, 라온이 말했던 가족사진전에 대해 얘기하고 싶은 마음도 있었지만, 문자 메시지를 확인하고 싶은 마음이 앞섰다.

문오는 조용히 2층 자기 방으로 향했다. 미후는 아버지를 보러 이미 그의 방으로 가고 없었다.

네트워크.

　문오가 방으로 들어서자, 미미가 짖었다. 오랜만에 들어보는 미미의 짖는 소리였다. 왜 이제 오는 거야? 하고 문오를 원망하는 듯했다. 학교 다닐 때도, 일을 할 때도, 그가 밤을 새우고 들어가면, 미미는 그렇게 몇 번을 짖어댔다. 왜 인제 오는 거야? 라고 그를 원망하는 것처럼.

　이제 다시 떠나버리면, 미미는 돌아오지 않는 나를 또 원망하겠지? 내가 사라진 그때도 미미는 많이 힘들었을 텐데…….

　그때 문오는 그들의 결혼식에 미미를 데려가고 싶었다. 그러나 그 전날의 예약 확인 중에, 펜션 쪽에서 개를 데려오지 못하게 했다. 다른 손님들이 싫어한다는 이유였고, 처음부터 체크하지 않은 그의 불찰이었다. 눈물을 머금고, 그들은 애완견을 키우고 있는 다른 친구 집에 미미를 맡기고 출발했었다.

그때와 또 한 번의 예정된 이별을 생각하면서, 문오는 선 채로 미미를 안았다. 미미는 그의 품에 안긴 채, 문오의 얼굴을 핥았다. 이번엔 용서해줄 테니까, 다음엔 그러지 마. 미미가 그렇게 말하는 것 같았다.

그때, 다시 휴대폰이 진동했다.

미미가 짖는 바람에, 메시지 확인을 깜박 잊고 있었다. 문오는 침대에 걸터앉으며 미미를 내려놓고 휴대폰을 꺼냈다.

문오야.
대답이 없네? 문자 가능할 때 연락해라.

네트워크상의 '엄마'였다. 그는 바로 문자를 입력했다.

죄송해요. 답이 늦었어요.
괜찮아. 별일 있는 건 아니지?
네, 별일은 없는데, 방금 경찰이 다녀갔어요.
무슨 일로?

그건 저도 잘…… 혹시 아는 거 있나 해서요.

나도 금시초문인데, 무슨 일이지?

미스터 스마일 말대로 별일은 아니겠죠. 안전 점검 나온 거라 했으니까……

그래. 나는 좋은 뉴스가 있단다.

그래요? 뭔데요?

미후 오리지널 기억 소스를 찾아냈어.

아, 그래요?

이제 문오랑 미후랑 같이 네트워크에서 영원히 살아갈 수 있겠다 싶어서, 엄마는 흥분상태다.

네에……

미후하고 얘기해 볼 거지?

그래야죠.

얘기하고 연락해줘.

그럴게요.

그는 그녀와의 대화를 마무리하고, 미후에게 문자 메시지를 보냈다.

잠깐 얘기할 수 있어? 내 방에서.

곧 미후가 왔다. 문오는 방금 영혼의 엄마와 주고받은 문자 메시지를 그녀에게 보여줬다. 메시지를 읽은 미후가 이게 뭔데? 하고 눈으로 그에게 물었다. 그는 '오리지널 기억 소스'란 것에 서부터 시작해, 네트워크상에서 영원히 살아간다는 것에 대해 차근차근 설명했다. 이 2주 동안의 기억은 그 '엄마'가 되살려준 다는 것까지.

미후는 문오의 휴대폰 속 문자 메시지 내용들을 다시 보면서, '네트워크에서 영원히 살아갈 수 있겠다'는 부분을 소리 내서 몇 번 읽었다. 그녀가 읽는 소리를 따라가며, 문오도 그것에 대해 생각했다.

미후가 휴대폰을 건네며 그에게 말했다.

"네트워크에서 영원히? 집에서 먹고 자고, 직장에서 일하고, 주말엔 놀러 가고, 그런 건 물론 아닐 테고…… 사랑하고 미워 하고 웃고 우는 그런 삶은 가능할까? 그저 게임 속 캐릭터들처 럼, 기억체로 그렇게 영원히 산다면, 그건 무슨 의미일까?"

그녀의 얘기를 들으면서, 문득 감옥 속 무기수의 이미지가 떠 올랐지만, 문오는 말하지 않았다. 괜히 미후까지 끌어들였나 싶 기도 했다. 혼자서 미리 좀 고민해볼 걸 잘못했다 싶은 생각도 들었다.

"잘 모르겠네? 더 생각해보자구. 그래도 되지?"

그가 고개를 끄덕이자, 우리 미미를 데려갈 수 있으면 몰라도…… 하면서, 미후는 미미를 쓰다듬었다. 그러게, 하고 대답하려다 말고, 아버지는 괜찮으셔? 하고 문오가 물었다.

"나한테 딱 걸렸어."

"뭐가 걸렸는데?"

"아빠가 글쎄, 카페에 있는 술을 몇 병 가지고 와서 방 안에서 마시고 있는 거야. 혹시나 싶어서 옷장 서랍을 열어봤더니, 거기에 술을 감춰둔 거 알아? 내가 다 치워버리긴 했지만."

그래봤자 맥주 아니냐고 문오가 말하자, 기범도 똑같은 얘길했다며, 그녀는 한숨을 쉬었다.

하긴, 맥주도 많이 마시면 취하게 마련이지.

문오는 생각하면서 그녀를 바라봤다. 더군다나 기범은 술이 약한 편이었고, 금방 몸을 가누기 힘들어했다.

미후는 또 한 번 한숨을 내쉬고 난 다음, 혼잣말처럼 얘기했다.

"우리 아빠, 대체 왜 그렇게 술을 자꾸 마셔대는지 모르겠어. 여기 온다고 술도 끊었다면서."

"아버님도 까르페 디엠인가?"

그의 말에, 미후가 미미를 보며 말했다.

"미미야, 오빠 왜 저래?"

소리

식.

카페 창가로 보이는 하늘이 그 어느 때보다 아름다웠다. 양떼 같은 구름이 둥둥 떠다녔다. 미후는 문오와 나란히 앉아, 맞은편의 라온이 하는 얘기를 듣고 있었다. 늘 그렇듯, 라온은 심각한 얘기를 가볍게 하고 있었다.

"엄마는, 여기 온 첫날부터 나한테 그랬거든. 유리하고 식 올리면 어떻겠냐고. 웃기지 않아?"

하나도 안 웃기는데? 하고 미후가 말하자, 문오가 얘기를 받았다.

"그런 생각을 가지고 계셨으면, 봄나래를 데려오지 말았어야지."

"데려오고 싶지 않았대, 엄마는. 근데, 봄나래가 하도 오고 싶어 하니까 어쩔 수 없었나 보더라구."

그래서 봄나래를 돌려보낸 건가 싶었지만, 그건 아닐 거라고 미후는 생각했다.

"지난번에 쉼터에서 우리 엄마가 그랬잖아. 유리하고 나하고 잘 지냈으면 좋겠다고. 그거, 엄마 나름대로 계산이 있어서 그랬던 거야."

"나도 그때, 둘이 제대로 연애 한번 하면 좋겠다 싶었는데……"

라온과 문오는 얘기를 주고받으면서, 커피잔으로 건배를 했다. 별거 아닌 일에도, 생각이 같을 때 하는 그들의 행동이었다.

나랑 문오는 결혼식을 올린다고 하고, 봄나래도 돌아가고, 그러니 라온 엄마가 아들의 결혼식에 부쩍 열을 올리는 건, 어쩌면 당연한 일일 지도 몰라.

미후는 커피를 한 모금 마시며 생각하고, 잔을 내려놓으면서 말했다.

"라온이 네 생각은 뭔데? 유리랑 식 올리고 싶은 거야?"

"실은, 어제, 유리하고 얘기 많이 했는데, 유리는 솜이한테 온 신경이 다 가 있어서, 결혼식 그런 건 관심 없더라고."

솜이 자기 딸이라고 하면서, 라고 라온은 덧붙였다. 미후는, 유리가 자신에게 고백한 그 얘기를 라온에겐 하지 않았었다.

"솔직히 나도 그저 그런데, 엄마가 간절히 원하는 거니까 무시할 수가 없어서……"

"그럼 유리하고 데이트를 계속해봐. 상황 봐가면서 잘 얘기해보고."

"그러고 싶은데 잘 모르겠네."

문오와 라온은 또 한 번 얘기를 주고받으면서, 이번엔 파이팅! 하고 서로에게 주먹을 쥐어 보였다.

그때, 셋의 휴대폰이 동시에 진동했다.

10분 후, 기억증강 모임이 있습니다.

미스터 스마일의 문자 메시지가 떴다. 어? 벌써 시간이 이렇게 됐네? 하면서 그들은 자리에서 일어났다.

"내가 아까 얘기한 거 잊지 않았지?"

현관을 향해 걸어가면서 문오가 말했다. 증강작업을 할 때, 가능한 한 차 안팎을 골고루 보자고, 그래야 아직 그들이 발견하지 못한 것들을 더 많이 볼 수 있을 거 같다고 그는 말했었다. 그녀도 라온도, 그를 보며 답했다.

"오케이."

명상.

─────────────

   기억증강실 앞에는 미스터 스마일이 단정하게 미소 짓고 있었다. 문오가 그에게 인사하고, 끝난 후에 의논드릴 일이 있다고 말했다. 알겠습니다, 하는 미스터 스마일의 대답을 뒤로하고 그들은 방으로 들어갔다.

   기억증강실 안엔 문 박사가 그들을 반겼다. 케이 연구원은 그녀의 뒤쪽에 서 있었다. 문 박사가 직접 작업을 리드하려나 보다, 하고 미후는 생각했다.

   유리와 격보, 기라는 이미 각자의 자리에 앉아 준비를 하고 있었다. 미후와 문오, 라온까지 준비가 끝나자, 문 박사가 그들의 한 가운데에 서며 얘기를 시작했다.

"오늘부턴 제가 여러분과 같이 작업을 해나가겠습니다. 괜찮겠죠?"

모두가 손뼉을 쳤다. 박수 소리가 가라앉길 기다렸다가, 그녀는 친구들 쪽을 보면서 말을 이었다.

"작업으로 들어가기 전에, 우리 네 친구들한테 미리 알려줄게 있어요. 여기서 본 영상이 두 가지 버전이었잖아요? 그 사이에, 두 버전을 하나로 매끄럽게 붙이는 작업을 했어요. 그래서 이제부터는, 합쳐진 하나의 영상을 반복해서 보게 될 거예요."

다 알고 있는 문 박사가 버전을 합쳤나 보다고 미후는 생각했다.

"그리고 이건 전원에게 해당되는 사항인데, 오늘부턴 시뮬레이션 된 사고 현장까지 보일 거예요. 여러분의 기억증강에 자극을 주기 위한 거니까, 좀 힘들더라도 이해해 주기 바랍니다."

문 박사가 스마트 글라스를 쓰려다가, 또 한 가지! 하면서 얘기를 더 했다. 지금부터는 영상을 두 번 반복해서 본 다음에, 헤드셋을 그대로 낀 채 잠시 명상 시간을 가질 거라고. 그런 다음에 다시 영상을 보고…… 그렇게 반복해나갈 예정이라고.

차 안팎을 골고루 보자던 문오의 말을 그녀는 생각했다. 문박사가 스마트 글라스를 끼면서, 모두 작업으로 들어갔다. 미스터 스마일이 한쪽 구석에 선 채로, 모두를 지켜보고 있었다.

다시, 길이 펼쳐졌다. 그녀 아빠와의 영상통화가 시작됐다. 미후는 문오의 말대로 그 영상 너머의 진실을 찾기 위해, 차 밖의 전경도 차 안의 상황도 부지런히 살폈다. 미후, 씩씩하게 잘해라, 조심하고, 라고 기범이 말했다. 네, 조심할게요, 하고 그녀가 대답하면서 통화가 끝났다. 그러나 영상 통화 내내 새롭게 보이는 건 없었다.

통화가 끝나고, 산길이 계속 펼쳐졌다. 지난번 작업 때 발견했던 집들은 영상에 잘 나타나 있었다. 산길이 이어지면서 어느 순간, 맞은편에서 대형트럭이 달려오고 있는 게 보였고, 그들의 차는 길 한가운데로 몰리며 트럭과 충돌했다. 많이 절제된 영상이라 끔찍하기까진 않았지만, 그럼에도 충돌의 순간은 아찔하고 섬뜩했다.

암전이 길게 이어졌지만, 아무도 말이 없었다. 문 박사와 케이 역시 아무런 얘기가 없었다.

다시 영상이 시작됐다. 똑같은 반복이었다. 이번에도 미후는 무언가를 찾아내려고 애썼다. 어느 순간, 뒷자리로 고개를 돌렸을 때, 유리가 안고 있는 부케가 보였다. 직감적으로 결혼식 때 자신이 쥐고 있을 꽃이었나 보다 싶었다. 그 사이 산길이 계속되고, 또 한 번 충돌의 순간이 오면서, 영상은 암전됐다.

문 박사가, 헤드셋을 쓴 채로 대화를 잠시 하겠다고 했다.

"무얼 봤는지 얘기해보죠."

유리가 부케를 안고 있는 게 보였다고, 미후는 말했다. 문오도 라온도 유리도 동의했다. 오, 그래? 하면서, 문 박사는 모두에게 또 다른 걸 봤으면 얘기해보자고 했다.

"사고 직전에 뭔가를 보긴 본 것 같은데, 분명치가 않아서……"

격보의 목소리였다. 자신 없어 하는 톤이긴 했지만, 목소리가 워낙 큰 탓에 분명하게 들렸다. 사고 직전에 말이죠? 하고, 문 박사가 물었다. 그러나 그게 전부였다. 격보는 분명치 않다는 말만 되풀이했고, 기라 역시 그것에 대해선 본 게 없다고 말했다. 문 박사가 다시 얘기를 계속했다.

"지금부턴, 방금 본 영상을 되새김질해 볼 거예요. 특히 박격보 씨처럼, 분명치는 않은데 무언가를 봤다 싶은 분은 그 순간에 더 집중해보세요. 자, 눈을 감고…… 마음을 차분히 하고…… 명상으로 들어갑니다."

명상 중에도, 헤드셋에서는 계속 자극이 주어지겠지만, 문 박사는 그 사실을 말하지 않고 있었다.

미후는 문 박사의 말을 따라, 명상 속으로 침잠했다. 문오의 손을 잡고 싶었지만, 그를 방해하고 싶지는 않았다. 그 역시 작은 어떤 거라도 발견해내려고 애쓰고 있을 터였다. 순간적으로 머리카락이 약하게 쭈뼛하더니, 자신의 머리가, 상체가, 하체가

서서히 차례로 공기 속을 가볍게 유영하고 있는 것 같은 느낌이 들었다.

그녀는 팔을 뻗어 헤엄치듯 앞으로 나아갔다. 저만치 앞쪽에 노란색 햇살의 파편이 퍼지기 시작했다. 처음엔 손바닥만 하던 그 파편들은, 점점 세력을 키우더니, 이윽고 대형 깃발 같은 형상으로 펄럭이며 달려 나갔다.

그 큰 형상의 햇살 너머 앞쪽을 보기 위해 그녀가 인상을 찌푸리는 사이, 크게 외치는 격보의 한마디가 들렸다.

"개소리!"

순간, 그녀의 귀에도 개가 짖는 소리가 들렸다.

혹시 미미가 차 안에 있었던 건가?

그렇게 생각하는 순간, 보고 있던 햇살의 파편이 사라지면서, 개 짖는 소리도 사라져버렸다.

미후는 쓰고 있던 헤드셋을 벗었다. 격보도 기라도 친구들도 헤드셋을 벗겨내고 있었다. 앞으로 걸어오고 있는 문 박사를 보며, 격보가 말을 이었다.

"개 짖는 소리가 크게 들렸어요."

문 박사는, 상황을 회상하면서 자세히 설명해 보라고 했다.

"모르겠어요, 어디쯤인지는. 하여튼 개 짖는 소리가 들렸어요."

모두가 개 짖는 소리를 들었다고 입을 모았다.

미미가 차 안에 있었다면, 트럭팀까지 그 소릴 듣긴 힘들지 않나?

아무래도 밖에서 난 소리 같았다. 그때 언뜻, 문오의 그 '엄마'가 보내줬던 프러포즈 영상이 머리를 스치고 지나갔다. 거기, 어느 한 부분에 개 한 마리가 지나가고 있었던 것 같았다.

뭔가 연결고리가 있을지도 몰라.

그러나 그 영상은 이미 그의 휴대폰에서 삭제되고 없을 터였다. 문오도 그 영상에서 개를 보지 않았을까? 하고 생각하며 문오를 보자, 문오가 그녀에게 프러포즈 영상, 하고 입 모양으로 말했다. 그도 그 개를 떠올린 게 틀림없었다.

그래, 문오가 그 영상을 다시 받아서 확인할 거야.

그녀가 그렇게 생각을 정리하는 사이, 문 박사는 다시 영상을 처음부터 보겠다며 원래 자리로 돌아가고 있었다.

미후는 기억증강실에서 빨리 나가고 싶어졌다.

겉.

_____

증강작업은 개 짖는 소리 이후 별 진전 없이 끝났다. 방을 나가기 전에, 문오는 격보와 기라, 미스터 스마일에게 가족사진전에 대해 설명했다. 끼워주면 우리야 고맙지, 하고 격보는 바로 대답했다. 기라는 잠깐 생각하다가 고개를 끄덕여 동의를 표시했다.

혹시라도 가족 중에 사진을 안 찍겠다는 사람이 있으면 미리 말해달라고, 문오는 격보의 아내를 생각하며 말했다. 아무 말이 없으면 모두 다 찍는 걸로 알겠다고 얘기한 다음, 그는 미스터 스마일의 반응을 기다렸다. 전시할 사진을 골라서 넘겨주면,

모든 작업은 알아서 다 해주겠다며, 미스터 스마일도 흔쾌히 응해주었다.

1층에서 미후 아버지를 잠깐 보고 갈까 싶은 생각도 들었지만, 마음이 급했다. 그렇게 미후와 같이 그의 방으로 들어오자마자, 문오는 영혼의 엄마에게 문자를 넣고 반응을 기다렸다. 그러나 그녀에게선 바로 응답이 오지 않았다.

미후는 책상 위에 있는 카메라를 들고 침대로 돌아와 미미 앞에 앉았다. 언니도 한때는 사진 좀 찍는다는 소릴 들었거든, 하면서 그녀는 미미에게 카메라를 들이댔다. 미미는 평소에 사진 찍기를 그리 좋아하지 않았다. 카메라를 들이대면 늘 고개를 돌리고 다른 데를 보는 버릇이 있었는데, 오늘은 제법 포즈를 취해줬다. 우리 미미가 웬일이야? 하면서, 미후는 미미를 촬영했다.

그녀가 다시 카메라를 책상 위에 올려놓을 때, 문오의 휴대폰이 짧게 진동했다. 그들은 얼른 문자를 확인했다. 영혼의 엄마가 보낸 문자 메시지였다.

문오야, 답이 늦었네.

예, 길게 얘기 못 하니까, 용건만 말할게요. 보내주셨던 프러포즈 영상, 한 번 더 보내주실 수 있어요?

오케이. 바로 보내줄게. 근데 왜?

사고 원인을 찾아내는데 혹시 도움이 될까 해서요. 그때 보내주신 건,
보고 바로 영구삭제했거든요.

알았다. 근데 미후하고 얘긴 해봤니?

더 의논해보고 말씀드릴게요.

알았다. 보낼게.

곧바로 프러포즈 영상이 왔다. 그들은 바로 영상을 열어 확인
했다.

어머 어머, 지극한 사랑이네요, 유미후 씨는 좋겠어요, 하면
서 카메라가 미후를 잡을 때, 미후 쪽 차창 밖으로 개 한 마리
가 분명히 길가를 걸어가고 있었다.

머리를 붙이다시피 한 채, 둘은 그 장면을 반복해서 유심히
봤다. 미미만한 중형견이긴 했지만 견종은 달랐다. 개는 지나가
는 차를 별로 신경 쓰지 않는 것 같았다. 좀 전 기억증강실에서
모두는 개가 짖는 '소리'만 들었다. 그러니, 그 개가 영상 속의
개인지는 확인할 수 없었다.

그런데 작업이 더 진전돼서, 만약에 두 마리의 개가 동일한
게 밝혀진다면?

설령 그렇다 하더라도, 그게 사고와 관련 있을지는 미지수였다.

그들의 생각이 너무 앞서가는 거 같기도 했다. 문오가 길게 한숨을 내쉴 때, 문을 두드리는 소리가 들렸다.

"문오야, 나와 봐."

라온의 소리였다. 문오가 문을 열자, 그가 말했다. 격보의 아내 지혜가 또다시 캐리어를 끌고 현관에 나와 있다고. 그들은 1층으로 내려가 보기로 했다. 꿍얼꿍얼, 미미가 따라가겠다고 했지만 그러긴 힘들어 보였다.

"다 싫어요. 그냥 돌아가게 해주세요."

지혜는 미스터 스마일과 얘기하고 있었다. 미스터 스마일이 설득하려 했지만, 그녀는 강경했다. 격보는 굳은 표정으로 지혜의 캐리어와 함께 그녀의 뒤쪽에 서 있었다. 오 대표와 문 박사, 기라 부부, 그리고 유리가 그들을 지켜보고 있었다.

미스터 스마일이 오 대표 쪽을 보자, 그는 잠시 생각하다가 말했다.

"보내드려요. 떠나는 건 본인 의사에 달린 거니까."

그 순간, 격보가 지혜의 앞에 무릎을 꿇었다. 그들 쪽으로 걸어오던 소란이 놀란 눈으로 그를 봤다.

"여보, 내가 이렇게 빌게. 가지 마. 내가 떠날 때까지 내 옆에 있어 줘."

격보가 아내를 올려다보며 애원하듯 말했지만, 지혜는 남편을 보기만 할 뿐 아무런 말이 없었다.

"염치없는 거 알아. 그래도 이렇게 당신이 가버리는 건, 나한 테 지금 죽으라는 얘기야. 어차피 곧 사라질 목숨이지만, 그래 도 난 당신이 필요해. 당신도 내가 보고 싶어서 온 거잖아. 그러 니까……"

누가 그래? 내가 당신 보고 싶어서 왔다고? 지혜가 숨을 토해 내듯이 말했다. 마리아가 걸어와 라온의 옆에 서며 그들 부부 를 바라봤다.

"누구한테 들은 얘기가 아니고, 그냥 내 느낌이 그렇다는 거야."

"당신 느낌? 그 섬세하고 여성적인 느낌 말이지?"

섬세하고 여성적인 느낌? 저 사람과는 어울리지 않는 말인 데? 하고 문오는 생각했다. 여보, 하고 격보가 애원하는 눈길로 아내를 올려다봤다. 지혜는 더 이상 참지 못하겠다는 듯이 말 을 쏟아냈다.

"왜? 다른 사람들이 알면 큰일 나? 나만 알고 있기엔 너무 아 까운데? 아니지, 이기라 씨 부부도 알고 있는 사실이잖아? 아, 어쩌면 대표님도 박사님도 알고 계시겠네요? 이 남자가…… 이 남자가……"

지혜는 다음 말을 잇지 못하고 울음을 터뜨렸다. 기라와 레 옹도, 오 대표와 문 박사도, 모두가 그녀에게 시선을 고정한 채 말없이 서 있었다.

"저 남자가 뭐요? 뭘 알고 있다는 건데요?"

소란이, 기라에게 바짝 붙어서며 물었다. 모두의 시선이 기라에게 집중됐다. 기라는 소란의 질문과 시선들을 부담스러워하며 한 걸음 뒤로 물러섰다.

그때, 아내 앞에 무릎을 꿇은 채 꼼짝하지 않고 있던 격보가 몸을 일으켜 세우며 무겁게 한 마디 했다.

"내가 말하겠습니다."

그는 한 손으로 자신을 가리키며 선언하듯 말했다.

"제 아내가 말한 이 남자는, 여자가 되려고 했습니다."

모두가 놀란 눈으로 그를 바라봤다. 생경한 얘기였다. 그의 외모, 그의 행동 어디에도 여성적인 부분은 없었다. 오히려, 더할 나위 없을 만큼 남자다운 남자였다.

"모두 광장으로 가시죠. 저에 대해 말씀드리겠습니다."

격보는 말이 끝나기 무섭게 계단 쪽으로 성큼성큼 걸어갔다. 하나둘 그를 뒤따랐지만, 지혜는 눈물을 수습하며 미스터 스마일에게 빨리 차를 내어달라고 채근했다. 아무에게도 말하고 싶지 않은 걸 얘기하겠다는데, 옆에 있어 줘야 하지 않겠냐며 문 박사가 그녀를 설득했다. 마리아까지 나서서, 가더라도 나중에 가라며 당장의 출발을 만류하자, 지혜는 말없이 그들과 합류했다.

요원 한 명이 그녀의 캐리어를 끌면서 지혜를 뒤따르고 있었다.

미후 아버님은 잠드셨나? 나와 보질 않네? 하면서 문오는 잠깐 기범을 생각했다.

미후가 그의 곁에 바짝 붙어 걸으며 말했다.

"사람은 겉으로 봐선 모르는 거야."

사랑.

광장방에는 석양빛이 일렁이고 있었다. 모두가 자리를 잡고 앉으면서, 격보 혼자 그들 앞에 서 있었다. 실내가 조용해지자, 그가 얘기를 시작했다.

"저는, 어릴 때부터 계집애처럼 논다는 얘길 많이 들었습니다. 노래도 잘하고 춤도 잘 췄어요. 누가 가르쳐주지 않아도 저절로 됐어요. 하지만 아버지가 그런 저를 늘 혼냈죠. 딴따라가 되려고 그러냐면서…… 제가 3대 독자이기도 했고…… 딴따라가 되고 싶은 마음을 꾹꾹 눌러 죽이고 살았어요. 여자애 같다는 소리는, 제가 더 듣기 싫어서 오히려 더 남자답게 굴었습니다."

굵고 큰 그의 목소리가 부드러워지고 있다고 느끼는 건 내 편견일까? 문오는 그렇게 생각하며, 새삼스럽게 격보를 바라봤다.

"그럭저럭 잘 살았어요. 결혼도 하고…… 근데, 아내가 아이를 가진 직후부터, 이상하게 여장을 하고 싶었어요. 동시에, 아주 강렬하게 딴따라가 되고 싶더군요. 하지만 그럴 수 없었습니다. 죽이고 지냈어요. 아이가 태어나면서부턴, 그런 감정들을 죽이려고 아예 마초가 돼갔죠."

격보는 잠시 아내를 본 다음, 다시 말을 이어갔다. 지혜는 머리를 숙인 채, 그를 보고 있지 않았다.

"그런데 아내가 저와 아이를 버리고 도망쳤어요. 아이를 부모님한테 맡겨두고 아내를 찾아다녔는데, 어느 날 문득 절호의 기회라는 생각이 들었어요. 잠시라도 여자가 한번 돼보자, 그렇게 마음먹은 제 눈에 들어온 게 바로 트랜스젠더 클럽이었어요. 들어가 봤죠. 춤추고 노래하는 그들 모습이 그렇게 좋아 보일 수 없었어요."

그가 얘기를 멈추면서 기라를 보자, 기라가 일어서며 말했다.

"그 트랜스젠더 클럽이 제가 운영하던 클럽이었어요."

나는 괜찮으니까 마음 놓고 얘기해요, 하고 기라는 자리에 앉았다. 격보는 그녀에게 가볍게 목례한 다음 얘기를 이었다. 그 클럽에서 마담인 기라를 알게 됐고, 자신의 어린 시절부터를 그녀에게 얘기하면서, 트랜스젠더라는 존재와 그 과정을 깊이 알게 됐다고 했다. 말하고 있는 격보를, 지혜가 무표정하게 보기 시작했다.

그는 그 길을 제대로 한번 가보고 싶었다. 그러나 그건 상상 초월로 험난한 길이었다. 대단한 인간도 못 되지만, 모든 걸 다 내려놓는 용기도 필요했다. 그는 쉽게 마음을 먹지 못했고, 사고가 나기 전날인 그날도 마담과 그런 얘기를 하고 있던 중이었다. 거기까지 얘기하고 격보는 한숨을 내쉬었다. 지혜도 아무런 말이 없자, 소란이 한 마디 했다.

"남편한테 그런 게 있다는 걸 몰랐나 보네? 여기 와서 알았나 봐요?"

지혜는 고개를 돌려 소란을 바라보고만 있었다. 대답하길 망설이는 모습이었다. 그녀는 잠시 생각하다가 작정한 듯 얘기를 시작했다.

"사고가 난 후에, 남편이 남긴 마담과의 문자, 통화 내용, 찍어둔 사진 같은 걸 확인하면서 이 남자가 왜 마담을 만났는지 알게 됐어요. 특히 이것저것 여성용품을 산 구매내역은 남편이 여자가 되고 싶어 했다는 걸 분명히 말해줬어요."

하지만, 그녀는 다시 태어나는 남편한테 그런 기억들을 넣어주고 싶지는 않았다. 다 빼달라고 했다. 물론 폭력적인 부분도 줄여달라고 했다. 지혜가 말을 마치자, 그녀를 보고 있던 레옹이 말을 이었다.

"저는 누나의 어떤 기억도 빼지 않고 다 넣어주고 싶었어요. 그래서 격보 형님과 관련된 기억도 모두 그대로 뒀죠. 형님의 기억 속엔 그 내용이 없어질 거라며 문 박사님이 의논을 해주셨지만, 그게 별문제 될 것 같지도 않고, 막상 그 부분을 빼버리면 둘 사이에 있었던 일은 남는 게 없어서……."

그의 말을 받아서, 기라가 얘기를 이어갔다.

"나는 몰랐어요, 격보 씨 기억에 그런 게 없다는 걸요. 그래서 격보 씨와 대화하다가, 우리 클럽에 대한 얘기며, 둘 사이에 오갔던 이런저런 얘기들을 별생각 없이 들려줬어요. 모든 게 내 잘못이에요. 미안해요, 격보 씨, 지혜 씨……."

광장엔, 어둠처럼 점점 무거운 침묵이 내려앉고 있었다. 고개를 숙인 채 듣고 있던 지혜가 다시 얘기를 시작했다.

격보는 아내에게 사실을 얘기해달라고 했지만, 지혜는 말하고 싶지 않았다. 그녀가 계속 아무 얘기도 하지 않자, 그는 다시 폭력을 썼다. 그러나 단지 그 이유만으로 그녀가 돌아가겠다고 한 건 아니었다. 그녀는 한 남자와 결혼했고, 그래서 여자 같은 남편을 절대 보고 싶지 않았다.

그녀의 목소리에 물기가 배어 나오고 있었다. 흐르는 눈물을

버려둔 채, 지혜는 계속 말했다.

"저는 남편이 휘두르는 폭력을 못 견뎌서 도망쳤어요. 애까지 버리고…… 하지만 저는…… 저는…… 남편을 사랑했어요. 그래서 기억을 모으는 작업에도 열심히 나섰고, 결국 여기까지 왔어요. 여자 같은 남편을 봐야 한다는 사실보다, 제가 더 힘든 건…… 힘든 건……"

모두가 긴장한 표정으로 그녀의 다음 말을 기다리고 있었다.

"이 상황에서도 여전히 남편을 사랑하고 있다는……."

지혜는 말을 잇지 못하고 울었다. 여보, 하고 부르며 격보가 달려가 그녀를 안았다. 남편에게 안긴 채, 울음 섞인 소리로 그녀는 말했다.

"그런 내가 싫고…… 그래서 돌아가려고 했어……."

그녀의 울음만이 광장을 가득 채우고 있었다. 그러나 그 울음소리는 오래가지 못했다. 요원이 뛰어 들어와 외쳤다.

"유기범 씨가 자살을 시도했습니다."

위선.

———————————

    미후와 문오는 기범의 방으로 뛰어 들어갔다. 이미 의식을 잃은 기범은 요원의 등에 업힌 채 방을 나서고 있었다. 의사 연구원이 뒤따르고 있었다. 건물 밖에서 창밖을 지나가던 요원이 그를 발견해 잠긴 방문을 강제로 열고 안으로 뛰어 들어왔다는 거였다.

    어디로 데려가냐고 미후가 물었다. 지하의 진료실로 데려가서 응급처치할 거라고, 의사는 대답했다. 그는 방해가 되니, 미후를 포함한 어느 누구도 따라오지 말라는 말을 덧붙였다.

    광장방에서 내려온 모두가 문밖에서 그 상황을 지켜보고

있었다. 오 대표와 문 박사는 이미 지하로 뒤따라 내려갔고, 미스터 스마일은 그들에게 각자의 방으로 돌아가 줄 것을 당부했다. 일행이 흩어졌지만, 라온과 유리는 그대로 남아있었다. 문오는 연락하겠다며 둘을 보냈다. 그게 좋겠다 싶었다.

둘이 동시에 기범의 방을 둘러봤다. 천장과 가까운 벽에 고정된 조명기구에 가죽 허리띠 하나가 묶인 채 그대로 있었다. 문오는 허리띠를 풀어서 돌돌 만 다음, 책상 위에 놓았다. 책상 위에는, 반으로 접힌 리포트지 한 장이 단정하게 놓여있었다.

문오는 기범의 유서임을 직감했다. 미후는 두 손을 모은 채, 소파에 앉아 기도하고 있었다. 문오는 리포트지를 집어 들고 미후의 손에 쥐여준 다음, 책상 의자에 앉았다. 미후는 리포트지를 펴들었다. 점점, 그녀의 손이 떨렸다. 울음도 아닌, 탄식도 아닌 소리를 내며, 그녀는 그것을 읽어 내려갔다.

사랑하는 미후야.

아빠는, 네 손을 잡고 결혼식에 입장할 수 없다. 그럴 자격도 없고, 그럴 용기도 없다. 이전에, 네가 둘만의 결혼식을 올리겠다고 했을 때도, 나는 오히려 잘 됐다 싶었다. 나는 그럴 자격이 안 되는 인간말종이니까.

중학생 때부터, 나는 한 친구를 사랑했다. 그녀는 부잣집 딸이었고, 나는 가난하고 다리까지 절었다. 나는 그 친구를 일편단심 혼자 마음에 품었다.

단 한 번, 그녀에게 사랑한다는 고백을 했지만, 그녀는 매몰차게 나를 무시했다.

그 친구는 대학을 졸업하고 결혼했고 딸을 낳았다. 그 딸이 바로 미후 너다. 나는 틈날 때마다 그녀의 집을 맴돌면서 어린 너를 지켜봤다. 너무 예쁘고 사랑스러웠다. 점점 네가 내 딸 같았다. 그래서…… 널 훔쳤다.

네 엄마는 널 찾아다니다가 교통사고로 죽었다는 소문을 나중에 들었다. 내가 저지른 잘못을 진심으로 후회했지만, 때는 이미 늦어있었다. 나는 너와 네 엄마한테 저지른 죄를 갚기 위해서라도, 너를 지극정성으로 키웠다. 그러나 어쩔 수 없이, 나는 한 아이를 훔치고 그 엄마를 죽게 한 죄인이다.

네가 나를 사랑하고 존경하는 아빠라고 할 때마다, 나는 미안했다. 네가 죽었을 땐, 모든 게 내 잘못이고 내 죄 때문이라 생각했다. 그때 죽으려 했는데 그러질 못했다. 무슨 미련이 있었는지…….

네가 다시 결혼식을 올린다고 했을 때, 좋았지만 덜컥 겁이 났다. 그럴 자격도 없는 짐승 같은 인간이 네 손을 잡고 입장할 수가 없었다. 프러포즈 영상을 보면서, 아기…… 네 아기 얘기를 들으면서, 그 생각은 굳어졌다. 아기인 너를 훔치고, 너와 문오, 그리고 또 네 아기까지 잃게 만들고…… 모두 내 죄고, 내가 진작에 죽었어야 했다는 마음뿐이다. 그래서 먼저 떠난다.

미후야. 나는 네 인생을 시작부터 훔쳤다. 나를 용서하지 마라. 미안하다.

짐승 같은 유기범 씀.

그녀는 문오를 외면한 채 그것을 그에게 넘겼다. 그는 그것을 받아 읽었다. 얼떨떨했다. 말이 안 되는 얘기 같기도 했다. 문오는 그것을 다시 반으로 접어, 그녀에게 건넨 다음 의자에 앉았다.

미후는 그것을 쥔 채 소파에 앉아 꼼짝하지 않았다. 그가 소파로 가려 했지만, 그녀가 가까이 오지 못하게 했다.

"이대로 내버려 둬. 뭐가 뭔지 모르겠어."

둘은 그 방에 그대로 머물렀다. 간혹 그녀는 휑한 눈으로 문오를 바라보다가, 아버지의 유서를 쥔 채 다시 고개를 숙이고 말이 없었다. 단 한 톨의 울음도 한숨도 새어 나오지 않았다.

그렇게 한 시간이 훌쩍 지나갔다. 미스터 스마일의 문자 메시지가 미후의 휴대폰에 들어왔다.

아버님이 의식을 회복했습니다. 진료실로 내려오기 바랍니다.

문자를 같이 확인하고 나서, 문오는 지하로 가자고 말했다. 그러나 미후는 여전히 움직이지 않았다. 대신, 그를 보며 한 마디 했다.

"나 어떡하지? 아무것도 믿을 수 없고 정리도 안 되는데……."

마치 자신에게 얘기하는 것 같았다.

"이게 사실인지 아닌지 확인하는 게 우선인 거 같은데?"

말은 그렇게 했지만, 문오 역시 뭐라고 말해야 할지, 어떻게 그녀를 위로해야 할지 모르고 있었다.

잠시 뒤에 노크 소리가 들렸다. 미스터 스마일이었다. 그는 지하에서 그들을 기다리고 있었나 보았다. 내려올 기미가 없어서 올라왔다며, 그는 아버지를 만나러 가지 않을 거냐고 미후에게 물었다.

"아버지가 나를 만나려고 해요?"

미후는 소파에 앉은 채 미스터 스마일을 바라보며 물었다. 그건 물어보지 않았습니다만, 그러지 않을까요? 하고 그가 대답했다. 그녀는 잠시 생각하다가, 십 분 후에 내려가겠다고 말했다. 미스터 스마일은 조용히 방을 나갔다.

그녀는 소파에 앉은 채 다시 생각에 빠졌다. 문오는 자신의 생각을 얘기하려다가 말았다. 억장이 무너진 그녀의 표정을 보면 어떤 말도 나오지 않았다. 그저, 그녀의 생각과 행동에 따르기로 했다.

그가 창문 쪽으로 가려고 일어서는 순간, 미후는 쥐고 있던 아버지의 유서를 발기발기 찢기 시작했다. 그리고 손톱만 한 크기로 잘린 종이 부스러기들을 자신의 주머니에 집어넣으며 단숨에 말했다.

"이건, 우리 둘만의 비밀이야. 아무에게도 말하지 말아줘."

"아빠? 안 만나볼 거야?"

"만나봐야지. 하지만 내가 어떻게 말하고 행동할진, 나도 모르겠어. 그냥 마음 가는 대로 할 거야."

미후는 두 손으로 얼굴을 한 번 쓸어내린 다음, 문 쪽으로 걸어갔다. 문오는 그녀를 뒤따라 지하로 향했다. 지하의 초입에 서 있던 요원이 둘을 진료실로 데려갔다.

침상엔, 기범이 덩그러니 누워 있었다. 그의 옆에 서 있던 미스터 스마일이, 들어서는 그들을 보고 조용히 자리를 비켜주었다. 의사는 없었고, 진료실에는 미후와 아버지, 문오만 남았다.

미후는 침대 옆에 놓여있는 의자에 앉았다. 문오는 그녀 뒤에 서서 미후 아버지를 바라봤다. 핏기 하나 없이, 슬픔과 두려움이 뒤범벅된 얼굴로 기범이 입을 뗐다.

"미후야."

목이 잠겨있었다.

"그거 거짓말이지? 다 지어낸 얘기지?"

미후가 분명하게 말했다.

"봤어?"

기범이 묻다가 바로 말을 이었다.

"다 사실이다. 미안하다, 미후야."

"그래?"

그렇게 말하고는 아버지의 얼굴을 빤히 지켜본 후에, 그녀는 눈을 한번 질끈 감았다 뜨면서 입을 뗐다.

"아빠가 죽어버리면, 결혼식 할 때 내 손은 누가 잡고 들어가? 나한테 그렇게 미안하면, 최소한 내 손은 잡고 들어가 줘야 하는 거 아냐? 그걸 왜 피해?"

"미후야, 그건······."

기범이 무언가 말하려 했지만, 미후는 그의 말을 자르며 얘기를 계속했다.

"나, 어릴 때부터 아빠 땜에 놀림 많이 당했어. 그러니까, 결혼식에 목발 없이 나 데리고 똑바로 걸어 들어가 줘. 빨리 일어나서 연습해. 정말 나한테 미안하다면, 그 정도는 해줄 거라고 믿어."

그렇게 말하고 미후는 의자에서 일어났다. 아무 말도 못 하고 있는 아버지의 얼굴을 다시 한 번 내려다본 후에, 그녀는 돌아섰다.

그러나 다음 순간, 미후는 다시 아버지를 돌아보며 말했다.

"그 노래 한번 불러봐, 너를 생각할 때면."

지금? 하고 기범이 물었지만, 미후에게선 대답이 없었다.

머뭇머뭇, 잠긴 목으로 기범이 노래를 불렀다.

너를 생각 할 때면 가슴이 따뜻해져

내 마음 빈자리에 찾아오는 따뜻한 숨결

함께 할 수 있으면 좋아

너는 항상 내 곁에 친구처럼 있어 주었지

힘들 때나 외로울 때나

너와 함께 있기에

내 삶은 향기로워

기범의 노래가 흐느낌으로 바뀌어 있을 때, 미후가 말했다.

"너와 함께 있기에 내 삶은 향기로워? 그래놓고도, 그런 끔찍한 일을 저질러 놓고도 그런 가사를 썼다고?"

위선자, 하고 말하는 그녀의 얼굴에 얼핏 웃음이 스쳤다. 그러나 그것은 지독하게 슬픈 웃음이었다. 미후는 기범에게 한 걸음 다가서며 말했다.

"절대로 죽지 마."

그녀의 목소리가 단단해지고 있었다.

"명이 다할 때까지 살아서, 자기가 만든 감옥 안에서 평생 괴롭게 살면서, 지은 죄 다 벌 받고 가."

미후는 돌아서 문 쪽으로 걸어갔다. 문오는 그녀를 뒤따랐다. 그녀는 빠른 걸음으로 2층을 향해 걸어갔다.

"잘 자."

자신의 문 앞에서, 미후는 무표정한 얼굴로 문오에게 말했다.

그리고 그가 뭐라고 말할 사이도 없이 방 안으로 들어가 버렸다.

그들의 인기척을 알고 짖는 미미의 소리가 작게 들렸다.

눈물

용기.

─────────────────────

"오랜만이에요. 고생이 많으세요."

젊고 화사한 미즈 로즈가 반갑게 인사했다. 오 대표의 방과 연결된 회의실 안이었다. 오 대표는 대형 테이블을 사이에 두고 마주 앉아있는 그녀에게 웃으며 대답했다.

"고생은요. 다들 잘 지내시지요?"

그는, 미즈 로즈 옆의 마담 빈과 미스터 이터널과도 인사를 나누었다. 그들 세 명의 대주주는 홀로그램 상태였다. 오 대표의 옆자리에 앉아있는 미스터 스마일도 활짝 웃으며 그들과 인사했다.

"다들 바쁜 사람들이니, 바로 얘기를 시작하시죠?"

중년의 마담 빈이 가운데 앉은 미스터 이터널을 보며 말했다. 웬일이지? 하고 오 대표는 생각했다. 평소에 그녀는 먼저 말을 꺼내거나 이런저런 얘기를 주고받는 걸 즐겨 하지 않았다.

"미스터 스마일. 기억증강작업이 잘 돼가고 있다고 들었어. 그사이에 더 진전된 게 있나?"

미스터 이터널의 질문에 대해, 미스터 스마일이 대답하기 시작했다. 그는 원래 마담 빈의 개인비서였다. 대주주들은 오 대표에게 그를 '재회 프로젝트'의 집사로 강력히 추천했다. 그가 사업의 감시를 위해 파견된다는 걸 잘 알고 있었지만, 오 대표는 거부할 수 없었다. 미스터 스마일이 그 사업에 투자까지 했다는 건, 나중에 알게 됐다. 큰 금액이 아니어서 그나마 다행이라고, 오 대표는 생각했었다.

"이제 시간이 다 돼가. 기한 내에 완벽한 결과가 있기를 기대하겠어."

미스터 스마일의 얘기가 끝나자, 미스터 이터널은 오 대표를 보며 말했다. 알겠습니다, 하고 오 대표는 대답했다.

"오태양 대표, 아들을 장가보낸다고?"

미스터 이터널의 질문이 이어졌다.

"예, 그렇게 됐습니다."

문오 결혼을 반대하려고 이 회의를 소집한 건가? 생각하면서도, 오 대표는 일단 정중하게 대답했다. 만약 그들에 의해 결혼이 깨진다면, 문오는 물론이고 문 박사가 먼저 뒤집어질 게 뻔했다.

"아들 결혼 때문에, 완벽한 결과가 안 나올까 걱정돼, 오태양 대표."

이 노인은 변함없이 이름을 꼭꼭 불러대는군. 나도 당신을 강철수 옹이라고 불러볼까?

미스터 이터널의 본명은 '강철수'였다. 오 대표는 그런 생각을 하면서, 미스터 이터널의 말에 다시 귀를 기울였다.

"그 결혼, 반대하고 싶지만 참겠어. 대신, 사고 원인값을 확실하게 알아내기 바래. 그럴 거지? 오태양 대표."

물론입니다, 미스터 이터널의 말은 목을 긁는 소리에 명령조의 반말까지 더해져 한층 듣기 거북했지만, 오 대표는 참고 대답했다. 그나마 문오의 결혼을 반대하지 않는다는 게 다행이다 싶었다.

"또 한 가지!"

이번엔 미즈 로즈가 나섰다.

"문 박사 문제로 경찰이 다녀갔다고 들었어요. 어떻게 하실 생각이세요?"

뱀 같은 놈. 그것도 잽싸게 고자질했겠지.

오 대표는 옆자리의 미스터 스마일을 힐긋 보면서 생각했다. 미스터 스마일은 정면을 본 채 그에게 눈길을 돌리지 않았다.

"경찰에 약속한 그대로 할 겁니다."

아내를 회의에 참석시키지 않은 걸 다행이라고 여기면서, 오 대표는 대답했다. 마담 빈이 두 사람의 말에 끼어들었다.

"미스터 이터널께서, 그곳으로 경찰이 출동한단 정보를 듣고 미리 손을 쓰신 거, 알고 계세요?"

"아, 그러셨군요. 고맙습니다."

그는 미스터 이터널을 보며 말했다. 어쩐지 경찰이 순순히 돌아가 준다 싶었다. 십중팔구, 미스터 스마일도 알고 있었을 텐데, 그는 그것에 대해 일언반구도 없었다. 그 거액의 급여를 너한테 주는 건 바로 나야, 하고 미스터 스마일에게 말해주고 싶었다. 미스터 이터널은 그의 감사함에 응답하듯 일장 연설을 늘어놨다.

"문정인 박사에 대한 암묵적 승인도, 애들을 바꾸는 문제도, 모두 사고 원인을 밝혀내서 이 사업에 대한 사람들의 호감도를 회복시키겠다는 오태양 대표의 의지 때문이었어. 이 점을 절대로 잊지 않기를 바라고……"

사고 원인을 밝히는 게 그렇게 중요하다면서, 안드로이드들의 생존 기간을 늘여서 충분히 조사해보겠다는 건 왜 그렇게 묵살해버렸는데? 자기 자식의 문제였다면, 자신의 닉네임 '이터널'처럼 영생을 불사했을 인간이…… 어디 두고 보자.

노인의 연설을 건성으로 들으며, 오 대표는 처음 문오를 되살려낼 때를 생각했다. 아내 문 박사는 문오를 계속 살아있게 하자고 졸랐지만, 그건 당연히 불가능한 일이었다. 대신, 그는 애초에 2주로 정해진 안드로이드의 생존 기간을 4주로 늘리겠다고 그들에게 승인을 요청했었다. 그러나 그들은 그 요구를 단칼에 거절했다. 그 후로도 오 대표는 계속 '4주'를 당부했지만 그것은 번번이 거부당했다.

물론, 그 거절엔 다른 계산이 있다는 것도 그는 알고 있었다. 미스터 이터널은 물론 미즈 로즈와 마담 빈까지, 그들 셋은 그 프로젝트를 통해 가장 먼저 누군가를 만나고 싶어 했다. '재회 프로젝트'의 진정한 첫 고객들인 셈이었다. 그러니, 그 순서를 양보한 것도 부족해 기간까지 늘리는 건, 그들의 입장에선 받아들일 수 없었을 것이다. 고작 2주 늦어지는 게 무슨 대수라고, 하며 문 박사는 그들을 욕했지만, 그들에게 2주와 그 준비 기간은 영원만큼이나 길고 긴 시간이었다.

미스터 이터널의 얘기가 끝나자, 미즈 로즈가 말했다. 그녀의 시선은 마담 빈에게 가 있었다.

"미스터 스마일, 힘들죠? 그래도 잘 버텨줘서 고마워요."

버티는 게 아니라 감시하는 거지, 하고 오 대표는 생각했다. 미스터 스마일이 뭐라고 말할 틈도 없이, 미스터 이터널이 거들었다.

"돌아오면, 내가 크게 한턱 쏘지."

"고맙습니다."

"고마운 건 우리지. 그런 오지에 살 양반이 아닌데, 거기서 그렇게 생고생을 하고 있다고 마담 빈이 얼마나 마음 아파하는지……."

"별말씀을요. 염려해주신다는 거, 잊지 않고 보답 드리겠습니다."

눈물 없인 봐줄 수 없군, 하고 생각하면서 오 대표는 얘기가 빨리 끝나기를 기다렸다. 미스터 스마일을 향한 덕담이 마무리되면서, 셋은 회의실에서 사라졌다.

홀로그램의 좋은 점은 이런 거지. 순식간에 사라져 준다는 거.

오 대표가 그렇게 생각하고 있을 때, 미스터 스마일이 멋쩍은 표정으로 오 대표를 바라봤다. 그가 별다른 반응을 보이지 않자, 미스터 스마일은 일어서서 곧바로 회의실을 빠져나갔다.

오 대표는 방으로 돌아와 책상 의자에 혼자 앉았다. 갑자기 온몸의 힘이 탁 풀렸다. 본사에서처럼, 가구라고는 달랑 책상 하나와 소파 세트뿐인 자신의 방을 맥없이 둘러보며, 그는 문득 한 마디 말을 떠올렸다. '재회 프로젝트'를 시작한 이후로 처음 그의 머릿속에 들어온 말이었고, 마치 자신의 말을 들어주는 누군가에게 하는 말 같았다.

'넌 대체 이 일을 왜 계속하고 있는데?'

지금 와서 생각하면 그때, 아들이 죽었을 때, 스스로에게 진지하게 질문을 던져봤어야 했다.

"동기가 불순했어."

그는 자신에게 얘기하듯 혼잣말했다. 물론, 아들을 다시 만나고 싶은 마음이 컸다. 후회되는 일도 많았다. 그러나 한편으로는, 그들을 다시 깨어내 사고 원인을 밝혀내고 명성을 회복하고 싶은 마음이 더 컸다.

2주. 그건, 결코 길지 않은 시간이었다. 문오와 화해하긴 했지만, 그와 속 깊은 얘기를 나누진 못 했다. 그럴 마음의 여유도 용기도 없긴 했다. 문오가 살아있을 때처럼, 그곳에서도 아들과는 평행선이었다. 더욱이 문오가 떠날 때 아내도 떠나보내야 한다는 사실은, 아들에게도 아내에게도 얘기할 용기가 없었다. 그리고 그들이 떠나고 나면, 그의 삶은 더 힘들어질 것 같았다.

이젠 미미뿐인 건가?

그가 그런 생각을 하고 있을 때, 휴대폰이 울렸다.

따르릉…… 아내의 전화였다.

"여보, 미후 드레스랑 문오 예복이 왔는데, 당신 방 회의실에서 좀 입어보면 안 될까? 거기만큼 넓은 데가 없어서 말이야."

그녀가 흥분해있다는 사실이 휴대폰 너머로 느껴졌다. 말릴 수 없었다. 딱히 말릴 이유도 없었다. 그는 그렇게 하라고 말하고 전화를 끊었다.

여신.

————————————————

　미후는 아름다웠다. 회의실에서 웨딩드레스를 입고 방으로
들어선 미후를 보며, 문오는 입을 다물지 못했다. 그녀를 도와
주고 드레스 뒷자락을 양손으로 든 채 따라온 문 박사는 예쁘
다, 아름답다, 여신 같다, 하며 감탄사를 연발했다.
　미후와 같이 영원히 산다면, 그곳이 어떤 곳이든 행복하지 않
을까?
　불현듯, 그런 생각이 그의 머릿속에 피어났다. 미후 아버지의
사건이 터지면서, 미후와 네트워크에서 영원히 사는 문제는 더
이상 거론할 수 없었다. 그녀의 마음에 난 상처가 덧나지 않게

해주는 게 급선무였다. 그나마, 어느 누구도 미후 아버지의 사건에 대해 언급하지 않는 게 다행이었다. 아버님 우울증이 심해졌나 봐. 사건 후에 문오가 그렇게 말했을 때, 친구들과 그의 엄마 아버지도 더 이상의 반응이 없었다. 그 너머의 관심이나 호기심을 보이지 않는 그들이 고맙게 느껴졌다.

그런데 웨딩드레스를 입고 나타난 미후를 보면서 생각이 달라졌다. 그녀와 그 문제에 대해 의논해봐야지 싶었다. 지금 이 순간의 그녀를 영원히 기억하고도 싶어졌다.

카메라를 들고 오길 잘했네, 까르페 디엠!

카메라는 문 박사가 들고 오라고 한 것이었지만, 그는 그렇게 생각했다.

"넌 그렇게 서 있기만 할 거야? 안 입어봐?"

오 대표가 문오에게 물었다.

"입어봐야죠."

문오는 대답한 다음, 들고 있던 카메라를 오 대표의 책상 위에 놓고 나서 회의실 안으로 들어갔다.

오 대표가 보기에도, 미후는 더없이 아름다웠다.

아내도 저렇게 아름다웠던가?

그는 웨딩드레스를 입은 문 박사를 떠올려보려 했지만, 아무것도 기억나지 않았다. 아름다웠겠지, 세상의 모든 신부들이 그렇듯이, 하면서 그가 미후를 새삼스럽게 볼 때, 예복으로 갈아입은 문오가 나타났다.

"우리 아들 맞아? 세상에, 이렇게 멋질 수가!"

문 박사가 문오에게 감탄하며, 미후 옆에 서보라고 했다. 그녀는 카메라를 들고 와서, 나란히 선 둘을 찍기 시작했다. 그러다 생각난 듯, 그녀가 모두를 보며 말했다.

"우리 가족사진은 아예 지금 찍는 게 어때? 따로 어디 가서 찍지 말고."

찬성하는 오 대표와 미후를 보며, 문오도 그렇게 하자고 했다. 물론 결혼식을 올리면서 또 찍겠지만, 이렇게 자연스럽게 찍는 것도 괜찮을 것 같았다. 잠깐, 미미도 데려와서 같이 찍을까 생각했지만, 미후의 드레스가 걱정됐다.

그래, 미미는 미후랑 강가에 가서 셋이 찍어야지.

문오는 그렇게 생각하면서, 라온에게 와달라는 문자 메시지를 보냈다. 라온은 한걸음에 달려와 주었다.

"먼저, 두 분이 소파에 앉고, 미후하고 문오가 뒤에 서도록 하죠."

라온의 말대로, 그와 문오는 소파 하나를 빈 벽 쪽으로 옮겼다. 오 대표와 문 박사는 서로의 머리 모양과 옷매무새를 돌봐줬다. 문오와 미후 역시 서로를 살펴준 다음, 소파 뒤에 나란히 섰다.

다 같이 스마일, 하고 라온이 뷰파인더를 들여다보며 말했다. 미후의 표정이 어두워 보였다. 라온의 주문에, 미후는 잠깐만 시간을 달라고 하더니, 밝게 웃는 얼굴로 다시 카메라를 봤다.

찰칵찰칵.

라온이 셔터를 누르면서 본 그들은 더없이 행복한 한 가족의 모습 그대로였다. 오 대표가 처음부터 미후를 좋아해 주고 둘 사이를 허락해줬더라면, 하는 생각이 순간적으로 들었지만, 라온은 스며드는 그 생각을 떨쳐버리고 촬영에 더 집중했다.

문오의 제안으로, 이번엔 소파의 양쪽 손잡이 부분에 문오와 미후가 앉았다. 오 대표 옆엔 문오가, 문 박사 옆엔 미후가 있었다. 더 자연스럽고 정겨운 구도였다. 역시 촬감은 틀려, 라고 말하면서 라온은 그들의 모습을 카메라에 담았다.

이번에는 문 박사와 미후가 소파에 앉고, 오 대표와 문오가 손잡이 부분에 앉았다. 문 박사가 미후의 손을 꼭 쥐고 있는 게 인상적이었다. 다음엔, 문오와 미후가 소파에 앉고, 오 대표와 문 박사가 그들의 뒤에 섰다. 누가 주문하지 않았는데도, 넷이 모두 서로의 손을 잡고 있었다. 그날 찍은 사진 중에 가장 좋겠다는 생각이 절로 들었다.

촬영이 끝나고 1층으로 올라왔을 때, 미스터 스마일이 문오와 미후, 라온을 불렀다. 시간이 촉박하다며, 그는 가족사진 촬영이 언제 다 끝나는지 물었다. 가족 촬영은 아직 미후 부녀와 격보 부부, 기라 부부가 남아있었다.

문오는 미후와 미후 아버지 촬영부터 지금 바로 하자고 말했다. 그러나 미후는 고개를 저었다.

"결혼식 때 어차피 찍을 텐데 뭐. 나는 안 찍을래."

가족사진전에 자신과 아버지의 사진은 올리지 않으려는가 보다고 문오는 생각했다. 라온은 남은 부부의 촬영을 빨리하자며, 그들에게 문자 메시지를 넣었다.

연락을 받은 두 부부는 곧바로 현관 앞에 나타났다. 미후는 유리를 만나러 가겠다고 했고, 문오와 라온은 두 부부를 데리고 정원으로 나섰다.

찰칵찰칵.

쉼터에서, 벤치에 앉은 기라와 레옹의 촬영이 시작됐다. 레옹이 포옹과 키스를 번갈아 하면서, 둘은 연신 뜨거운 연인의 자세를 취했다. 뷰파인더를 들여다보면서, 문오는 차라리 방안에서 찍는 게 더 나을 뻔했다 싶었다.

"가족사진전이야. 내놓을 만한 포즈를 주문해. 너무 심해."

옆에서 지켜보던 라온이 속삭였다. 문오는 잠깐 쉬었다 가겠다고 하면서, 다음엔 사진관에서 가족사진을 찍듯이 해보겠다고 말했다. 눈치 빠른 기라가 문오의 얘기를 알아챘다는 듯 고개를 끄덕였다.

다시 촬영이 시작되자, 기라와 레옹은 점잖고 얌전한 포즈를
취했다. 그러나 막상 그런 포즈를 담다 보니, 그들은 부부가 아
닌 것 같았다. 조금 더 다정하게, 조금만 더 사랑하는 표정으
로, 그렇게 주문하면서 문오는 계속 셔터를 눌렀다.

격보 부부의 촬영은 라온이 맡았다. 격보와 지혜는 서로 손
을 잡는 것 외에는 대체로 단정한 포즈를 보여줬다. 중간에 감
정이 격해진 지혜가 잠깐 눈물을 보였고, 격보가 그녀의 눈물
을 닦아주기도 했다. 라온은 그 모습도 놓치지 않고 카메라에
고스란히 담았다. 점잖은 모습보다는 오히려 그런 사진이 더 좋
겠다고 문오는 생각했다.

사진 촬영이 끝나면서, 격보가 문오에게 다가와 할 말이 있다
고 했다.

"내가 결혼식 축가를 불러주고 싶은데, 괜찮을까?"

어릴 때부터 노래를 잘 불렀다는 그의 고백을 생각하며, 문
오는 고맙다고 말했다. 격보는 환하게 웃으며 신청곡을 받겠다
고 했다. 문오는 그 노래를 주문했다.

"<영원보다 더>를 부탁합니다."

사고 난 날, 차 안에서 흘러나오던 노래였다.

어미.

———————————————

"좋은 게 너무 많아서 큰일이다."

라온이 사진에서 눈을 떼지 않은 채 말했다. 문 박사의 방에서 그녀의 태블릿으로, 문오는 라온과 같이 사진을 골랐다. 사진은 어느 하나도 제외할 수 없을 만큼 모두 좋았지만, 전시는 한정적이었다. 한 가족당 서너 컷만 전시한다는 것과, 가장 자연스러운 모습을 고른다는 기준을, 둘은 처음에 정했었다. 전시될 사진들은 물론 나머지 사진 원본들도 모두, 나중에 미스터 스마일이 가족들에게 나눠줄 예정이었다.

몇 차례에 걸친 빼내기 작업이 계속됐다. 문 박사는 문오 옆에서 사진들을 흥미롭게 지켜봤다. 자신의 가족사진들이 나오자, 컷 선택에 적극적이기도 했다. 드레스를 입은 미후의 모습을 보며 울컥하는 감정도 느껴졌지만, 문오는 자기 가족 역시 가장 자연스러운 사진을 골랐다.

전시할 사진 선정 작업이 끝나자, 문 박사는 최종사진들과 나머지 사진 파일을 모두 미스터 스마일에게 전송했다. 그리고 셋은 방을 나왔다. 기억증강작업이 기다리고 있었다.

문을 닫고 기억증강실로 가면서, 문 박사는 문오의 팔짱을 꼈다. 그녀와 눈이 마주치자, 문오는 찡긋 웃어 보였다.

"연인 같은데요?"

뒤에서 따라가던 라온이 말했다.

"이렇게도 하나 찍어둘 걸 잘못했어, 그치?"

문 박사가 뒤돌아보며 말했다.

기억증강실 앞에서 그녀는 팔짱을 풀고 먼저 들어가라고 했다. 자신은 연구원들과 잠깐 얘기를 해야 한다며 되돌아섰다.

"너랑 팔짱이 끼고 싶으셨나 봐. 미리 알아서 좀 껴주지 그랬어?"

기억증강실로 들어가며 라온이 말했다. 그러게 말이야, 하면서 문오는 웃었다. 웃었지만, 마음은 짠했다. 아버지와 팔짱 끼는 엄마는 이상하게 느껴졌는데, 지금 자신과 팔짱 끼는 엄마에겐 왜 그런 생각이 안 드는지 이상하기도 했었다.

엄마와 헤어져야 할 시간이 얼마 남아있지 않잖아.

자리에 앉으면서는 그런 생각이 들었다. 순간, 영혼의 엄마가 했던 얘기가 다시 생각났다. 네트워크에서 영원히…… 영원히……

그녀는 영생을 꿈꾸는 걸까? 나하고 미후하고 같이……

'영생한다'는 건 어떤 걸까, 하고 생각하는 사이, 미후와 유리가 방으로 들어오고, 뒤이어 격보와 기라도 나타났다. 그들은 서로 눈인사를 나누었다. 격보의 표정이 한결 부드러워져 있었다. 모두가 각자의 자리에 앉아 작업을 준비하면서, 문 박사와 케이도 들어와 스마트 글라스를 착용했다.

"이제 시간이 얼마 남지 않았다는 거, 다들 잘 알고 있으리라 믿어요."

작업이 시작되기 전, 문 박사가 부탁할 게 있다며 말했다.

"사고 원인값을 알지 못한 채 이 작업이 끝나도 어쩔 순 없지만, 그래도 이왕 시작한 거 끝을 봐야 하지 않겠어요? 오늘은 여러분이 좀 더 깊게 들어가 무언가를 캐낼 수 있도록 유도해볼 테니까, 여러분도 더 집중해줬으면 좋겠습니다."

그렇게 다시 증강작업이 시작됐다. 문 박사가 얘기하는 도중에 들어온 미스터 스마일이 문 입구 쪽에 선 채 모두를 지켜보고 있었다.

영상이 두 번 반복됐다. 차 안의 음악과 개 짖는 소리가 이전보다 작아져 있었다. 특히 그 개의 소리는 영상의 중간 부분부터 사고가 나기 직전까지 간헐적으로 들렸다. 정확한 지점을 모른 채 자극이 되도록 넣었나보다, 하고 문오는 생각했다. 그는 차 안팎을 더 살피면서 집중했으나, 새로운 게 보이지는 않았다.

문 박사는 곧바로 명상으로 그들을 유도했다. 문오는 잠시 미후를 바라봤다. 미후에게선 별다른 표정이 없었다. 그는 다시 정면을 향하며 눈을 감고 눈앞의 어둠과 마주했다. 지난번과 같은 쭈뼛함이 지난번보다 약간 길게 오더니, 노란색 햇살의 파편 너머로 산길이 펼쳐졌다.

그는 마치 유영하듯 그 길을 나아갔다. 기분이 묘했다. 몸은 차 안에 있으나, 한편으론 차를 빠져나와 차 위에 있는 것 같았다. 드문드문한 집들도 더 잘 보였고, 개가 짖는 소리도 더 또렷이 들렸다. 그러나 더 이상의 진전은 없었다. 그래도 각자의 명상 내용을 공유하면서, 문오는 무언가 새로운 내용이 나올 것 같은 기분을 느꼈다.

5분간의 휴식 때, 문오는 미스터 스마일에게 사진을 보냈다고 얘기했다.

"이미 확인했고, 곧 요원이 직접 사진 액자를 만들러 출발할 겁니다."

미스터 스마일이 단정하게 웃으며 말했다. 고맙습니다, 문오 역시 단정하게 인사하고 자리로 돌아왔다. 미후와 미후 아버지 사진이 없는 게 마음에 남아서, 그는 미후를 봤지만 아무 말도 하지 않았다.

다시 영상이 시작됐다. 문오는 다시 영상에 집중했다. 길이 펼쳐지고, 미후 아버지와의 영상통화가 이어졌다. 또다시 산길이 이어지면서, 유리가 안고 있는 부케가 카라와 데이지란 것도 또렷하게 보였다. 그리고 개 짖는 소리가 들려왔다. 앞쪽의 어느 소리보다 사납고 컸다.

전방 길가에 개 한 마리가 짖고 있었다. 그가 프러포즈 영상에서 본 바로 그 개였다. 미미만한 크기의 개는 맞은편 길 쪽을 향해 사납게 짖어대면서 점점 차도로 들어왔다.

"개를 피해!"

차 안의 문오가 외치는 순간, 차는 개를 피해 길 가운데로 방향을 틀었다.

콰쾅!

굉음과 함께 암전이 왔다.

암전 속에서, 비명과 신음소리가 얼핏 들리는 것도 같았다.

개를 보는 순간, 미미가 생각난 거야.

문오는 헤드셋을 벗으며 생각했다. 모두 헤드셋을 벗고 있었다.

그는 차마 다른 친구들을 볼 수 없어서 머리를 숙인 채 가만히 있었다. 마음이 점점 아려왔다. 문 박사가 스마트 글라스를 벗고 그에게 다가와 어깨를 토닥였다. 그가 고개를 들어 그녀를 보자, 문 박사는 고개를 저으며 말했다.

"그럴 거 없어. 주인이 명령한다고 자율주행차가 그대로 행동하지 않는다는 거, 문오도 알잖아. 그 상황에서 자동차의 인공지능은 이미 소리로 형체로 개의 존재를 인지했을 거고, 스스로 주인의 명령이 옳은지 그른지를 판단하고 행동으로 옮겼어. 사고는 자동차의 적절한 결정 때문에 일어난 거야."

"그래도…… 그래도……"

문오는 중얼거리듯 말했다. 문 박사는 그의 어깨를 다시 한번 토닥여주고, 바로 기라 쪽으로 걸어갔다. 기라는 아직도 헤드셋을 쓴 채 꼼짝하지 않고 있었다. 문 박사는 기라의 헤드셋을 벗겨내면서 말했다.

"뭘 보셨는지, 얘기해주시겠어요?"

기라는 두 손으로 자신의 얼굴을 한번 만진 다음, 시선을 앞쪽에 둔 채 마치 무언가를 보고 있는 듯이 말했다.

"저쪽, 반대편 길가에 어미 개가 짖고 있었어요. 우리 쪽 길가엔 그 새끼들 두 마리가 있었어요. 어미 개는 자기 쪽으로 오지 말라고 짖는 거 같은데, 새끼 한 마리가 어미 쪽으로 자꾸 가고 있었어요. 그래서 내가…… 내가…… 격보 씨 운전대를 확 틀었어요. 애기는 살려야 했으니까…… 울 애기는 죽었지만 그 애기는……"

순간, 격보가 벌떡 일어나 기라를 잡아먹을 듯이 노려봤다. 그의 주먹 쥔 손이 부르르 떨리고 있었다. 박격보 씨 진정하세요, 하면서 미스터 스마일이 달려가 그를 달랬다.

격보가 다시 자리에 털썩 주저앉자, 문 박사가 다시 그들의 중앙에 서며 말했다.

"기억증강작업은 이것으로 완료됐습니다. 모두 수고하셨습니다."

침묵.

_____

.

   정원 길을 걸어갔다. 기억증강실을 나와, 모두가 꽃과 나무들을 보며 같이 걸어가고 있었다. 아무도, 아무 말도 꺼내지 않았다.

   누가 먼저랄 것도 없이, 그들 넷은 쉼터 벤치에 나란히 앉았다. 먼 강을 바라보며 다시 이어지는 침묵을 깨고, 문오가 셋 앞에 무릎을 꿇으며 말했다.

   "미안하다. 다 나 때문이야. 내가 잘못해서……"

   그는 지금 얘기해야 할 것 같았다. 아무리 자동차의 결정이 중요했다 하더라도, 미안한 마음은 어쩔 수 없었다.

"넌 잘못한 거 없어. 그 개들이 문제였지. 그리고 지금 와서 그런 걸 따지는 게 무슨 의미가 있겠어? 일어나."

라온이 말하면서 그를 일으켜 세우고 벤치에 앉혔다.

"그래, 지금부터 그런 얘긴 더 이상 하지 말자, 우리."

유리가 문오를 보며 말하고는, 목소리를 가다듬은 다음 얘기를 이었다.

"할 말이 있어. 나, 솜이한테 내가 엄마라고 말했어."

그래? 솜이가 뭐래? 하고 라온이 물었다. 유리는 짧게 한숨을 쉰 다음 대답했다.

"안 믿어. 엄마가 미리 세뇌를 시켰나 봐. 혹시 내가 무슨 말을 해도, 솜이를 낳은 엄마는 자기라고."

엄마가 너무 한 거 아냐? 하고 라온이 말하자, 유리는 쓰게 웃어 보였다.

"잘 된 거지 뭐. 엄마는, 내가 엄마야, 라고 절대 솜이한테 얘기하지 말라고 틈날 때마다 그랬는데, 내가 충동적으로 말한 거거든. 솜이가 엄마한테 그랬나 봐. 언니가 이상한 소릴 했다고."

저런, 엄마가 화를 많이 내셨겠네? 하고 다시 라온이 작게 말했다.

"온갖 욕을 퍼부어대면서 그러더라. 애한테 뭐가 더 좋은지, 제발 생각 좀 하라고. 엄마 찾아 삼만 리로 겨우 찾아왔는데,

또 바로 애를 고아로 만들 거냐고.”

그럼 여긴 왜 데리고 오셨대? 차라리 보여주질 말지, 하고 미후가 말했다. 유리는 헛웃음을 지으며 얘기를 이었다.

“나중에, 엄마가 죽기 전에 솜이한테 얘기해줄 거래. 그때 그 정원 큰 집에서 본 언니가 솜이를 낳아준 진짜 엄마라고 말이야. 그전까진 모르고 살도록, 솜이한테 아무것도 말하지 말래. 나는……”

유리는 말을 끊고 라온을 잠시 보다가 말을 이었다.

“나는, 라온이 결혼식 얘기를 꺼냈을 때 고마웠어. 그럴 자격이 없는데, 그런 말을 해줘서……”

결혼식을 올릴 건가? 생각하면서, 문오는 유리와 라온을 동시에 봤다. 유리가 얘기를 계속했다.

“하지만 나는, 내가 결혼하는 모습을 솜이한테 보여주고 싶지 않아. 라온이랑 데이트하는 모습도…… 나중에, 나중에, 내가 엄마라는 걸 솜이가 알았을 때, 그런 모습으로 솜이한테 기억되고 싶지 않아.”

그녀의 말을 끝으로, 강물만 한 침묵이 그들 사이를 흘렀다. 문오는 라온을 봤지만, 그는 먼 강에 시선을 주고 있을 뿐이었다. 문오의 머릿속이 또다시 사고 순간의 상황으로 차오르고 있을 때, 라온이 침묵을 깨고 미후를 보며 말했다.

"우리 엄마가 그러는데, 미후 아버님, 요즘 목발 없이 걷는 연습 한다던데? 밤낮없이…… 몸도 편치 않으실 텐데……."

미후 아버지는 요원의 도움을 받아 가며 종일 홀로 걷기를 하고 있었다. 결혼식에 목발 없이 딸을 데리고 들어가기 위한 거라면서. 라온이 말을 하고 나서도 미후를 계속 보고 있었지만, 그녀는 아무 말도 하지 않았다. 미후를 대신해 무언가 얘기를 해야 할 것 같았지만, 문오는 무슨 말을 해야 할지 생각나지 않았다.

내가 아주 어릴 때, 우리 아빠가…… 하고, 미후가 무겁게 입을 뗐다. 모두에게 비밀로 하자면서? 그래서 엄마 아버지한테도 아무 얘기 안 했는데? 문오가 눈으로 그녀에게 말했다. 그러나 작정한 듯, 미후는 계속 말을 이었다.

"우리 아빠가 나를 유괴했대."

무슨 뚱딴지같은 소리를 하느냐는 듯, 라온과 유리가 휘둥그레진 눈으로 미후에게 집중했다.

"우리 엄마를 짝사랑했나 봐."

"누가? 아빠가?"

미후가 말하기 무섭게, 유리가 물었다. 미후는 고개를 한번 끄덕인 다음, 얘기를 계속했다. 그래서 아빠가 자기를 훔쳤다고. 그 죄책감이 너무 커서, 도저히 딸의 손을 잡고 결혼식에 들어갈 수가 없어서 죽으려고 했다고. 또박또박 내뱉듯 말하는 그녀의 얼굴은 의외로 담담했다.

진짜야? 어떡하면 좋아…… 하고, 유리와 라온이 동시에 탄식하듯 말했다.

"내가 그랬어, 아빠한테. 목발 없이 나를 데리고 결혼식에 들어가 달라고. 그래서 아빠가 그렇게 연습하고 있는 거야."

더 이상 누구도 말하지 않았다. 다시 무거운 침묵이 그들을 삼키고 있었다.

"우리, 들어가자."

유리가 미후의 손을 잡으며 말했다. 앞서가는 둘의 뒷모습을 보며, 문오는 라온과 함께 그 뒤를 따랐다. 현관에서 두 친구와 헤어진 그는 곧장 미후와 2층 자기 방으로 향했다.

방으로 들어서자마자, 미후는 그의 가슴에 얼굴을 묻은 채 울었다. 미미가 둘을 반기려다 말고 바닥에 엎드린 채 둘을 지켜보고 있었다.

미후의 울음소리가 점점 커졌다.

그녀의 눈에서 끈끈한 점액질이 흘러나오고 있었다.

가족

폰.

_____

그는 예복을 입었다. 거울을 통해 예복 입은 자신을 바라보니, 결혼식을 올리는 게 실감 났다. 미미가 다가와 그의 새 옷 냄새를 맡았다. 문오는 미미를 안아 올렸다. 함께 거울을 보면서 그가 말했다.

"미미야, 오늘 오빠가 미후 언니랑 결혼해. 미미도 축하해 줄 거지?"

문오에게 안긴 채 꿍얼꿍얼하더니, 미미는 다시 그의 상의 냄새를 맡기 시작했다. 결혼식까지는 아직 시간의 여유가 있었다. 나가서 보려고 창문 커튼을 계속 닫아두고 있었지만, 정원에는 결혼식과 가족사진전이 함께 준비되고 있었다. 미스터 스마일은 자신이 다 알아서 한다고 했었다.

　침대 위에 둔 그의 휴대폰이 짧게 진동했다. 문오는 미미를 침대 위에 내려놓고 휴대폰을 들었다. 영혼의 엄마가 문자를 보내고 있었다.

　문오야. 결혼 축하한다.

　아무 문제 없는 거지?

　그는 침대 위 미미 옆에 앉으며 답 문자를 올렸다. 흥! 또 휴대폰 보는 거야? 하는 듯, 미미는 침대에 납작 엎드린 채 그를 외면하고 있었다.

　그럼요. 아무 문제 없어요. 가족사진전도 문제 없구요.

　다행이다. 결혼식에도 사진전에도 같이 있지 못해서 섭섭하구나.

　그러게요. 같이 하면 더 좋을 텐데.

　기억증강작업으로 찾아낸 사고 원인을 문오가 문자로 알려줬을 때, 영혼의 엄마는 이제 끝이 보이는구나, 하고 답했다. 그가 얘기해준 가족사진전을 볼 수 없어 아쉬워하기도 했다.

그녀의 문자가 이어졌다.

문오야. 이제 시간이 없는 거 알지? 너하고 미후 오리지널 기억을 빼 오
려면……

지난번에도 그녀는 물었었다. 미후랑 셋이 네트워크에서 사
는 것에 대해 생각해봤는지, 미후와 의논해봤는지를. 그는 미후
아버지 사건에 대해 간단히 얘기하면서, 기회를 봐가며 다시 의
논해서 답하겠다고 문자했었다. 그러나 미후는 계속 그 문제에
대해 생각하거나 의논할 만한 상태가 아닌 것으로 보였다. 시간
이 별로 남지 않았다는 걸 그도 알고 있지만 어쩔 수 없었다.

문오야.
예……
문자 기다릴게.
알겠습니다.
결혼식 잘하고, 다시 한 번 축하한다.
고맙습니다.
안녕.

그가 다시 거울 앞에 서서 자신을 보고 있을 때 노크 소리가 들렸다. 그가 문을 열자, 문 박사가 방 안으로 들어왔다. 미미가 그녀에게 달려들며 반가워했다.

"벌써 준비가 끝났네? 우리 아들 멋진걸?"

문 박사는 그를 보고 미소 지으며 말했다. 정장을 차려입은 그녀를 보면서, 문오가 답했다.

"엄마도 멋진데요?"

"엄마는 아름답다는 말이 더 듣고 싶은데?"

"우리 엄만 정말 아름다워요. 세계 최고예요."

"고마워, 아들."

그들은 서로를 향해 활짝 웃어 보였다. 미미가 그녀를 보며 보채자, 문 박사는 미미를 들어 올려 품에 안았다.

"미후는요? 드레스 다 입었어요?"

문오가 물었다. 웨딩드레스를 처음 입어보고 사진까지 찍었던 날처럼, 문 박사는 결혼식 날도 드레스 입는 미후를 도와주기로 했었다.

"내가 챙겨줄 건 다 챙겨줬고, 유리가 잘해주고 있어서 나는 도중에 나왔어."

우리 미미도 챙겨야 하니까, 하면서 문 박사는 미미를 내려놓고 목줄을 채웠다. 밖으로 나간다는 걸 눈치챈 미미가 신이 나서 껑충껑충 뛰었다.

문오는, 결혼식을 진행하는데 미미가 방해되지 않을까 싶어 우려했다. 그러나 미미도 문오와 미후의 결혼식에 참석해야 한다며, 문 박사는 자신이 미미를 챙겨 데리고 가겠다고 선언 했었다.

먼저 미미와 정원을 한 바퀴 산책할 거라며, 문 박사가 문을 열었다. 문을 닫기 전에, 문오는 엄마에게 물었다.

"우리 폰은, 언제 반납하는 거예요?"

"나중에 모든 상황이 끝난 다음에 수거해 갈걸? 반납하는 게 아니고."

근데 왜? 하고 그녀가 덧붙였다. 그냥 궁금해서요, 하고 문오는 얼버무리며 가볍게 웃어 보였다.

문을 닫고 나서, 문오는 휴대폰을 들어 영혼의 엄마와 나눈 문자 메시지를 전부 지웠다. 그녀와의 문자 메시지를 지우는 건, 어느새 습관처럼 되었다. 그는 휴대폰을 도로 주머니에 넣고 밖으로 나갔다. 미후의 방 앞에서, 문을 열고 들어가 그녀의 드레스 입은 모습을 보고 싶었지만 꾹 눌러 참았다.

그는 그대로 정원을 향해 씩씩하게 걸어갔다.

영원보다 더.

———————————————

　정원은 아름다운 야외결혼식장으로 변해 있었다. 현관 앞쪽
으론 아치형의 큰 꽃장식이 세워져 있고, 신랑 신부가 설 자리
와 사회자 자리도 마련돼 있었다. 가운데 통로에는 밝은색의
카펫이 단정하게 깔려있었다.

　통로 양쪽에서는 이미 가족사진전이 한창이었다. 마치 하객
들이 예식장을 채우고 있는 것처럼, 하객석엔 수많은 이젤들이
도열해있고, 이젤마다 큰 사진 액자들이 세워져 있었다. 그 앞
으로, 이미 사람들이 돌아가면서 사진들을 감상하고 있는 중이
었다.

"새신랑이다!"

문오를 제일 먼저 발견한 레옹이 소리쳤다. 모두가 문오를 보며 손을 들어 보이거나 아는 체를 했다. 문오는 인사를 나누며 그들 쪽으로 걸어갔다. 라온과 마리아 모자, 유리 엄마 소란, 격보와 지혜 부부, 기라와 레옹 부부가 보였다. 수석연구원 케이를 포함한 연구원들, 일부 요원들도 그들 사이에 섞여 사진을 보고 있었다.

사람들이 많았음에도, 시끄럽다거나 부산하지는 않았다. 오히려 평화로워 보이기까지 했다. 문오는 전시된 사진들을 하나씩 차례로 봤다.

라온과 마리아의 행복한 모습에, 휠체어를 탄 봄나래까지 더해진 그들 셋의 훈훈한 사진들. 솜이를 안고 뽀뽀하는 유리의 더할 나위 없이 즐거운 표정에, 활짝 웃고 있음에도 왠지 슬퍼 보이는 그들 세 모녀의 사진들. 미후와 문오의 미소 띤 사진 옆엔, 소파에 나란히 앉은 채 서로 손을 잡고 웃고 있는 그들 둘과 오 대표 부부의 사진들이 있었다.

힘껏 서로를 껴안은 채 머리를 맞대고 있는 기라와 레옹의 포즈에, 사랑스런 부부의 모습을 보여주는 그 둘의 사진들. 손을 잡은 채 무심하게 정면을 보고 있는 격보와 지혜의 모습에 더해, 눈물 흘리는 지혜의 얼굴을 두 손으로 닦아주고 있는 격보의 사진. 그리고 강가를 걸어가면서 장난을 치는 그들 전체의 모습과 함께, 춤추고 노래하는 솜이를 보며 행복해하는 일행의 사진들이 이어졌다.

문오가 사진을 다 보고 돌아서는 순간, 미미를 안은 문 박사가 다가왔고 뒤이어 오 대표도 나타났다. 두 사람 역시 모두와 눈인사를 나누고 사진들을 둘러보면서 즐거워했다. 그 사이, 미미는 문오 옆에 얌전하게 서 있었다. 미미가 등장하는 사진이 없어서 아쉬운 마음이 들긴 했지만, 나중에 미후와 셋이 강가로 가서 함께 찍겠다는 생각을, 문오는 다시 한 번 했다.

"곧 결혼식이 시작됩니다. 신랑은 카펫 입장 선에 서주시고, 가족과 하객분들은 모두 자리에 앉아주시기 바랍니다."

어느새 사회자석에 선 레옹이 외쳤다. 그는 친구의 결혼식에서 사회를 본 경험이 있다면서 사회자를 자처했다. 옆에 있던 기라도, 꼭 그가 사회를 보게 해달라고 문오에게 말했었다. 그즈음의 그들 부부는 어느 때보다도 행복한 모습으로 그곳에서의 시간을 즐기고 있었다.

문오는 가운데 통로의 카펫 출발선으로 걸어가 섰다. 사진을 감상하고 있던 모두가 사진 액자들 앞쪽에 앉았고, 오 대표와 문 박사가 그들의 가장 앞에 자리 잡았다. 미미는 문 박사와 오 대표 사이에 앉은 채 문오 쪽을 돌아보고 있었다.

문오는 꼿꼿이 선 채 앞쪽을 바라봤다. 가슴은 자꾸 두근거리는데, 정신은 나른해져 왔다. 어쩌면, 다시 깨어날 때 온몸이 살아나던, 그런 생경한 기분이 느껴지기도 했다. 한편으로는, 결혼식을 올리는 그 시작의 순간이 가상현실이나 놀이동산의 축제 같다는 생각도 들었다. 금방이라도 팡파르가 울리고 천장으로 불꽃이 피어날 듯했다.

까르페 디엠! 이 순간을 즐기는 거야.

그렇게 생각하면서, 문오는 두 눈을 크게 떴다. 방금까지는 약하게 들려오던 정원의 소리들이 다시 조곤조곤 돋아났다. 그는 모두를 바라봤다. 낯익은 얼굴들이 웃기도 하고 얘기하기도 하면서 그를 보고 있었다.

"신부가 오고 있습니다."

미스터 스마일이 현관에서 나오며 크게 말했다. 그 소리를 기다렸다는 듯이 레옹이 외쳤다.

"신랑 입장!"

광장 가득 행진곡풍의 경쾌한 음악이 퍼졌다. 문오는 그 음악에 맞춰 성큼성큼 씩씩하게 걸어 나갔다. 박수를 받으면서, 그는 모두의 앞으로 돌아선 다음, 그들을 향해 꾸벅 절했다. 미미가 하나도 놓치지 않겠다는 듯이 그의 일거수일투족을 눈도 깜짝하지 않고 지켜봤다. 다시, 걸어온 정면을 보다가, 문오는

맨 앞줄에 앉아있는 아버지와 눈이 마주쳤다. 오 대표의 얼굴
엔 표정이 없었다.

아버지, 허락해주신 결혼식이니 좀 웃어주세요. 아버지 아들
이 이렇게 설레는 마음으로 서 있잖아요.

문오는 텔레파시를 보내듯 생각했지만, 오 대표는 여전히 무
표정하게 그를 보고 있다가 문 박사 쪽으로 시선을 돌렸다. 그
녀가 뭐라고 얘기하고 있었다. 엄마, 고마워요, 라고 생각하면서
그는 순간적으로 모두의 시선이 가는 쪽으로 얼굴을 돌렸다.

꽃을 든 솜이를 앞세우고, 웨딩드레스 차림의 미후가 보였다.
유리가 미후의 드레스 자락을 잡은 채 그녀를 뒤따르고 있었
다. 그리고 목발을 짚은 채, 기범이 그들을 뒤따르고 있었다. 그
들 넷은 미스터 스마일의 안내를 받으며 카펫 출발선으로 걸어
갔다.

"신부 입장!"

레옹의 외침과 동시에 웨딩마치가 울리기 시작했다. 미후 옆
에 선 기범이 미스터 스마일에게 목발을 넘기고 그녀를 봤다.
그는 미후의 주문을 이뤄내기 위해 밤낮을 가리지 않으면서 홀
로 서고 혼자 걷는 연습을 해왔다. 이제 그 순간이 왔고, 기범은
미후에게 한 손을 내밀었다. 모두가 고개를 돌려 긴장된 표정으
로 그들 부녀를 지켜봤다.

순간, 미후는 애당초 그런 주문을 한 자신이 후회스러웠다. 그러나 이제 와서 없었던 일로 하기도 불가능한 노릇이었다. 그녀는 기범의 얼굴을 보지 않은 채 그의 손을 잡았다. 출발, 하는 미스터 스마일의 작은 소리와 함께 솜이가 먼저 발을 내디뎠다.

큰 박수 소리가 정원을 깨웠다. 위태로워 보였음에도, 기범은 천천히 걸어 나갔다. 마치 징검다리를 확인 또 확인하며 한 발 한 발 강을 건너가는 것 같아 보였다. 그가 걸음을 뗄 때마다, 하객석에서 둘의 행진을 응원하는 소리가 이어졌다.

미후와 기범이 점점 그에게 다가왔다. 그녀는 세상의 누구보다 아름다웠다. 이토록 아름다운 그녀와의 삶이 이렇게 끝난다는 건 말이 안 되는 일이었다. 갑자기, 미후와 같이 네트워크에서 계속 살아야겠다는 생각이 그의 머릿속을 채웠다.

미후를 설득해봐야지.

다른 건 다 몰라도, 지금 이 순간의 분위기와 아름다운 그녀는 계속 기억하면서 그녀와 오래오래, 영원히, 살고 싶었다. 그때, 몇 걸음 앞으로 나가서 기다려, 하고 누군가가 말했다. 문오는 서너 걸음 앞으로 걸어가 섰다.

표정 없이 걸어오던 미후가 그를 보며 웃어 보였다. 문오 역시 따뜻한 미소로 답했다. 기범은 문오 가까이 와서, 미후의 손을 그의 손에 넘겨줬다. 그리고 그의 손등을 두세 번 토닥였다.

기범도 웃고 있었지만, 그건 분명히 슬픈 웃음이었다. 그는, 미
스터 스마일의 부축을 받으며 앞쪽 자리로 걸어가 앉았다. 어
느새 목발이 그의 옆자리에 놓여 있었다.

솜이는 소란 옆으로 가서 앉고, 라온과 유리가 들러리로 신랑
과 신부 옆에 섰다. 레옹의 진행에 따라, 문오와 미후는 서로 맞
절을 하고 하객에게 인사도 했다. 서로를 보며 혼인 서약도 하
고, 시계와 반지를 서로의 손목과 손가락에 끼워주었다.

미미가 자꾸 그 둘에게 가려고 해서, 문 박사는 그 과정을 제
대로 보지도 못한 채 미미를 달래고 있었다. 오 대표 역시, 아내
와 결혼하던 옛날을 잠시 떠올렸지만, 미미 때문에 집중할 순
없었다.

그 사이, 격보가 단상에 섰다. 그리고 그의 노래가 정원 가득
울려 퍼졌다.

숨어있던 사랑 곱게 피워 올려

눈부시고 따스한 이 햇살 아래

온갖 꽃들의 박수갈채 받으며

아름다운 동행 새 걸음 내딛어요

사랑 아닌 세상 그 어떤 것이

이 외로운 지구별을 살아가는데
햇살 같은 위안이 될 수 있을까요
꽃 같은 미소가 될 수 있을까요

마음이 마음을 영혼이 영혼을 보듬어
서로에게 하늘만 한 위안이 돼줘요.
처음 사랑이 왔을 때를 기억하며
마주 잡은 두 손 놓지 말아요.

따뜻한 헌신 눈부신 열정 순한 용서는
모두 사랑과 다름 아닌 모습이에요
사랑으로 견디지 못한 것이 없어요
사랑으로 이루지 못할 것이 없어요

사랑보다 더 힘세게 사랑하고
영원보다 더 굳세게 영원해요
행복해요 오늘처럼 늘 행복해요
영원보다 더 오래 행복해요

사진 촬영이 시작됐다. 이번엔 미스터 스마일이 카메라를

잡았다. 문오와 미후의 사진에 이어, 가족사진을 찍었다. 미미
는 오 대표가 안고 있었다. 기범이 같이 안 찍어도 된다고 했지
만, 문 박사가 기어이 그를 데려와 미후 옆에 세웠다.

그리고 그곳에 있던 모든 이들이 신랑 신부를 중심으로 도열
했다.

"스마일!"

미스터 스마일이 외치자, 스마일, 이라는 소리가 햇살처럼 바
람처럼 온 정원 가득 넘실대며 춤췄다.

찰칵찰칵.

뷰 파인더 속의 그들은 모두 한 가족이었다.

되새김.

_____

그 밤. 네 친구가 카페에 모였다. 문오와 미후, 라온, 유리는
원탁에 둘러앉아 이야기꽃을 피웠다. 그러나 그 이야기꽃은
그리 신나지도 떠들썩하지도 않았다. 그저 조곤조곤, 간간히
웃음을 주고받으며, 그들은 그곳에서의 마지막 밤을 보내고 있
었다.

"결혼하는 거 보니까, 솔직히 부럽긴 하더라. 둘이 어찌나 멋
지고 아름답던지."

붙어 앉은 문오와 미후를 보며 라온이 얘기하자, 문오가 그
의 말을 받았다.

"그렇게 부러우면 지금 당장 결혼해. 못 할 것도 없잖아."

누구랑? 하고 미후가 문오를 나무라듯 말했다. 그녀는 아까부터 계속 손가락의 반지를 만지작거리고 있었다. 유리랑, 하고 말하려다가, 문오는 유리를 보며 피식 웃었다. 웃음기 없는 얼굴로, 유리는 다른 얘기를 꺼냈다. 엄마와의 관계는 예전이나 지금이나 달라진 게 별로 없지만, 집으로 돌아가고 싶은 마음도 있었지만, 그래도 자기는 이런 곳에서 다시 살아난 게 좋았다고.

"솜이를 만났잖아. 영원히 만나지 못할 뻔한 내 딸 솜이를……"

'솜이를'이라고 하면서, 그녀의 얼굴에 웃음이 살짝 번졌다. 엄마는 뭐라고 하셔? 하고 미후가 물었다.

"그래도 딸을 다시 볼 수 있어서 좋긴 한가 본데, 이렇게 만나는 거, 다른 사람들한테 별로 권하고 싶진 않대. 심심하고 갇혀 있는 거 같고……"

우리 엄마 생각은 정반대던데? 하고 라온이 유리의 말을 이었다.

"물론 잘 생긴 아들을 다시 만나서 좋은 건 동일!"

그렇게 말하면서, 그는 한 손을 펴들고 자신의 얼굴에 갖다 댔다.

"잘생긴 아들이 아니고, 보고 싶은 아들이겠지."

문오가 끼어들었지만, 라온은 그를 무시하고 얘기를 계속했다.

"나를 그렇게 보내고 많이 아팠던 마음을 치유 받는, 그런 기분이래. 그래서 고맙고, 다른 사람들한테 많이 권하고 싶고, 가족사진전도 정말 좋았다고 하고……."

라온의 얘기를 들으면서, 미후는 무표정했다. 그녀와 그녀 아버지에겐, 그곳이 좋은 기억으로 남지 않을 것 같았다. 나는? 나는 어땠지? 하고 문오는 생각하다가, 빨리 그 자리를 파하고 싶어졌다. 잠자기 전에, 미후와 단둘이 얘기할, 어쩌면 그녀를 설득해야 할 게 있었다.

"우린 지금 신혼 밤이니까 이만!"

문오는 말하면서 자리에서 일어났다. 왜 그러냐는 표정으로 미후가 그를 봤지만, 문오는 그녀를 일으켜 세웠다. 둘이서 미련 없이 얘기하라며 라온과 유리를 남겨놓고 둘은 카페를 나왔다.

밤이 깊어가고 있었다. 미미의 짖는 소리가 들렸지만, 그는 미후의 방으로 들어갔다. 침대에 나란히 걸터앉으면서 문오는 그 얘기를 꺼냈다.

"네트워크에서 사는 거, 어떻게 할 건지 얘기해보고 싶어서……."

"영원히?"

미후하고 같이, 라고 말하며 문오는 얘기를 이어갔다. 기억만으로 네트워크에서 영원히 산다는 게 긴가민가 싶긴 했다고. 그런데 오늘 결혼식 때 자신을 향해 다가오는 미후를 보면서, 지금 이 순간만큼은 영원히 기억하고 싶다는, 그곳이 어떤 곳이든 이 여자와 오래오래, 영원히 살고 싶다는, 그런 생각이 들었다고.

미후는 말이 없었다. 손가락의 반지를 내려다보며 계속 만지작거릴 뿐이었다. 문오가 그런 미후를 지켜보고 있다가 한 마디 했다.

"뭐라고 얘길 좀 해봐."

계속 반지를 보면서 잠시 더 생각에 잠겨있던 미후가 말했다.

"다이아몬드는 영원, 불멸을 뜻하고 시계는 무한한 시간을 가지고 태어난 거라고, 그래서 영원과 무한을 선물하고 싶다고, 어머니가 그러신 거 기억해?"

문오가 고개를 끄덕이자, 그녀가 얘기를 이었다.

"그런데 영원, 불멸, 그런 게 정말 있는 걸까? 영원하다는 다이아몬드도 깨지는데…… 영원히 기억하고, 영원히 네트워크에서 무한하게 살고, 정말 그럴 수 있을까, 인간이든 인간의 기억이든……"

그리고 있잖아, 라며 말을 이으려던 그녀는, 한 손으로 자신의 다른 편 손목을 만지면서 얘기를 더 했다.

"나는, 중고등학교 시절을 정말 힘들고 고통스럽게 보냈어. 다시 그 시절로 돌아가라면 선택은 똑같아. 그냥 그 자리에서 삶을 끝내버릴 거야. 그 순간순간들, 악마 같은 얼굴들, 분노, 슬픔, 외로움…… 지울 수만 있다면 다 지워버리고 싶어. 그 기억들에서 벗어나고 싶어."

그녀는 말을 끊고 한숨을 내쉰 다음, 문오를 보며 다시 말했다.

"나는, 내일로 끝나는 이 2주도 싫어. 우리가 찾아낸 사고 현장도, 그 사고로 우리 아기를 잃어버렸다는 것도, 아빠가 나를 그렇게 유괴했다는 것도…… 전부, 죄다, 벗어버리고 싶어."

"우리가 결혼식을 올렸다는 사실도? 그 행복했던 순간들도 말이야?"

"그건 기억하고 싶지만, 그걸 위해 그 끔찍한 모든 기억들을 함께 되새기고 싶진 않아. 어떤 비밀은 모르는 게 더 나아."

그녀는 말을 잠시 끊었다가 얘기했다.

"나는, 나라는 존재를 완전히 리셋하고 싶어."

"완전한 초기화?"

"응, 그 힘들었던 삶을 계속 되새김질하면서 살고 싶진 않아. 그건 또 하나의 지옥일 거니까."

문오는 뭐라고 얘기해야 할지를 모른 채, 그녀를 바라보기만 했다. 그녀가 슬픈 눈으로 말했다.

"미안해."

그가 쓸쓸하게 웃으며 말했다.

"괜찮아. 미후한테 지옥이면 나한테도 지옥이니까, 나도 거기 싫어."

미후가 몸을 돌려 그를 안으면서 말했다.

"당신은 참 착한 사람이야."

문오도 그녀를 안으며 말했다.

"사랑해."

리셋

101호.

────────────────────

그는 중앙연구실로 들어섰다. 아내 문 박사가 그의 뒤를 따랐다. 오 대표는 입구에서부터 천천히 걸어가면서 실내를 둘러봤다. 안드로이드들의 감정 조절과 응급처치, 기억증강작업에 필요한 기기들이 벽을 따라 가지런히 놓여있었다. 연구원들은 아직 출근 전이었다.

"여기도 오늘로 끝이네?"

연구실 한가운데에 놓여있는 회의용 테이블 앞에 멈춰서며, 문 박사가 얘기했다. 오 대표도 그녀의 곁에 서며 말을 이었다.

"그래서 여기부터 와보자고 한 거야? 아무도 없을 때?"

"떠날 때 그리워지면 안 되니까……. 기기들이며 책상, 의자 하나까지 전부 내가 선택해서 들여온 거잖아."

그랬었지, 하면서 그는 새삼스런 표정으로 연구실을 돌아봤다.

떠나는 아내가 그곳에서 마지막 날을 시작하는 것도 의미가 있겠군.

오 대표는 생각하며 가볍게 고개를 끄덕였다. 문오 일행도 그 가족들도 모두 그곳을 떠나는, 정해진 2주의 마지막 날이었다. 그리고 그들처럼, 문 박사 역시 그곳을 떠나기로 되어 있었다.

우리, 잠깐 앉았다 갈까? 하고, 오 대표가 테이블 의자를 가리키며 말했다. 오케이, 하면서 가까운 의자를 당겨 앉는 그녀의 표정이 그리 나쁘지는 않아 보였다. 오 대표는 그녀의 옆자리에 앉았다. 문 박사는 테이블 위에 놓인 공용 태블릿들 중 하나를 켠 다음, 화면을 들여다봤다.

그는 화면을 곁눈질했다. 그날의 일정과 연구원들의 업무 분장표가 보였다. 내용 중의 두 줄이 그의 눈을 파고들었다.

17:00 전체 모임 및 가족 출발

18:00 상황 종료

오 대표는 태블릿에서 시선을 떼고 아내의 옆얼굴을 바라봤다.

문오가 죽은 후에, 그녀는 폐인이다시피 했다. 그가 찾아갔을 때, 그녀는 술과 수면제 없이는 버티지 못하는 하루하루를 살고 있었다. 그는 아들을, 우리 문오를 같이 살려내자고 제안했다. 프로젝트를 서두르기 위해선 그녀의 능력이 필요한 점도 있었지만, 그것이, 아내와 아들 둘 다를 살려내는 방법이기도 했다.

그러나 그녀는 수면제 과용으로 사망해버렸다. 그는 난감했지만, 또 한 번의 기회라고 생각을 바꿨다. 그녀의 모든 기억은 이미 백 데이터화 되어 있었고, 그래서 문 박사를 안드로이드로 각성해내는 건 자료 수집과정이 따로 필요 없이 쉽고 빨랐다. 안드로이드에 대해 거부하는 그녀의 기억이나 감정은 삭제해버리고, 자신이 사람이라고 지각하도록 만들었다. 그렇게 탄생한 '문정인 박사'가 <엠노마드> 사의 안드로이드 101호였고, 문오가 201호가 된 건 그 때문이었다.

"미안하다."

그가 말하자, 문 박사가 태블릿을 테이블 위에 내려놓으며 그를 봤다. 오 대표는 다시 한 번 그녀에게 말했다.

"당신한테는 미안한 게 많아."

"뭐가 그렇게 미안한 게 많은데?"

문 박사는 눈을 깜박이며 물었다. 그녀의 눈에 살짝 장난기가 흐르고 있었다. 오 대표는 그런 그녀를 보지 못한 채 대답했다.

"이것저것…… 생각해보면, 미안한 거 투성이야."

"그럴 거 없어, 프로젝트를 그만둘 것도 아니면서……."

문 박사는 장난스러움을 걷어내고 건조하게 얘기를 이었다. 재회 프로젝트, 계속할 거잖아? 하는 아내의 물음에, 오 대표는 쓰게 웃으며 말했다.

"또 반대하고 싶어? 안드로이드를 만드는 일."

"반대하고 싶지만, 소용없다는 걸 아니까……. 다 떠나고 나면, 찾아낸 사고 원인에 대해 발표할 거지?"

아마도, 라고 하면서 그는 그녀도 알고 있는 얘기를 더 했다. 이사회가 프로젝트 2차를 하루라도 빨리 시작하라고 한다는 것을. 이미 2차에 비공식적으로 신청한 고객이 엄청 많다는 것을.

"목숨을 끊으려 했던 사람이 있었단 걸 잊지 말아야 할 거야."

"그래야지."

자신이 뭐라고 하든, 오 대표에게도 프로젝트에도 변화가 생길 리는 없기에, 문 박사는 그쯤에서 말을 돌렸다. 미스터 스마일은 계속 이곳에 있게 되는 거냐고 그녀는 물었다. 이사회 결정을 무시할 수 없는 일이라서 아직 잘 모르겠다고 그가 대답했다.

그녀는 자리에서 일어서며 말했다.

"문오한텐 비밀로 해줘, 끝까지. 다른 사람들한테도."

그녀의 말에 고개를 끄덕이며 오 대표도 따라서 일어섰다. 문오에게, 그가 떠나기 전에 아내에 대해 사실을 털어놔야 하나 말아야 하나 고심하고 있었는데, 차라리 잘 됐다 싶었다.

그때, 입구 문이 열렸다. 수석연구원 케이가 들어오다가, 둘을 발견하고 멈칫하며 인사했다.

"일찍 나왔네요?"

문 박사가 입구 쪽으로 걸어가며 말했다.

"예, 일찍 잠이 깨서 그냥……"

케이는 자기도 모르게 머리로 가는 한 손을 도로 내리며 대답했다.

"그동안 고마웠어요, 여러 가지로 나를 많이 도와줘서……"

그녀가 케이 앞에 서서 그의 눈을 보며 말했다. 바로, 그녀를 안드로이드로 회생시킨 장본인이었다. 더군다나, 그녀가 문오 일행의 기억증강작업을 시작하면서부터 자신도 그 작업을 따로 해보고 싶어 했을 때, 그는 망설이지 않고 그녀를 도왔다. 그 결과 문 박사는, 자신이 그 프로젝트를 수행하는 특수목적으로 각성된 안드로이드라는 사실과, 한때 프로젝트를 반대했으며, 생존기한도 문오가 떠나기 전이란 것까지 알게 됐다.

케이는 무슨 말을 해야 할지 모른 채, 문 박사를 바라보기만

했다. 그녀는 그에게 악수를 청했다. 케이는 그녀의 손을 잡은 채 꾸벅 인사했다.

그녀는 그의 손을 놓고 문 쪽으로 걸어갔다. 오 대표가 앞서 가고 있었다. 그녀가 문 앞에서 돌아봤을 때, 케이는 그저 그녀 쪽을 바라보고 있을 뿐이었다.

그의 눈가에 물기가 어리고 있음을, 문 박사는 보지 못했다.

레테.

─────────────────────

미후와 손을 잡고 강가를 걸었다. 목줄에서 벗어난 미미는 저만치 앞서가고 있었다.

출발할 땐 줄을 하고 나왔지만, 중간부터는 문오가 미미를 안고 왔다. 그러느라고, 카메라는 계속 미후의 어깨에 메어있었다. 그리고 강가 초입부턴 미미에게서 목줄을 제거해버렸다. 괜찮을까? 하고 미후가 염려했지만, 미미가 절대 둘에게서 멀리 벗어나지 않는다는 건 그녀 역시 잘 알고 있었다.

미미와 셋이 강가에서 사진을 찍고 오겠다고 말했을 때, 미스터 스마일은 요원을 붙이겠다고 얘기했다. 멀리서 눈에 띄지 않게 따라갈 거니까 신경 쓰이지 않을 겁니다, 하고 미스터 스마일은 단정하게 말했었다. 그의 말대로, 누군가 그들을 따라오는 기미는 가는 내내 없었다.

날씨는 좋았고, 강은 여전히 아름다운 위용을 과시했다. 문오는 미후에게서 카메라를 건네받아 자기 어깨에 메고 계속 걸어갔다. 지난번 모두가 둘러앉았던 공터가 저만치 보였다. 둘은 그곳으로 걸어가 자리를 잡고 나란히 앉았다. 미후가 미미를 자신의 옆에 앉혔다. 미미는 그녀의 무릎에 자신의 머리를 올리고 다소곳이 강 쪽을 바라봤다. 둘도 그렇게 강을 바라봤다.

"우리 지금, 신혼여행 온 셈이네?"

미후가 자신의 손가락에 끼워진 반지를 내려다보며 말했다. 문오도 그녀의 반지에 시선을 줬다가 다시 그녀를 보며 얘기했다.

"우리, 진짜 신혼여행은 어디로 가기로 했을까?"

"결혼식 올리고 다음 날, 우리 집으로 간다고 하지 않았나? 아무래도 신혼여행 같은 건 계획에 없었을 거 같은데?"

그러네, 하면서 문오는 다시 강을 바라봤다.

"영혼 엄마한테 문자는 보냈어?"

미후가 그를 보며 물었다. 사실은 물어보고 싶었지만, 그가 꺼낼 때까지 기다리고 있었던 얘기였다.

"보냈고, 작별 인사도 했어. 굿바이라고."

문오는 고개를 끄덕이며 대답했다. 지난밤, 미후도 그 자신도 그곳에서 살기를 원하지 않는다고 했을 때, 영혼의 엄마는 몹시 아쉬워했다. 그러나 우리 아들 굿 바이! 라는 문자를 마지막으로, 그녀에게선 더 이상의 메시지가 없었다. 그래도 한 번만 더 생각해보면 안 되겠니? 같은 뒷얘기가 전혀 없었다. 우리 결정에 화가 났나 싶은 생각이 스치고 지나가기도 했다. 그녀와 주고받은 문자들을 처음부터 다시 한 번 읽어보면서, 문오는 슬픔 같은 아릿한 공허함을 느꼈다. 그 감정에서 벗어나기 위해, 문오는 문자들을 깨끗이 지워버리고 잠들어버렸다.

미후가 자신의 머리를 문오의 어깨에 기댔다. 문오는 자신의 어깨를 그녀에게 더 내어주었다. 언젠가도 그렇게 둘이 혹은 미미와 같이 있었던 것 같은데, 그게 어딘지는 생각나지 않았다.

그렇게 가만히 있던 미후가 한 손으로 미미를 쓰다듬으며 작게 말했다.

"지금 저 강이 레테의 강이었으면 좋겠어. 다 잊고, 우리 셋이 훠이훠이 떠나고 싶어. 강물을 마시면 아픈 기억들을 모두 잊게 해주는 그 강처럼……."

미후가 긴 한숨을 한번 내쉬었다. 그는 팔을 돌려 그녀의 어깨를 감쌌다. 그녀가 그의 다른 한 손을 쥐며 얘기를 이었다.

"우리 둘 다 다시 태어나서, 다시 만나자, 응?"

"어떻게 알아보지? 다시 태어나면."

문오가 그녀의 손에 힘을 주며 물었다.

"예전에 우리가 좋아했던 스토리텔링 수업 시간에, 교수님이 그런 얘기를 하셨어. 어떤 작품에 관한 건지는 잊어버렸는데…… 우리는 죽을 때 마지막으로 본 사람을 다음 생에서도 기억한다고. 노트에다 적어놓고 우리 둘이 보고 그랬는데, 기억안 나?"

미후의 얘기에, 글쎄, 하고 문오가 대답했다.

"왜, 우리가 처음 보는 사람한테 그런 얘기 하잖아, 어디서 많이 본 거 같다고. 그게 바로 그런 경우라면서……"

아무래도 그에겐 입력이 되지 않은 기억인 것 같았다. 문오는 그저 고개를 두어 번 끄덕였다.

"눈 감기 전에, 우리도 절대 다른 사람을 보지 말고, 자기는 나를, 나는 자기를 보는 거야. 그러면 다음 생에도 우린 서로를 알아볼 수 있어, 반드시!"

반드시! 하고 그도 미후와 꼭 같이 말했다. 우리 미미도 다시 만나면 더 좋을 텐데, 라며 그녀는 미미를 보고 나서, 한 마디를 더했다.

"이대로 세상이 멈춰버렸으면 좋겠어."

정말 그 상태로 세상이 멈추길 바라듯, 둘은 그대로 한참을 있었다.

"이제 돌아가야 하지 않을까? 미미하고 같이 사진을 찍고."

미후가 문오의 손목시계를 들여다보며 얘기했다. 문오는 옆에 둔 카메라를 잡으며 미후에게 말했다.

"그 전에, 물어볼 게 있어."

일어서려다 말고 그녀가 문오를 봤다.

"아버지는 어떡할 거야? 떠나시기 전에, 어떤 얘기든 잠깐이라도 한번 하는 게 좋지 않을까?"

"할 말이 없어. 마음에 없는 얘기를 할 수도 없고……"

할 말이 없으면 그냥 얼굴만이라도 봐, 하고 문오는 말을 이었다.

"잘 가시라고, 딱 한 마디만 해."

"그건, 완전히 헤어질 때 할래."

그녀의 말에, 그는 더 이상 얘기하지 말자 싶었다.

"미미야, 사진 찍자."

그렇게 말하며 미후가 미미를 무릎 위로 안아 올렸다. 문오가 그들의 앞쪽으로 걸어가, 큰 바위 위에 카메라를 올려놓았다. 미미 인형도 데려올 걸, 하고 생각하면서 그는 앵글과 타이머를 맞춰나갔다.

그 사이, 미후가 미미에게 말했다.

"미미야, 이건 우리가 미미한테 남겨주는 사진이야. 우리가 생각날 때, 보고 싶을 때마다 봐. 알았지?"

끙얼끙얼.

미미가 마치 그녀의 말을 알아들은 것처럼 얘기했다.

문오가 뛰어와 미후의 옆에 앉으며 자세를 잡았다. 사진 찍기를 좋아하지 않는 미미가 그래도 계속 앞쪽을 보고 있었다. 그는 미후와 함께 미미를 안아 올리며 말했다.

"자, 미미야, 앞을 봐. 그렇지, 옳지!"

찰칵찰칵찰칵찰칵.

작별.

_____

  그들이 강에서 돌아올 때, 정문과 조금 떨어진 곳에 경찰차
가 서 있었다. 두 명의 경찰이 차 안에서 휴대폰을 보고 있었다.
미미가 관심을 보이며 다가가려 하자, 문오는 미후에게 카메라
를 넘긴 다음 미미를 안은 채 지나갔다.

  현관에선 문 박사를 만났다. 그녀는 정원을 걷고 싶어서 나왔
다고 했다. 지치지도 않는지, 미미가 펄쩍펄쩍 뛰며 문 박사를
반겼다. 그들은 잠시 정원을 함께 걷기로 했다.

  "요원들이 그런단다, 여기 정원을 미미의 정원으로 부르자고.
미미가 온통 흔적을 남겨놔서……."

걸어가면서 문 박사가 얘기했다. 미미는 어떻게든 흔적을 남겨보려고 애쓰고 있었다. 그러나 이미 강가까지 가며 오며 흔적 거리를 다 써버린 뒤여서 애쓰는 보람은 없어 보였다. 미미의 줄을 잡은 미후가 카페까지 앞서갔지만, 카페 문이 닫혀 있다며 도로 돌아왔다.

"엄마, 우리 쉼터에 가서 좀 앉아요."

문오가 말하자, 그러자면서 그녀는 한 마디를 더했다.

"엄마하고 부르는 소리, 오늘따라 더 듣기 좋은데?"

문오가 웃었고, 미후도 문 박사를 보며 웃었다.

그들은 쉼터 벤치에 나란히 앉았다. 미미가 문오와 미후 사이에 앉아 강을 바라봤다.

우리가 떠난 후에도, 미미는 여기서 강을 보고 있겠지?

문오가 생각하는 사이, 정문 쪽에서 본 경찰차 얘기를 미후가 꺼냈다. 아무래도 식구들이 타고 가는 차를 에스코트하러 온 거 같은데? 하고 문오는 말했지만, 문 박사는 경찰들이 와있는 이유를 알고 있었다.

그날도 그랬으니까.

지난번 경찰이 들이닥치기 전에, 그녀는 자신에 관한 모든 사실과 함께, 그녀가 정지되는 게 문오가 떠나기 전이란 걸 알았다. 문 박사는 아들과 같은 날 떠나게 해달라고 남편에게 얘기했고, 케이가 그렇게 그녀를 조정해줬다. 그날, 경찰은 그녀가 정지됐는지 확인하러 왔었고, 오 대표는 봉투 하나를 그들에게 건네며 사정을 봐달라고 했다.

생각을 떨치며 문 박사가 강을 바라볼 때, 문오가 미미를 쓰다듬으며 말했다.

"방금 강가에서 미후하고 미미하고 셋이 사진을 찍었어요. 미스터 스마일에게 크게 뽑아달라고 말해둘 테니까, 미미가 우릴 찾으면 꼭 보여주세요."

문 박사는 대답 대신 웃으며 문오와 미후를 봤다. 그들도 그녀에게 웃어 보였다. 둘의 웃음이 시큰하게 슬퍼 보여서, 그녀는 다시 강을 바라봤다.

그때, 모두의 휴대폰이 동시에 진동했다. 미스터 스마일의 문자였다.

가족분들이 떠날 준비를 마쳤습니다. 광장방으로 모여주시기 바랍니다.

문오는 카메라를 챙겨 들고 일어섰다. 문 박사도 일어섰다. 미후는 미미의 줄을 잡고 먼저 걸어 나갔다.

"엄마."

걸어 나가려던 문 박사가 멈칫하고 돌아서서 문오를 봤다.

"불러보고 싶어서…… 한번 안아 봐도 돼요?"

그녀가 소리 없이 웃으며 그를 향해 두 팔을 벌렸다. 엄마의 품에 안긴 채, 문오 역시 엄마를 안았다.

"엄마, 고마워요."

"고맙긴 뭐가…… 해준 게 아무것도 없는데……"

"해준 게 왜 없어요? 엄마는 나한테 다 해줬어요. 다 다 다 해줬어요."

문 박사는 아들을 더 힘차게 안으며 말했다.

"고맙다, 문오야. 그렇게 말해줘서."

문오도 엄마를 꼬옥 안았다.

"사랑해요, 엄마."

"사랑한다, 내 아들."

앞서가던 미후가 그들을 돌아봤다. 어린 그녀를 찾아다니다가 교통사고로 죽었다는 자신의 엄마가 생각났다.

보고 싶다.

순간, 그 말이 떠올랐지만, 미후는 다시 미미와 함께 발걸음을 내디뎠다. 엄마가 살아있다는 사실을, 그녀는 알지 못했다.

광장엔 이미 불이 켜져 있었다. 창문으로는 오후의 햇살이 들어오고 있었지만, 한낮의 그 풍성함은 이지러져 가고 있었다.

문오는, 입구에 서 있는 미스터 스마일에게 카메라를 넘기며, 미미의 사진을 크게 뽑아 엄마 아버지에게 전달해달라고 부탁했다. 그는 알았다며, 카메라를 건네받았다.

가운데 통로를 사이에 두고 모두가 둘러앉았다. 대개 가족끼리 자리 잡았고, 미후와 기범만, 나란히 앉은 문오와 문 박사를 사이에 두고 떨어져 있었다. 미미는 문오의 무릎에 엎드린 채 있었고, 문 박사가 계속 미미를 쓰다듬었다.

"여러분, 2주가 다 갔습니다. 잠시 후에 가족들은 돌아갑니다."

그들의 앞쪽 중앙에 오 대표가 서면서 얘기를 시작했다. 문오는 아버지를 바라봤다. 오 대표의 표정은 담담해 보였다.

"여러분이 애써준 덕분에 사고의 원인을 찾아냈습니다. 가족 사진전도 열고, 제 아들의 결혼식도 올렸습니다."

그렇게 말하면서, 오 대표는 문오 쪽을 봤다. 그의 얼굴에 옅은 미소가 스치고 지나가고 있었다.

"사고가 있긴 했습니다만, 그것도 모두 여러분의 시간들이 더 의미 있고 진실하기 위한 과정이었다고 믿습니다. 준비가 완벽하지 못했던 점 사과드리고, 모두 무사히 떠나시길 빌겠습니다. 안녕히 가십시오."

오 대표는 꾸벅 절하고 뒤로 물러났다. 박수 소리가 광장을 채웠다. 그러나 함성은 없었다. 그 사이, 문 쪽에 있던 미스터 스마일이 오 대표가 섰던 자리로 걸어왔다. 박수 소리가 끝나기를 기다려, 그가 말했다.

"이 자리가 파하면, 가족분들은 나가셔서 자기 짐이 차에 제대로 실렸는지 체크해주셔야 합니다. 가족사진전에 전시했던 액자들하고 짐을 실은 차가 먼저 출발할 예정이라서요. 그리고 우리 주행차팀과 트럭팀은 이 자리에 남아서 잠시만 제 얘기를 듣고 1층으로 내려가 가족을 배웅할 겁니다."

미스터 스마일은 잠시 모두를 둘러본 다음, 목소리를 낮춰 얘기를 이었다.

"최선을 다해 여러분 모두를 모시려 했지만, 부족한 점이 많았습니다. 널리 이해해주시고, 안녕히 가십시오."

박수 소리가 다시 한 번 광장을 채운 후에, 가족들은 일어났다. 문 박사는 미미를 한 번 더 쓰다듬고 일어섰고, 기범도 목발에 의지해 일어섰다. 그가 잠깐 미후를 봤지만, 미후는 문오의 무릎에 있는 미미를 쓰다듬고 있었다.

오 대표와 문 박사를 포함해 가족이 모두 나가고 나자, 미스터 스마일이 다시 그들 앞에 섰다. 그의 모습과 표정이 오늘따라 더 단정해 보였다.

"이제 현관으로 내려가면, 여러분이 처음 가족을 만나던 날과 똑같이 긴 테이블이 놓여있을 겁니다. 손도 잡을 수 있고 인사도 할 수 있지만, 그 테이블 너머로는 나갈 수 없습니다. 가족이 떠나고 나면……"

헛기침을 작게 한 다음, 미스터 스마일은 다시 얘기를 계속했다.

"여러분들은 각자의 방으로 돌아갑니다. 그리고 침대에 누워서 눈을 감고 열을 헤아리면 됩니다."

깊은 침묵이 광장을 떠돌았다. 그는 모두를 둘러보며 질문이 있는지를 물었다. 방 안엔 여전히 침묵만 길게 이어졌다. 문오는 미미를 쓰다듬고 있는 미후의 한 손을 잡았다. 미후가 그를 봤지만, 아무 말도 없었다.

요원이 밖에서 들어와 미스터 스마일에게 귓속말을 했다. 미스터 스마일은 알았다며 그를 내보낸 다음, 그들을 향해 손으로 나가자는 표시를 했다. 문오가 일어나려 하자, 미미가 그에게 안겼다. 미미가 뭔가를 눈치챈 건가 싶었지만, 그럴 리 없다고 생각하면서, 문오는 그들을 따라 밖으로 나갔다. 앞서가던 미후가 돌아보고, 그에게 안겨있는 미미를 다시 쓰다듬었다.

1층 현관의 넓은 홀에 긴 테이블이 놓여있었다. 미스터 스마일이 말한 대로였다. 테이블 너머 현관문 쪽으로, 첫날 그들이 서 있었던 것처럼 가족들이 도열해있었다.

그들은 각자의 가족 앞으로 걸어갔다. 문오와 미후 역시 테이블 가운데쯤의 오 대표와 문 박사, 기범 앞으로 걸어가 섰다. 그러나 모두가 서로를 바라볼 뿐, 선뜻 말을 꺼내지 못하고 있었다.

"엄마."

그때, 솜이 유리를 보며 그렇게 불렀다. 모두의 시선이 솜이와 유리에게 쏠렸다. 소란이 당황해서 쥐고 있던 솜이의 한 손을 잡아당겼다.

"엄마가 진짜 엄마라고 나한테 말한 후에, 할머니가 엄마를 혼내는 거, 다 들었어."

솜이 울먹울먹하면서 말했다. 솜아, 하면서 유리가 아이의 두 손을 잡았다.

"엄마, 여기서 잘 지내고 있어."

유리는 솜이를 바라볼 뿐 말이 없었다.

"지금은 솜이가 일단 집으로 가지만, 이다음에 엄마 보러 꼭 올게. 알았지?"

유리가 고개를 끄덕이며, 몸을 숙여 솜이의 눈물을 닦아줬다. 현관 밖의 자동차가 시동을 거는 소리가 들렸다. 퍼뜩 제정신이 든 것처럼, 모두는 자신의 가족으로 다시 시선을 돌렸다.

"사진, 잊지 말아요."

그렇게 말하면서, 문오는 안고 있던 미미를 엄마에게 건넸다. 미미가 가지 않으려고 잠시 버티다가, 할 수 없다는 듯이 문 박사에게 안겼다.

"미미를 잘 부탁합니다."

아버지에게 말하면서, 문오는 미미의 머리를 쓰다듬었다. 옆에 서 있는 미후도 같이 미미를 쓰다듬었다. 미미는 둘의 손을 핥았다.

"사랑해, 미미야."

"미미 안녕."

문오와 미후가 연이어 미미에게 말했다. 미미가 슬픈 눈으로 올려다보고는, 둘을 외면했다. 오 대표가 문오에게 손을 내밀었다. 문오는 아버지의 손을 잡았다. 둘은 서로를 보기만 할 뿐 아무 말이 없었다. 문오가 손을 놓자, 오 대표는 미후와 기범과 차례로 눈인사를 나눴다.

뒤이어 오 대표가 미미를 받아 안자, 문 박사도 문오와 미후에게 한 손씩을 내밀었다. 문오는 엄마의 손을 잡으며 말했다.

"아버지랑 잘 지내요, 지금처럼⋯⋯. 건강하구요."

문 박사는 가볍게 웃어 보인 다음, 손을 빼내 둘을 함께 안았다.

"편안하게 잘 가."

"안녕히 계세요."

셋은 포옹한 채 그렇게 작별 인사를 했다. 문 박사는 문오와 미후를 바라본 후에, 미미를 안은 오 대표의 팔짱을 끼고 함께 지하로 향했다.

꿍얼꿍얼.

마치 작별 인사를 하는 것처럼 미미는 계속 무언가를 말하며 문오와 미후 쪽을 바라봤다. 그렇게 미미는 사라졌다.

곧 기범이 그에게 손을 내밀었다. 문오는 기범의 손을 맞잡으며 머리 숙여 인사했다.

"안녕히 가세요, 아버님."

"고맙다, 문오야."

기범이 얘기했다. 미후가 문오 옆으로 다가서며 기범에게 말했다.

"안녕히 가세요."

기범이 뭐라고 얘기할 새도 없이, 그녀는 기범의 옆에 서 있는 마리아와 인사를 나누었다.

"엄마, 고맙습니다."

라온이 마리아를 한 번 더 포옹하며 말했다.

"영원히 잊지 않을게, 우리 아들."

마리아가 아릿한 미소를 지으며 말했다. 서로 부둥켜안고 있던 기라와 레옹, 격보와 지혜도 포옹을 풀고 서로를 보며 작별했다.

기범이 돌아서서 목발에 의지한 채 걸어 나갔다. 그런 아버지의 뒷모습을, 미후가 말없이 바라보고 있었다. 문오는 기범을 지켜보다가 마리아와 소란과 인사하고, 레옹과 지혜와도 인사했다.

가족이 모두 차에 올랐다.

차는 곧바로 출발했다. 남은 그들은 미스터 스마일과 인사하고 2층으로 향했다.

스카이블루의 2층 복도 한가운데에서, 그들은 서로를 안아주며 이별했다. 아무도 아무 말도 하지 않았다. 서로 등을 가볍게 두들겨줄 뿐이었다.

격보도, 기라도, 라온도, 유리도, 모두 각자의 방으로 들어갔다. 문오는 미후를 따라 그녀의 방으로 들어갔다. 문이 닫히자마자, 그는 미후를 안았다. 그리고 입을 맞추었다. 금방 호흡이 가빠왔지만, 둘은 더 열렬히 키스했다.

미후가 쓰러질 것 같았다. 문오는 그녀를 부축해 침대에 뉘었다. 미후는 그를 두 눈 가득 담으려는 듯 눈을 크게 뜨고 바라봤다. 그리고 눈을 감고 자신의 반지를 만지면서 숫자를 세기 시작했다.

하나…… 둘…… 셋…… 넷……

숫자가 뒤로 갈수록, 반지를 만지는 그녀의 손동작이 느려졌다. 그는 눈을 크게 뜨고 그녀를 지켜보다가, 돌아서서 문을 열고 밖으로 나왔다.

복도에는 침묵만이 일렁거렸다. 문오는 자신의 방문을 열고 들어갔다. 미미의 패드가 한쪽 구석에 덩그러니 있었다.

그는 침대로 걸어갔다. 침대 머리맡에, 미미를 닮은 강아지 인형이 눈에 들어왔다. 인형을 안은 채, 그는 침대에 누웠다. 스카이블루의 천장을 잠시 보다가, 차고 있는 시계를 봤다. 진짜로 시간을 선물 받을 수 있었으면 좋았을 텐데, 하는 생각이 들었다. 그는 시계 찬 팔을 내리고, 강아지 인형의 전원을 켰다.

꿍얼꿍얼.

인형이, 미미와 똑같은 소리를 냈다.

미미, 안녕.

그는 생각하면서, 강아지 인형을 옆에 놓고 서서히 눈을 감았다. 그리고 숫자를 세어 나갔다.

하나. 둘. 셋. 넷. 다섯. 여섯. 일곱. 여덟.　 아홉.

레테의 집
House of Lethe

ⓒ최창원 2019

초판 1쇄 발행 2019년 12월 25일

지은이 최창원

펴낸곳 도서출판 가쎄 [제 302-2005-00062호]
주소   서울 용산구 이촌로 224, 609
전화   070. 7553. 1783 / 팩스 02. 749. 6911
인쇄   정민문화사

ISBN 978-89-93489-91-0 03810

값   14,500원

www.gasse.co.kr
berlin@gasse.co.kr